秀梅

張郅忻

好評推薦

女性的生命史，是臺灣庶民史，亦是一頁頁動人的時代風景。《秀梅》深入詮釋客家養女一路行來的形貌與精神，寫得細緻動人，以二十一道具有代表性的食物，帶出族群交融的痕跡，兼容新移民女性所帶來的多元食物體驗。在張郅忻溫柔與真誠的運筆中，涵蓋女性的成長體悟與自我銳變，是部理解近代史變遷下女性心靈史不容錯過的佳構。

——王鈺婷（國立清華大學台灣文學研究所教授兼所長）

《秀梅》是一本親切好看，又細緻溫柔的小說，通過女性視角娓娓道來臺灣社會從日治時期至今的變遷，時代雖然變化無常，始終不變的卻是一只「灶下」，食物不僅貫穿了三代人的情感，更涓滴匯聚成了秀梅無怨無悔的付出與愛。這既是一部女性的生命史，也是臺灣尤其客家族群的飲食文化史，每一頁都寫得如此有滋有味，既暖了我們的胃，更暖了我們的心。

——郝譽翔（國立臺北教育大學語創系教授）

《秀梅》書中的每道菜說的是臺灣走過的歲月，走過的困苦，又帶著甜美笑容甘味無窮。從日本時代到戰後，或是現今臺灣人口多元，帶來豐沛飲食混搭，背後都是生命堆疊的芬芳。流利客語使用更增加了閱讀的喜悅。

——張典婉（作家）

女人的廚房有時比社會新聞還殘酷。人一旦迷上了某種食物，想吃的癮就牢牢地扎根在胃壁、在舌頭，一輩子難以拋棄。那雙勞動的雙手，也不怕水裡來、火裡去，就算有怨有悔，也讓吃的人心滿意足。《秀梅》小說裡的料理普渡眾生，跨越族裔和語言的隔閡，描繪了全球化浪潮拍擊上岸之後，異國料理其實早就成了在地美食。

——陳又津（作家）

《秀梅》寫的是臺灣的歷史與多族群的社會現象，用出神入化的海陸客語與中文交織出一部「灶下」史詩。細妹人的一生就像臺灣人民爭取民主自由的命運，同雞嫲共樣脆命。本書為細阿妹仔發聲：「身為細妹，她就像那口痰，永遠被踩在腳底下。」身為臺灣人的你我，一定會與書中主角產生共鳴，因為那是多元文化的「臺灣價值」，本書值得推薦。

——黃菊芳（國立中央大學客家語文暨社會科學學系教授兼系主任）

（依姓名筆畫排序）

出版緣起

灶下裡的百味人生

國家文化藝術基金會董事長　林淇瀁（向陽）

《秀梅》是小說家張郅忻的最新力作，她以細膩深情的筆觸，治生活如烹小鮮，熔飲食為記憶體，帶領讀者深入客家女性的成長、婚姻、母職與生活的多種容顏，讀來既精彩且富含深意。書名取自作者阿婆的名字，表徵近現代客家女性的形象，她們是在「灶下」（廚房）揮汗做菜的女性，儘管命運不濟，卻經常是挑起家庭重擔的勇者。

這部小說以六個灶下、二十一道飲食，精妙地鋪展客家女子秀梅從年幼到年老的人生。小說時序橫跨日治時代至九〇年代，場景則座落於楊梅、湖口一帶，而以秀梅一生經歷的六個灶下：山頂个灶下、紅炭頭个灶下、心臼（媳婦）个灶下、分灶、楓林个灶下以及自家个灶下，依序展演不同時代客家女性的生命實踐。小說從原初有著婆婆卡將監視的心臼个灶下，伴隨家庭成員的開枝散葉，衍生為不同世代維持生計的料理空間，生動精到，寓意深遠。

小說精彩之處，在於餐桌上的料理的「推陳出新」，從傳統客家菜，隨著時代演進以及異國成員的加入家族，到最後融入越南春捲、印尼泡麵、新式烤肉、西洋牛排……等異國風味料理，透過灶下烹煮的食物，帶領讀者走進秀梅的內心世界，感受她自灶下磨練出的人生百味。另一個可觀之處，則是語言的混雜與多樣性。全書以客語為主體，在對話中如實且盡情揮灑，隨著年代推移，又混雜日語、印尼語、華語等多種語言，讓這部小說除了展示客家舌尖上的味蕾之佳，也演繹了客家舌尖上的語言之美。

張郅忻寫作多年，是新世代作家中擅長以族群議題為題材的小說家，累獲桐花文學獎、客家歷史小說獎等大獎肯定；在創作題材上，她從早期的家族書寫到近年來關注於臺灣內部族群混種、語言混語、文化渾成的議題，都有不凡的表現和開闊的格局。這部長篇小說《秀梅》，從飲食料理入手，刻繪臺灣客家女性生命史，又以客語為主體的混語書寫，呈現臺灣客家文化的多元包容，亮點所在，無不讓人驚艷。

《秀梅》是國藝會長篇小說專案出版的第五十三部作品，也是張郅忻繼「客途三部曲（《織》、《海市》、《山鏡》）」之後的最新力作，為國藝會長篇小說專案增添了無限光采。這部佳構能夠順利出版，要感謝遠流團隊投入的心力，也要感謝和碩聯合科技公司長年贊助本專案，為企業贊襄臺灣文學樹立典模。

推薦序

照鑑女人生命的食物

方梓（作家）

夜裡，不透光的遮陽窗板外還懸著太陽，機艙內漆黑寂然。打開閱讀燈滑著手機裡邳忻的小說《秀梅》有熟悉的感覺，還有要回家的心情。小說氛圍彷彿讓我看到外婆、母親部分的身影，客家女子堅韌的性格，尤其是母親，我懷念她所有的料理。

邳忻的作品不管是散文《我家是聯合國》、《我的肚腹裡有一片海洋》、《孩子的我》或小說《織》、《海市》、《山鏡》，寫的都是客家人及其親人的故事，也都是漂移的人生，從山上來小鎮的阿婆、在山上的父親及原住民妹妹、從鄉村到都市的母親，從越南、印尼漂洋過來臺灣的阿妗（嬸嬸），家裡成了聯合國似的多元文化家庭，這些作品中都有阿婆的身影，卻都不是主角，然而始終在家裡的人是阿婆，支撐家的也是阿婆，她的故事散落在邳忻的散文和小說中。《秀梅》的書寫應該是邳忻想要還回阿婆一個完整的人生，沒有阿婆哪來有散文和小說，阿婆就像粽子的粽繩頭，牽掛著所有的粽子／孩子，繫住了四、五代人的生活，也是一脈的家族紀事。

「媽媽的味道」一直是所有孩子的食物鄉愁，酸甜苦辣都是舌尖的記憶，家的味道，還有父母，尤其是母親為生活奮鬥的見證。不同的食物有不同的故事，不同的年代照射不同食物的樣貌。飲食書寫從古至今一直都在，臺灣的現代文學飲食書寫在一九六〇年代開始，開始茁壯則在一九九〇年代末，以散文作品最為豐碩，小說和詩則極為少數；在歐美其實有不少的飲食小說或電影如《美味關係》、《巧克力情人》……，臺灣則有《飲食男女》、《總鋪師》……。其實很多的小說情節裡都有食物或料理出現，然而將各種「灶下」做為章名，不同的食物當成節名稱，《秀梅》應該是唯一或極少數。

《秀梅》應該是郅忻的阿婆的身影，從五歲送人當養女到八十多歲見證了家庭的興衰、時代的變遷，當然也是秀梅人生的奮鬥史，對抗命運的路程；郅忻以編年似的由年幼、年輕、年老的方式鋪陳秀梅命運多舛、子孫滿堂的人生，和一般書寫女人的一生並無太大差別，而創新的是以食物串連出秀梅的一生，落實飲食小說的書寫。

小說的第一章〈山頂个灶下〉寫的日治末期五歲的秀梅初來養父母家，爾後不同的灶代表不同的家，即使時代不同，再也沒有傳統的灶，灶還是家的名稱。本章四個小節「白米飯、雞湯、竹修仔、茶米茶」寫的是養女的生活狀態，艱辛的養女生活，唯一的幸福是難得日本少年兵帶來的白米及溫暖的關懷。第二章秀梅終於奮力掙脫養女的命運跑回親生父母家，然後結婚、生子過著逆來順受一點都不舒心的「心臼」（媳婦）生活，終於媳婦熬成婆，卻要為子女及生活操心。

全書六章、二十一道食物（含飲料），每一道食物都是秀梅的生活寫照；返回親生父母家雖然只有兩道醃菜：鹹菜和菖仔（醃菸蒿），卻是秀梅的最愛，在受苦委屈之際，菖仔總是能暫時撫慰秀梅的身心，而菖仔正是客家最擅長的醃漬物。客家或閩南的習俗，雞酒（麻油雞）是給產婦補身體的食物，在重男輕女的時代，生女兒的秀梅沒有雞酒，也沒有營養的食物導致奶水不足，食物分配女性總是被犧牲。即使和小叔分家，秀梅的生活並未好過，婆婆的私心讓秀梅得面對無米炊的窘境，窮則變，秀梅開始在市場賣吃食養家。這是很多女人的寫照，當丈夫無能再提供經濟，妻子義無反顧肩負重擔，女人得主內也得主外。

隨著兒女婚配，秀梅的身影仍然忙碌，為兒子善後、撫養孫女，她開始變通傳統的食物，秀梅接受牛排、三明治、海鮮燴飯。飲食接受度越高，心胸便越開闊，越能接受新知。雖然秀梅讀幾月的日本書，膽識和心胸是寬闊的，走著一條崎嶇的人生路，終也開枝散葉，用食物滋長家族，也用食物成就自己的一生。

最後一章是〈自家个灶下〉以多元飲食做終結，印尼咖啡、龍宮果、印尼泡麵，也埋下異國媳婦即將接手這個家族，大家都喜愛的印尼泡麵是飲食文化的融合，也是飲食習慣的改變。最後一節，也是最後一道菜「滷豬腳」；秀梅年歲老了常常健忘，灶下也交給兩個心臼，秀梅一點一點失去做菜的能力，吃了兒子帶回來的豬腳便當，秀梅嫌味道不怎樣，決定自己做。在半醒半夢中回到娘家吃豬腳，而女兒也回來喚醒她，吃著秀梅滷豬腳，意味著母女的交心與傳承，而豬腳意味著慶生或重生慶祝之喜。

《秀梅》的對話完全以客語書寫，在敘述情節時，鄧忻也都盡可能使用客家專有名稱或特定用語，如葛仔、心臼、啄目睡、鼻著臭火燒、細人、倈仔……。雖是客語，都易讀易懂，是極佳的客家小說。小說裡絕大部分是秀梅的視角，少部分也是小說的後幾個章節，秀梅的兩個外籍媳婦代替逐漸退出灶下的秀梅發聲，那是異國卻是秀梅媳婦的家鄉菜出場。

食物的確是女人最貼切的寫照；六個灶下，二十一道食物，寫盡了秀梅大半人生，從傳統到現代，從國內到國外，寫出了三代女人的家，不同的時代、相異的飲食文化卻交融在一起，互相包容、喜歡，鄧忻用食物照鑑了女人的生命史，開啟了飲食小說的新頁。

目次

山頂个灶下

「遽遽[1]去燒水！」阿爸喊。

秀梅鬆開手，雞嬤[2]無力地躺在地上，仍在做垂死的掙扎。血從雞嬤的脖子流進地上的碗公裡。

秀梅的手上滿是羽毛和血漬，她跑進灶下，在大灶後方，用木勺舀水把手洗淨。大灶在灶下中央，有一根長長的煙囪插在灶面。秀梅用一根較細長的木頭翻攪一下灰燼，用鋸屎[3]重新燃起剩餘的星火，把乾柴丟進大灶裡。

她雙手緊握木勺，把水舀進灶上的鐵鍋裡。等鍋裡的水七分滿，她又蹲在炙熱的大灶前燒柴。炭煙嗆得她咳了幾聲。

「好了無？」阿爸的聲音從屋外傳到灶下。

「會好了啦！」秀梅趕緊回應。

鍋子冒出泡泡，終於滾了。阿爸一臉不耐，抓著雞嬤的脖子衝進廚房，把整隻雞嬤丟

---

1 遽遽：趕快。

2 雞嬤：母雞。

3 鉅屎：鋸木時所散落的細末。

進滾水裡。雞嬤曾經豐美的羽毛在水中顯得雜亂，發出一股難聞的氣味。秀梅幾度想吐。

秀梅不確定，阿爸剮雞[4]的做法對還是不對？以前灶下是阿姆的地盤。她在這裡幫忙一些打雜的工作，洗菜、挑菜和燒柴。阿姆一邊做菜一邊唱歌，還會把剛煮好的食物先盛一些給她吃。

待水稍涼，阿爸把雞嬤抓起來，放進鐵盆裡，開始拔毛。秀梅忍著反胃不適，加入拔雞毛的行列。那些羽毛被成堆丟棄在地，像黃褐色髒桌布。讓人難以想像，這團髒桌布不久前還是一隻活蹦亂跳的雞嬤。

光溜溜的雞嬤躺在厚重木砧板上，阿爸舉起菜刀劃開肚皮，取出內臟，剁去頭、雞翼[5]和雞髀[6]。最後自肚子的破口處將雞剖成兩半，剁成塊狀。阿爸放上湯鍋，把肉塊丟進熱鍋裡，滾幾分鐘，撈去浮起的糟粕，丟入切片的老薑，撒鹽。雞腥味被薑片的香氣覆蓋。阿爸將雞湯裝入碗中，端起碗，一邊吹涼一邊走進房間。

日頭落山，烏暗的房間更加烏暗。

阿姆仰躺於床，銀白髮絲散落枕上。秀梅初來時，阿姆要秀梅為她拔白髮。該時阿姆的白髮藏在烏絲中，得仔細翻找才能找到幾根。不過一兩年，白髮覆蓋黑髮，面容也如樹皮粗糙。不熟識的人看見，恐怕會以為阿姆是老阿婆。

阿爸走近阿姆的眠床。「桂妹！」阿爸輕輕喚著阿姆的名字，用少有的溫柔語氣說：「食雞湯了。」阿姆沒有回應。阿爸又喚一聲，阿姆依舊緊閉雙眼。阿爸坐在床畔，摸摸阿姆的臉，阿姆還是沒有反應。他用顫抖的手探探阿姆的鼻息，雞湯濺灑出來。正當秀梅想將雞湯端過來時，碗卻哐啷一聲落地碎裂。雞肉散落一地。阿爸雙手摀臉，發出哀鳴。

秀梅愣了幾秒，走上前，伸出短小的手指，碰碰阿姆枯枝般的手。阿姆的手十分冰冷，沒有一絲溫暖。

阿爸擦乾目汁，為阿姆蓋好被子，輕輕梳攏她額頭上的髮絲。轉頭對秀梅說：「你姆走了，雞湯無人食，打爽[7]了。」阿爸踩過碎片離開房間，碎裂的瓷碗更加破碎。

見阿爸離開，秀梅再次靠近阿姆。像頭擺，把頭靠在阿姆的胸前。阿姆的心臟不再跳動。阿姆放不下仁枝哥，急著去陪他。秀梅流下目汁，她不知道這目汁是捨不得阿姆，還

---

4 剛雞：殺雞。
5 雞翼：雞翅。
6 雞髀：雞腿。
7 打爽：浪費。

是氣阿姆為了仁枝哥，拋棄阿爸、二哥、三哥和她。

「秀梅！」阿爸喊她。她不得不離開阿姆去廳下。只見阿爸將整鍋雞湯端到廳下的四方桌上，盛了兩碗，一碗放在秀梅面前，一碗放在自己面前。

秀梅低著頭，不知該不該舉起筷子。她看了看阿爸，阿爸正夾起碗裡的雞髀肉，大口咬下。阿爸見秀梅不動筷，催促：「還毋遽食，一下冷忒。」秀梅這才夾起碗裡的雞胸肉，放進嘴裡。口裡嚼著肉，心裡卻有一種奇怪的感覺。她的手還感受得到雞嫲最後拚命掙扎的力道。

碗空了，阿爸為她再添一碗，還夾給她雞髀肉。這是秀梅第一次食雞髀。雞髀極有彈性，沒有雞胸肉的乾柴，不像雞翼全係骨頭。

吃了四、五碗，滿頭大汗的秀梅再也吃不下了。這鍋雞湯原是阿爸為阿姆煮的。可惜，雞湯煮好，阿姆卻再也吃不到了。

阿爸在廳下鋪設草蓆，幫阿姆換上乾淨的衫褲，把阿姆抱到草蓆上。草蓆上方掛了蚊帳，點香插入香爐。

阿爸和秀梅坐在屋外。阿爸食菸，屋裡的煙香飄散出來，和阿爸手中的菸味混在一起。秀梅抬頭望向天頂的月娘，暗晡夜的月娘又圓又大，就像該日。

第一道　白米飯

該日，她坐在門檻上，望向天頂的月光。她雙手合十，在心中祈禱：「請保庇阿姆身體遽遽好起來。」阿姆不是親生的，五歲時，她離開親生爺哀，被養的阿爸帶到這個家。

「桂妹，佢渡細人轉來了。」

秀梅踏進陌生的房子，穿過廳下、雜物間，來到灶下。灶下裡背有一個細妹人站在大灶前。煙霧蒸騰，一股香味撲鼻而來。走了半天山路的秀梅，肚子發出咕嚕咕嚕的叫聲。

「過來！」

秀梅走近這個瘦削的細妹人。她的面容瘦長，身形細瘦，像根竹篙[8]。她臉上掛著笑容，問：「你幾歲？」

8 竹篙：竹竿。

「五歲！」秀梅伸出五根短短的手指頭。

「好食麼个？」

「麼个就好。」秀梅無毋食的東西。有好食就要偷笑。

細妹人用鍋鏟把煎卵放進陶碗裡，淋上一點豆油，遞給秀梅，提醒道：「當燒喔。」

秀梅捧著碗，卵白旁邊煎得焦焦的。卵黃半熟，她拿箸刺進卵黃，黃色蛋液流了出來。秀梅咬了一口，焦香的卵白混著卵黃，又香又脆。

「好食無？」

「當好食，承蒙阿姨。」

「喊麼个阿姨，愛喊阿姆。」

秀梅抬頭看著瘦夾夾的細妹，輕輕地喊：「阿姆。」

「佢無妹仔，堵好你來做佢个妹仔。」

從那日開始，秀梅整天跟著阿姆，像細雞仔跟著雞嫲。阿姆去圳溝洗衫，秀梅就幫忙提籃子。阿姆去菜園種菜，秀梅會幫忙拔雜草。阿姆在灶下煮食，秀梅就洗菜、挑菜。

秀梅最喜歡食過晚飯，跟阿姆坐在屋外的矮凳乘涼。

「過來。」阿姆喊。

秀梅聽話地爬上阿姆的大腿，阿姆很瘦，腿骨如竹節，坐起來當硬。即使如此，秀梅還是喜歡被阿姆抱著。但也不會讓阿姆久抱，驚坐斷阿姆的腿骨。

阿姆體弱。有時飯煮到一半，要坐下來休息一陣，才有力氣站起來。阿爸請來山下的醫生看病，醫生搖搖頭說：「這肝病，無法度啦。」躲在門外偷聽的秀梅流下淚來。雖然不是親生的，阿姆卻對她很好，每次阿哥欺負她時，阿姆都會訓斥他們。像雞嫲保護細雞仔，讓秀梅躲在她身後。秀梅不敢想像沒有阿姆的日子，但她能做的只有虔心對月娘祈禱。

山的另一邊突然出現一點一點的火光。

不是著火，那些火光如排隊般整齊往山這頭移動。難道是鬼火嗎？秀梅嚇傻了，她想起仁枝哥說過的鬼怪故事。

「秀梅，你聽過虎姑婆嗎？」秀梅搖頭。仁枝露出邪邪的笑容說：「莫講阿哥無同你講，山頂有一隻老虎精，安到虎姑婆。」見秀梅露出害怕的神情，仁枝將雙手舉起，模仿老虎的利爪，忽然大吼一聲說：「虎姑婆會變做人樣，最愛食像你恁樣个細人了。」秀梅圓圓的臉蛋瞬間慘白，嚇到屎都拉出來了。仁枝見狀，露出一臉嫌惡的表情，得逞似的高興吹口哨離開。望著仁枝哥的背影，秀梅緊握雙拳，心裡想著，就算分虎姑婆食忒，也莫做仁枝哥的餔娘。

是虎姑婆要來抓她了嗎？

火光從星點變成圓盤般大小，秀梅害怕得發抖，她可不想被吃掉啊。她連滾帶爬跑轉屋裡，不停喊：「阿爸！阿姆！虎姑婆來了！」不一會兒，只見阿爸光著腳從房裡跑出來，一副睡眼惺忪的模樣，見到一臉驚慌的秀梅，劈頭就罵：「屌你姆，恁暗吵麼个！」

秀梅不敢多說，輕拉阿爸的衣角，指著門外。阿爸一臉怒氣，走到門邊，探頭一看。火光越來越靠近，原來如星星般閃爍，變成有半個月娘大。火光映入秀梅驚恐的眼瞳。阿爸揉揉眼，確認這不是夢。成群火光從半山腰往他們靠近。阿爸趕緊進屋喚醒仁枝，再從灶下邊堆放雜物的角落，拿出一支鐵耙和一支竹掃把，兩子爺一人握一支，如門神般守在門外。躲在門邊的秀梅，矮小的身體恰好被阿爸的影子籠罩。她感到莫名安心，就算虎姑婆現身，也會害怕阿爸手裡的鐵耙吧。

半點鐘過去，張著血盆大口、能幻化人形的虎姑婆沒有出現，向他們走來的是一個穿著日本軍服的阿兵牯。阿爸放下鐵耙跑了過去，仁枝和秀梅也跟在後頭。

阿兵牯挺直胸膛，臉上掛著圓形黑框眼鏡，透明鏡片後有一雙黑白分明的目珠。他看起來和仁枝哥差不多大，眼神卻有些滄桑，還有幾分憔悴和疲憊。如果不是硬挺的軍服撐住，矮阿爸半個頭的阿兵牯看來可能更瘦小。根本不是什麼得人驚的老虎精。

比阿兵牯高半個頭的阿爸，彎下腰，畢恭畢敬聽從後生當多的阿兵牯講話。他用日語說了一連串，秀梅努力想聽懂他說什麼。寢る是睡目[9]，ご飯是白米飯，為什麼要提到睡目和白米飯？秀梅不理解。還沒上學的她，只會說客家話，等到上學後，她一定能學會更多日語。秀梅望著阿爸，希望能從他口中得到解答。只見阿爸不停鞠躬，指著家中囤放茶葉的倉庫，連聲回：「はい！はい！」阿兵牯向阿爸點點頭，往隊伍跑去。阿爸彎身低頭對秀梅說道：「你去倉庫掃地泥，等下佢兜愛來戴[10]一暗。」

秀梅這才明白，原來日本阿兵牯是來借地方住的。寢る說的就是這件事。那麼ご飯呢？家裡的米缸半個月以來都沒有存滿過，錢都拿去給阿姆治病了。他們每天都吃田裡挖的番薯，難道日本阿兵牯也吃番薯籤？秀梅沒有追問，聽話的拿起竹掃帚往倉庫走去。

天色已暗，倉庫漆黑一片。

秀梅藉著月光，打開電火開關，懸掛在天花板上的一盞鎢絲燈泡頓時亮了，被山風

9 睡目：睡覺。
10 戴：住。

吹得輕輕搖晃。秀梅發現燈泡上緣有隻蜘蛛，她舉起竹掃帚輕輕揮去纏繞在電線上的蜘蛛絲。即使點亮了燈，倉庫仍然昏暗，加上燈泡不停搖晃，當得人驚[11]。秀梅緊抓掃把，將地上的灰塵和茶葉碎末掃做堆。

再過幾個月就是採茶季，這裡會堆滿茶葉。到時就算日本阿兵牯還想來借地方住，也沒空間了。他們家那小小的土屋，總共有四個房間，最大的那一間是阿爸阿姆的，一間是仁枝哥的，二哥義枝、三哥禮枝同睡一間，但他們赴外地讀書，房間空在那裡。灶下旁最小的那間用來堆放雜物，秀梅來了以後，就清出來讓她住。就算沒有地方，只要那些阿兵牯說要，阿爸還是會找出空間給他們。

阿爸將門推至牆邊，用大石頭堵住，領著七、八個阿兵牯進來。秀梅趕緊把最後一小堆塵土掃進畚箕。其實，天色這麼暗，根本看不清楚是否乾淨。剛剛前來傳話的阿兵牯率先進來，撞見手握竹掃把的秀梅，面露微笑，細聲說：「ありがとう！」那令阿爸害怕的稚氣臉上，浮現一抹親切的微笑，讓秀梅一時不知如何回應，倒退了幾步。

「細人莫在這插位[12]，遽遽轉屋下[13]去。」阿爸拉開她大聲說道。秀梅點點頭，抓起竹掃把跑了出去。

本已洗過身，這下雙腳又被塵土弄髒。秀梅行去灶下旁的洗身間，舀起水缸的水往腳上淋，冰冷的水讓她再次驚覺：這不是夢。外頭那些阿兵牯都是真的。

手腳洗乾淨後，她輕手輕腳行轉房間。躺上床，秀梅卻睡不著，想著今晚發生的事，以及那個親切的日本阿哥。仁枝哥平日對她頤指氣使，不如意就狠狠修理她，不管秀梅做幾多事，仁枝哥從沒說過一句承蒙。年輕日本阿哥的那句「ありがとう」拂過耳畔，秀梅紅著臉，緊緊擁著處處縫補的棉被，輕聲念道：「ありがとう。」

天光朝晨，後院雞公初啼，秀梅立刻跳下床。灶下傳來食物蒸騰的香氣，秀梅打赤腳，用衣服抹抹臉，跑進灶下。只見阿爸站在大灶前，灶上的鐵鍋正冒著白煙。又是番薯糜[14]吧。大部分是番薯籤，只有幾粒米飯的那種糜，她吃膩了。但不吃，就只能餓肚子。從前灶下的工作都是阿姆做，阿姆身體不舒服，阿爸會進灶下。阿爸做的菜無阿姆做的好吃，但秀梅識相，從沒說出口。不過，今天的味道和往常不同，少了番薯的土味，多了白

---

11 得人驚：可怕、令人害怕。
12 插位：佔空間。
13 屋下：家裡。
14 糜：粥。

米的甜香。肯定是昨晚沒睡好，連鼻子也聞不準。米缸裡分明沒剩多少米了，煮成稀如泥水的糜尚有可能，要煮成一鍋飯，除非灶神顯靈天降白米。但灶下確實飄來濃郁的米飯香。

「秀梅啊！」阿爸喚道。秀梅趕緊跑過去。阿爸恰好掀開鐵鍋，只見裡頭滿是晶瑩剔透的白米飯。她看得口水都流下來。阿爸見她嘴饞的模樣，用力拍一下她的後腦，罵：「圖食嫲[15]！無看過白米飯啊？去看看該兜日本阿兵牯趴[16]來了無？」

秀梅長這麼大，從沒見過滿滿的白米飯，如果可以吃一口多好啊。秀梅又看了白米飯一眼，才轉頭往倉庫跑去。邊跑邊想，這些白米肯定是昨夜那些日本阿兵牯帶來的。日本阿哥的笑容浮現在她的腦海，令她一陣臉紅，腳步加快。她想見他。

走到倉庫前，她發現昨晚傳令的日本阿哥正坐在門口。他望向遠方的山，手裡夾著一根菸。秀梅朝他的方向看，不過是一片普通的茶園。

她轉頭時，恰好與他四目相接。他笑了笑，秀梅又驚又羞的倒退幾步。日本阿哥不以為意，向秀梅招招手，像在叫她過來。秀梅一動也不動。日本阿哥的左手伸進口袋掏出一個小小的束口袋，淺黃色布面上綴著幾朵粉紅色小花。縫製手法粗拙，邊線時寬時窄。日本阿哥鬆開袋口，倒出幾粒晶晶亮亮的東西在手掌上。秀梅好奇的湊前看。只見他的掌心裡有幾粒伸出細細觸角的粉色糖果，如掛在天頂的星光。日本阿哥把其中一粒星星放進嘴裡，臉上瞬間洋溢甜蜜的微笑。秀梅被他的笑容吸引，癡癡望著他手中的星星糖。

屋下無錢，平時想食糖，就摘路邊的野草野花，像大紅花的根莖，還有紫色圓球狀的烏鈕子，酸甜帶澀。阿姆發病，阿爸曾熬過紅豆湯，加了幾匙黃沙糖，也給她一碗。那種純粹的甜是酸澀的果子不能比的。

日本阿哥突然握住秀梅的手，在她小小的掌心上放了幾粒星星糖。指著嘴，示意秀梅放進嘴裡試試。秀梅小心翼翼撿起一粒放進嘴裡，深怕太用力，星星就會熄滅。好甜啊！一點都不酸。比紅豆湯更甜，更好食。秀梅笑了。

「おいしい！」秀梅說：「ありがとう。」這是她練習了多遍的日文，好吃，謝謝。日本阿哥笑得露出潔白的牙齒，接著比手畫腳對秀梅說出連串日語。秀梅含著糖不停點頭，其實半聽半懂。她猜，他說的是他有一個妹妹跟她差不多大。他說了「妹（いもうと）」，他很想念家鄉的妹妹。如果眼前的日本阿哥是她的哥哥多好啊！秀梅忍不住想。

---

15 圖食嫲：圖食，貪吃；嫲，指女性。

16 䟘：起床。

秀梅又撿了一粒放進嘴裡，帶著剩下的星星糖來到阿姆的房間。

「阿姆，你今晡日有較好無？」

阿姆微笑，坐起來，背靠在眠床，拍拍床邊說：「過來。」秀梅一屁股坐在床邊。

「該兜人走了無？」

秀梅搖搖頭。

「聽你爸講佢兜有帶米來？」

「係啊，還有這。一個日本阿哥分倨个。」秀梅把手掌打開，兩粒星星糖因為掌心的溫度，略略融化，黏在掌心。「這當好食呢！阿姆你食看看。」

阿姆從秀梅的手中拿起一粒放進嘴裡，露出滿足的笑容。

「好食無？」

「好食。」

「阿姆，你愛食加兜，遽遽好，倨當想食你做个菜。」

「好！等你生日，阿姆來煮豬腳分你食。」

「阿姆最好了。」秀梅把頭埋在阿姆的肚屎上撒嬌。阿姆的肚屎又鼓又脹，不像從前那樣柔軟。

幾個月來，日本阿兵牯行軍時會途經他們的茶園，並在倉庫借宿一晚。也許是這個緣故，家裡的米缸在那段時間總有滿滿的白米。每天，她都可以吃到白米飯。除了天皇賜的白米飯，日本阿哥會給她幾粒星星糖，用日語說著她聽不懂的話。即使聽不懂，每當他開口時，她還是會專注看著他。他肯定很想家，她也常想起山下的家。每次想，就發現那個家離她越來越遠。不知道日本阿哥是否和她一樣？

日本阿哥除了說話溫柔，唱歌也好聽。有一次，日本阿哥站在倉庫後方食菸，嘴裡哼唱好聽的旋律。那曲調和她聽過的山歌不一樣。秀梅躲在牆角，但日頭卻將她的影子洩漏出去。日本阿哥走向她，蹲了下來。秀梅急著想要解釋，她不是故意偷聽。日本阿哥卻對她重複第一句，緩慢且悠長的一句：「さくら。」秀梅很快明白了，眼前的大哥哥是要教她唱歌哪。她用微微顫抖的嗓音跟著哼了第一句，接著是第二句、第三句。她聽不太懂這首歌，只知道さくら。櫻花。

這首歌的旋律很簡單，秀梅的腦海浮現櫻花樹的樣子。越過茶園，穿過　片柑仔林和幾叢梅樹，就可以看到一叢櫻花樹。它長在一片梅林中，是這座山頭唯一的櫻花樹。

秀梅不知道該怎麼對他說：「跟我來。」索性放膽牽起他的手。秀梅不打算驚擾茶園的採茶細妹，拉著日本阿哥往後山方向跑。他們經過一間伯公廟、一片柑仔園，接著來到微微突起的土丘。土丘上有一片梅花林，梅花剛落盡，最高處有叢櫻花樹，枝頭初結花苞。

「さくら！」秀梅放開他的手，指著櫻花樹說。

日本阿哥愣愣望著那叢樹，目汁從鏡框後滑落。

有白米飯和星星糖的日子持續了幾個月，直到某天，仁枝哥收到徵兵令。

聽說南洋戰事越打越烈。廣播說，有天皇庇佑，什麼仗都打得贏。但鎮上幾個被徵召男丁的家庭，家家愁雲慘霧。這些，秀梅都是聽鎮上來向阿爸買茶葉的阿伯說的。住在山裡，街路發生的事都顯得遙遠，何況講到天皇，就像在講天頂的神明。但自從軍隊到茶園後，天皇彷彿近了一些。天皇賞白米飯，毋使逐日食番薯籤飯。有天皇當好，秀梅不禁這樣想。

這次天皇要仁枝哥去打仗，卻不是好事。阿爸常坐在桌前食酒嘆氣。

秀梅從來沒有喜歡過仁枝哥。仁枝哥的臉型遺傳阿姆又長又尖，鼻子則像阿爸細而挺，長得就像最愛偷食雞仔的黃鼠狼。有一次，住在附近的細人故意在仁枝哥面前，指著秀梅說：「仁枝，這圓面个就係你餔娘喔。」仁枝哥臉蛋漲紅，將她推倒，罵道：「生恁孋，麼人愛！」[17]倒在地上的秀梅，聽了很生氣，卻不敢反駁，怕引來一頓打。於是默默起身，拍拍屁股跑走了。

仁枝哥從沒給過她好臉色，甚至常沒來由打罵她。因此，當仁枝哥收到徵兵令，要去那個很遠很遠的地方時，秀梅暗自慶幸，終於不用跟黃鼠狼一起生活了。但是，看到阿爸歸日哀聲嘆氣，阿姆流目汁，秀梅內心感到一股罪惡感。萬能的天皇肯定是聽見她的祈禱，才把仁枝哥帶走。

阿姆的身體本就不好，得知大倈仔要去南洋打仗，連續幾日高燒。少數清醒的時刻，嘴裡念著仁枝的名，要阿爸去鎮上媽祖廟求絭[18]，讓仁枝帶在身邊，保庇一路平安。

幾日後，日本阿哥的軍隊再次來到他們的茶園，照例帶來一袋白米。阿爸或許太過傷心，或是存心報復，居然把白米飯煮到臭火燒。隊長一臉怒氣，但無暇責備阿爸，命令大家配菜頭乾將臭火燒的米飯食下肚。

臨別前，日本阿哥又招手喚她過去。他從背包裡拿出束口袋，輕輕將束口打開，細

---

17 長這麼醜，有誰要！
18 絭：護身符，求神明保佑避邪的東西。

心輕巧的動作，彷彿束口袋不是布袋，而是一朵真正的櫻花。秀梅不是第一次看到這束口袋，卻是第一次發現袋子的一角繡著幾個字。

是日本阿哥的名字嗎？秀梅曾聽過其他人喊他「佐藤（さとう）桑」。佐藤是姓，他叫什麼名字呢？秀梅知道，如果再不問，也許永遠沒有機會了。她鼓起勇氣，指著束口袋角落上繡得歪七扭八的字，念：「佐藤（さとう）」。

日本阿哥愣了一下，恍然大悟般說：「佐藤勝彥（さとう かつひこ）。」秀梅重複念著，尤其是後面兩個音節。勝彥哥點點頭，要秀梅兩手掌心合起向上，星星糖自袋口灑落在秀梅的手上。勝彥哥如往常般把花布袋束好，珍惜的放進軍用背包裡。秀梅望著手裡瑩白、粉紅間雜的星星糖，知道這可能是最後一次見到勝彥哥。

不只是勝彥哥，老愛捉弄她的仁枝哥，換上軍服，拜過祖先，向阿爸鞠躬後，走進那個為他們帶來白米的隊伍。

他們排著縱隊離開，往茶園前進。等到隊伍離開了一段路，阿爸默默跟上，似乎想陪仁枝哥走一段。秀梅也跟了上去。

從背影看來，他們幾乎一模一樣，全都穿黃綠色軍服，走在山徑上，如一排蟻公。

種滿茶樹的楊梅山區，一隴隴青青茶園，點綴著色澤艷麗的野牡丹，小灰蝶、紫蛺蝶、三線蝶在上頭翩翩舞動。他們穿過茶園，途經高聳參天的樟樹，再過去就是一段長長的下坡路，兩側長滿比人還高的芒草。

阿爸停下腳步，看著他們漸漸走遠。忽然間，阿爸舉起手來，用響亮的聲音喊道：「さようなら！」秀梅也跟著大喊並朝他們揮手，聲音迴盪在山間。

走在隊伍最後的仁枝哥始終沒有回頭。那個在家中不可一世，老愛對她發號施令、拳打腳踢的仁枝哥，此時看來竟這樣脆弱且渺小。

當他們停止叫喊時，勝彥哥卻回過頭來，露出初見時的笑容。

第二道　雞湯

「秀梅！秀梅！」

秀梅聽見阿姆喊，立刻放下手邊的事，跑去阿姆的房間。

以前，阿姆會用雙手倚著秀梅的肩膀，努力站起來，行去房間角落的木桶屙尿，有時還會坐在門口曬曬日頭。仁枝哥走後，阿姆整日待在陰暗的房間，屙屎屙尿都在床上。一開始，有尿液糞便污染床墊或棉被，阿爸會喚秀梅拿去清洗晾乾。後來次數越來越多，被子還沒乾，阿姆又拉了。日子久了，阿爸也不管了，乾脆搬去仁枝哥房間睡。阿姆的房間不再充滿茶箍[19]的香氣，瀰漫著屎尿的臭味。

「阿姆，你毋係講會食較多，遽遽好。」秀梅站在床邊說。

「好了又仰般？自家个俫仔就看毋著。」阿姆躺在床上，背對秀梅。

秀梅很傷心，阿姆忘記她的生日就快到了。她說會好起來，煮豬腳給她吃。這下的阿姆只想著仁枝哥。

「你姆嫁分佢幾年，肚屎無消無息。看先生，食藥仔，拜神，當無簡單正有仁枝。結果你看，一封信就帶走恁無簡單正有个細人。屌你祖公！麼个天皇？還有天理無？」阿爸有次食酒醉不停罵，罵天罵地罵天皇。

阿姆的皮膚變得粗糙蠟黃，四肢乾瘦如枯竹，唯獨積水的肚子活像懷胎的母豬。除了深濃苦澀的補藥，阿姆活在世上延續生命的食物，便是豬肉水。阿爸每隔幾天會步行到鎮上的市集，向熟識的肉販買豬肉。由於肉價昂貴，阿爸買的不是成塊的豬肉，而是剁肉後殘留的碎末，積少成團，價格便宜許多。反正，阿姆牙齒毋好也食毋落，只能喝碎豬肉煮的湯。

秀梅一邊燒柴一邊看阿爸煮湯。豬肉水的做法很簡單，材料不過是薑絲、碎豬肉和些許鹽巴。把水燒開，再將早市買來的黑豬肉放進滾水中。小火慢滾，用湯匙反覆撈掉滾湯上浮出的灰色泡沫，湯水會慢慢從混濁變清澈，這時可以放薑絲，滾一下，加一點鹽。

19 茶箍：一種清潔用品。早期的肥皂是用茶子榨過茶油的渣加碎稻草壓製成圓塊狀，故稱「茶箍」。今多用化學方法製作，但仍延用此名。

早中晚，阿爸會將一鍋豬肉水重新滾過，裝一碗端到阿姆的房間。阿爸一手架起骨瘦如柴的阿姆，用手臂圈住她的胸部。秀梅雙手捧碗，阿爸拿湯匙一口一口塞進阿姆微張的唇齒間。垂軟無力的阿姆如一具任人擺佈的戲偶，浮著清薄油脂的湯汁，有些進入阿姆的嘴，有些沿著唇邊流下來。原來人老了，會倒轉變細人，需要人把屎把尿，飼糜飼湯水。

靠著一匙匙豬肉水，阿姆勉強續命。

入冬，山頂凍寒。

「今年仰恁冷！」阿姆裹著厚棉被發抖：「去……去拿被來。」

「好！」秀梅把自家房間的破花布被扛來，蓋在阿姆身上。阿姆還是激激顫[20]。秀梅只好把仁枝哥從前用的被單也拿來。

鈴！鈴！鈴！

門外傳來響亮尖銳的鈴聲。秀梅跑出去，只見郵差阿叔跨坐在自行車上，一腳踩地，一腳仍放在踏板上。他從側邊郵包裡拿出一封信，問秀梅：「大人呢？」

「阿爸在茶園，還吂[21]轉來。」

「你姆有好點無？藥仔還有無？」

郵差阿叔幾日前曾幫忙從山下帶來阿姆的藥，阿爸特地泡一壺好茶款待他。

「藥仔還有，毋過阿姆還係食毋落。」

「人生啊！」郵差阿叔嘆了一口氣，摸摸秀梅的頭，把信交給她說：「這信當重要，一定愛先分你爸看，知無？」

「好！」秀梅伸手接信。看一眼牛皮紙信封上的漢字，有幾分像仁枝哥寫的字。她不識字，但見過仁枝哥寫的字。又瘦又長，就像他的人一樣。

「你爸無閒，你愛好好照顧你姆。」秀梅用力點頭。「偓先來走，信佇送心。」郵差阿叔向秀梅揮揮手，踩著自行車往山下騎去。自行車的鈴聲響遍整座茶山。

「秀梅啊！」阿姆喊。

「來了啦！」手上拿著信的秀梅，趕緊跑向阿姆的房間。阿姆很久沒有喊她的名字，有時秀梅甚至懷疑，阿姆是否還記得她的名？秀梅既懷念阿姆喊她的聲音，又為此感到惴惴不安。秀梅站在阿姆房門口躊躇不前。恁重要的信應該先給阿爸看過。

阿姆從前是新埔大戶人家小姐的使女，長年跟在小姐身邊，不僅識字，還寫了一手好

---

20 激激顫：直發抖。

21 還𠊎：還沒。

字。仁枝哥做細人時節，就是阿姆帶著識字。信裡寫的若是好消息就算了，若是壞消息，阿姆一定佇毋著[22]。

「秀梅啊！」阿姆催促。

秀梅情急之下，把信塞進褲頭，用衣服遮住，拖著步伐走進幽暗的房間。總是躺在病床上的阿姆，竟坐起來。背靠著床頭，對秀梅說：「拿來。」午後日光從窗戶灑落，阿姆灰土土的病容泛起淡淡紅暈，表情莊嚴有如廟裡的菩薩。不知該怎麼辦的秀梅，愣愣站在原地。

「過來啊！乖。」

秀梅無法跟阿姆說不，只能將夾藏在褲袋的信拿出來交給阿姆。阿姆用只剩皮包骨的手慢慢撕開信封，從信封裡拿出摺疊整齊的信紙，打開信紙，紅色條紋紙上寫著瘦長的漢字。只見阿姆輕聲說：「係你大哥。」那雙如枯井般的目珠，頓時盈滿目汁，用盡氣力讀信：「天熱，蚊蟲多，兒一切安好，唯常想念家鄉茶園……」阿姆讀到這裡，目汁跌下來。

像黃鼠狼一般的仁枝哥，可以在叢林生存下去吧。儘管曾受仁枝哥欺侮，在內心詛咒他無數次的秀梅，這一回卻為仁枝哥感到慶幸。和仁枝哥共下去南洋的勝彥哥，一定也會平安。他有想過這裡的茶園，想過她無？

幾日前，秀梅穿過茶園、柑仔園和幾叢梅樹，來到茶山之巔。櫻花的季節還未到，倒是梅樹已經含苞。秀梅當時想，等到櫻花開的時節，勝彥哥和仁枝哥是不是就會轉來了？

秀梅飄向遠方的思緒，被紙張開合的聲音打斷。

阿姆從信封裡抽出另一封信。由於信紙十分薄，加上近日氣候潮濕，那張信紙與信封貼合在一起，一時沒有發現。

阿姆把信打開，表情卻倏然改變，目珠瞪大，握信的手頻頻顫抖。秀梅看不懂字，只能從阿姆的表情猜測。係驚？係發閼[23]？係傷心？秀梅看著阿姆，阿姆扭曲的表情，讓秀梅不自覺倒退幾步。

「無可能！無可能！」阿姆高聲尖叫，將信撕成碎片。當秀梅手足無措時，門外傳來啪啪啪的木屐聲。阿爸從茶園回來了。她跑了出去，恰好撞上快步走來的阿爸。碰一聲，她一屁股跌坐在地泥下。阿爸蹲了下來，怒目問她：「你姆仰般？」

秀梅顫抖地說：「頭下有人送信來，一封係仁枝哥寫个，還有一封，偃也毋知係麼儕

22 佇毋著：受不了。

23 發閼：生氣。

寫……」秀梅話還未說完，火辣的巴掌先落下。

「收到信，仰無先囥[24]起來！」阿爸大聲罵秀梅，隨即跑向房間。被阿爸粗暴的大手揮向牆角的秀梅，撫著發燙的臉頰，倚牆慢慢起身。她又做錯事了，果然不該讓阿姆看到那封信。

阿爸的木屐踩過一地碎紙，跑到阿姆床前。阿姆見到阿爸，像細人恁樣嗷。阿爸這才發現落在床畔和地泥下的紙片。他彎下身來撿，秀梅也過來幫忙。有的紙片被踩髒，有的紙片落在桌子下方，秀梅鑽進桌子下才撿得到。她一片片撿著，希望能彌補一些過錯。

阿爸坐在桌前，把七零八碎的紙片重新拼湊起來。信紙上彎曲的符號組合在一起，終於有了意義。秀梅看不懂字，卻能從蜿蜒的符號判定它們是日本字。筆畫比中國字簡單一些。阿姆說，日本字是從中國字來的。秀梅不太明白，明明來自同一個源頭，卻變成兩種完全不同的文字？就像她不明白，為什麼勝彥哥和仁枝哥必須離家，為「祖國」而戰？唯一明白的是，碎紙上的文字是詛咒，讓這個家像被撕掉的信紙，拼不回最初的樣子。

「屌你姆！」阿爸憤憤罵著，臉上出現比哭泣還難看的表情。這時的阿姆不再哭了，她的臉色慘白，目珠呆滯。阿爸坐到床邊，緊緊抱著阿姆，一邊嗷一邊罵：「屌你祖公，麼个天皇，還偃俫仔！」

仁枝哥死了。秀梅無法相信奸詐狡猾如黃鼠狼般的仁枝哥，聲音宏亮得可以從山這頭傳到那頭的細俠仔，就這樣倒在遙遠的叢林中。

仁枝哥倒下來的時節，一定當痛。像落在地泥的花，慢慢被地泥食忒。路途恁遠，仁枝哥个魂魄愛仰般轉屋下？

痛！秀梅搗著臉，唇舌感受到一絲鹹味，是目汁與血水的味道。她想說些安慰的話，但知道這下最好莫講話。

秀梅離開幽暗的房間，往倉庫走去。仁枝哥無了，秀梅一點就無歡喜的感覺。她坐在倉庫邊的木椅上，望著遠方的山巒與茶園。一張戴著眼鏡，有著靦腆笑意的臉浮現在她的腦海。秀梅掏出口袋裡最後一粒星星糖，放進嘴裡。一股甜蜜的滋味慢慢的從唾液間蔓延開來，沖淡嘴裡的鹹澀。

直到日頭完全落下，秀梅才起身行轉屋下。阿姆的房間靜悄悄，秀梅偷偷站在門邊往裡看，發現阿爸依然待在阿姆房裡。他倚坐在床邊，眼神呆滯朝外看。房內的時光凍結，在那封信來了以後就不再往前。

24 囥：躲、藏之意。

「𠊎想食碗雞湯。」阿姆的聲音輕輕劃破凝滯的空氣，時間再次前行。阿姆很久沒有主動說想吃什麼。仁枝哥最愛食雞湯，只加老薑的雞湯。

頭擺，過年過節，阿姆會煮雞湯。雞髀肉一支給阿爸，一支給仁枝哥。正煮好時，阿姆會拗一支雞翼，灑點鹽給一旁的秀梅。雖然秀梅也想食雞髀肉，但有雞翼好過麼个就無。她開心地啃雞翼，把夾藏在骨頭間最後一絲肉舔淨。

想到這，秀梅的肚屎咕嚕咕嚕叫。她才想起這歸日，除了早上食過一碗番薯糜外，麼个就無食。

「好，雞湯，雞湯。你等𠊎一下，𠊎黏皮[25]去剮雞，煮雞湯分你食。」阿爸的語氣像哄拐細人。阿爸起身，穿過房門，看見站在門邊的秀梅，卻似沒看見般，逕自往後院走去。

屋下的雞無特別圈養，任牠們在屋舍四周遊走。其中有隻雞嫲，又肥又靚又會生卵，阿爸對這隻雞嫲特別好。只有牠有木板釘成的雞舍，裡頭還鋪著厚厚的稻草。好幾次，幾隻雞公為了爭牠，打到滿身傷。

阿爸直直走向他親手為雞嫲起的雞舍。大雞嫲在裡頭休息，無發現主人一臉殺氣騰騰。跟在後方的秀梅，遠遠看著一切發生。阿爸一把抓住大雞嫲的雙翅，大雞嫲反應不及，幾秒鐘後才感覺到事態有異，使勁拍打雙翅試圖掙脫。細細个雞嫲仰係阿爸个對手？

雞嫲發出淒慘叫聲，平時圍繞在身邊的幾隻雞公，此時全逃得不見蹤影。

阿爸手冒青筋，牢牢抓住大雞嫲，轉頭看向跟在身後的秀梅，斥喝道：「看麼个看？還毋去準備！」秀梅快步走進灶下，從碗櫥裡拿出碗公和一把專門用來剁肉的大菜刀。

頭擺，剮雞的都是阿姆。她習慣在灶下外的空地剮雞，結束後直接把血水沖進一旁的水溝裡，不讓紛飛的羽毛和污血弄髒屋下。平時寧靜的空地，每到節慶就變成雞鴨的刑場。鄰人會來他們家幫忙，兩人一邊閒話家常，一邊剮雞捋鴨，準備拜神明的牲禮。那些為了拜拜流下的血水，深深烙印在石粘的縫隙中，讓原來灰白色石粘緊來緊烏。

阿爸坐在木頭板凳上，大雞嫲仍在做最後的掙扎。

「秀梅，過來捉好雞翼！」

秀梅一時愣住，從前雖然也曾幫忙阿姆剮雞，但捉雞翼的角色都是春姨。她只負責找工具、拔雞毛這類打雜的角色。眼下阿爸沒有其他人手，也只有她能擔任這個任務了。她走向阿爸，雙手不停顫抖著。

「捉好來！莫分佢走掉了，知無？」

---

25 黏皮：立刻、馬上。

這是秀梅第一次緊握活生生的雞翼。大雞嫲似乎知道抓牠的人換成秀梅，雙翼抖動更加劇烈。有一瞬間，秀梅感覺到雞翼快掙脫。她只得抓得更用力。如果不小心失手，讓雞嫲掙脫，她就慘了。

阿爸一手抓住雞嫲的脖子，另一手快速拔去雞脖子上的羽毛，直到露出肉色的皮膚。阿爸舉起菜刀往那裸露的脆弱部位劃下深深的一刀，脖子瞬間裂開一個洞，泊泊鮮血從洞口冒出，流入碗公裡。

雞嫲奮力掙扎，羽毛扎人，即使刺痛，秀梅依舊不敢放鬆。雞嫲認命，不再掙扎。鮮血滴滿碗公，手中的雞嫲垂躺在秀梅的手中。

雞嫲恁脆命。人也共樣[26]。

26 共樣：客語，一樣。

第三道　竹修仔

燕仔在屋簷築巢，泥土混著稻梗和竹枝，形成碗狀的巢。秀梅坐在門外挑菜，不時抬頭觀察燕仔。兩隻大燕仔會輪流叼著飛蟲轉來，餵食巢中的四隻細燕仔。每次大燕仔轉來，細燕仔會爭先恐後張大嘴巴。大燕仔好像不需休息，不停抓蟲子轉來。

每年春天，大燕仔會回到這裡，孵育下一代。聽阿姆說，已經好多年了，從她嫁分阿爸後，就發現這個燕巢。一代傳一代，逐年就轉來。

今年春天，燕仔又飛來，毋過，阿姆已經無在了。

「看麼个看！菜挑好了無？」一個矮壯的細倈揹著一大籠茶葉走來。

「義枝哥！會好了。」秀梅趕緊把盆子裡剩下的番薯葉挑好。

「日頭會落山了，飯還盲煮好，阿爸對你忒好了！」義枝哥走去倉庫。

阿姆過身後，在外地讀書的二哥義枝搬回山頂。義枝哥不像三哥禮枝會念書，仁枝哥不在了，茶園需要人手。

如果仁枝哥是黃鼠狼，把秀梅當老鼠搞，那麼義枝哥就是飯匙銃[27]，陰晴不定，不小心惹怒他，就會露出隱藏的毒牙，一口叫對方斃命。囂俳的仁枝哥還在時，也不敢隨便招惹二弟。

阿姆走了，秀梅如失去雞嬤保護的小雞，日日擔驚受怕。有時她根本不知道錯在哪，就被狠狠揍一頓。

一次，洗碗不小心摔破碗，她怕挨打，又不知有哪裡可去，只好跑去山頂伯公廟囥起來。嘴燥飲溪水，肚屎餓採野果，捱過一暗晡。隔日被義枝哥尋到，他抓住秀梅的衣領，像拎細老鼠般抓轉屋下。阿爸手握竹修仔，在廳下等。

秀梅驚阿爸，驚他手中握著的竹修仔。從後院竹林折下的竹修仔，竹節如老人手指般枯瘦細長。環繞後院的茂密竹林，可以當作圍籬，保衛屋下。本來用來保衛家園的竹子，被阿爸握在手中，成為修理她的刑具。

「走！恁會走！恁久無分你食竹修仔，看你走哪位去！」阿爸邊打邊罵。竹修仔在秀梅皮膚上烙下一點一點血痕，皮破但不傷骨，被打後，隔天還是能起身工作。秀梅疼得哀哀叫，阿爸卻因此越打越起勁。漸漸的，秀梅學會忍耐，再痛也咬牙一聲不吭。

竹修仔一點也不好食，但她卻不得不食落去。

倘若挨打是有理的，秀梅就認了，但經常毫無來由。阿爸接連痛失大俫仔、餔娘以後，常把賣茶米賺的錢拿去買酒，喝得醉醺醺就罵她：「你這衰鬼，害侄俫仔無了，餔娘也無了。」拿起竹修仔便狠狠往秀梅身上抽。秀梅只能在暗晡頭，用阿姆留下的藥酒塗擦傷口。月光下，破了皮的傷，一點一點在秀梅的皮膚上，像一叢櫻花樹。

疼痛的記憶並未隨傷口結痂、長出新皮而遺忘，反而像銘刻在心底的刺青，一次次加深刻痕，無法忘卻。挨打時，她會想起阿姆，想起勝彥哥。他們讓她感受到一股溫暖。尤其想起勝彥哥時，秀梅對自家的未來多幾分希望。他讓她知道，除了山頂的茶園，還有外面的世界。

勝彥哥教她寫自家的名。

他白皙修長的手指，握著烏色鋼筆，在小本子空白角落，一橫一豎一撇，寫下「木」，再寫下「每」。勝彥哥對她笑說：「うめ。」

本子上的「梅」，兩個點如初開的花朵般，開在骨節分明的枝枒上。讓秀梅想起山頂

27 飯匙銃：眼鏡蛇。銃，是槍的意思，意指攻擊性強。

的幾叢梅樹，冬天開雪白色的花，點綴在枝頭，燦爛白淨。秀梅伸出小小的手指，在本子上重寫一次她的名字。感受略微凹陷的筆跡，秀梅知道，自己的某部分留在勝彥哥的本子裡。

這是她第二次領悟書寫的美好。

第一次是從阿姆那裡得知的。阿姆雖然是細妹，卻會寫一手好字。過年時，她會在四方餐桌放上硯臺和毛筆。在硯臺上滴水，仔仔細細磨墨，用毛筆沾墨，在裁好的紅紙上，慎重寫下「春」或「平安」。這些字會貼在門上、窗前。字跡娟秀，深得鄰舍春姨喜愛。春姨會在年前特意帶禮物，拜託阿姆寫春聯。過年前幾日，阿姆當無閒，要打掃屋下、準備牲禮，又要替山頂鄰舍寫春聯。

阿姆寫字，秀梅磨墨。清水在墨條反覆琢磨下，逐漸加深。阿姆握住毛筆，吸飽墨汁，在紙上滑動。阿姆的表情比拔雞毛時更加專注，她長滿繭的瘦削右手，不是在寫字，而是在紅艷艷紙張上跳舞。一揚一頓，一個迴圈，多麼優美的舞姿。秀梅緊緊盯著筆尖滑過的痕跡。不只秀梅，春姨也用欽佩的目光仰望阿姆。秀梅覺得驕傲，當她把春聯交到春姨手上時，忍不住抬高了下巴。春聯上的墨色，也有她的痕跡。

每當又食了一頓竹修仔，委屈的秀梅就會想：若係會寫字就好了。如果她識字，思念阿姆和勝彥哥時，至少可以寫下他們的名字。

一日，天頂的神明像聽見秀梅的呼喚，捎來一封信。

她永遠不會忘記那日。她在灶下洗米煮飯。身高不夠，得踩小木椅才搆得著灶上的鐵鍋。

窗外響起尖脆鈴聲，秀梅停下手邊的工作。自從阿姆走了以後，郵差阿叔自行車發出的鈴聲，總讓她有種不祥的預感。即使如此，好奇心的驅使讓秀梅往窗外看去。喝得醉醺醺的阿爸，走出家門，接過郵差阿叔手上的信。郵差阿叔跟阿爸叨唸一串話，秀梅隱約聽見自家的名。阿爸不耐地揮揮手，示意郵差阿叔不要多說，轉身行入家門。郵差阿叔搖搖頭，騎上自行車離開。沒踩幾下踏板，回頭望了望，似在尋找什麼。

麼儕寄來个信？秀梅端著碗筷走進前廳，阿爸正坐在圓凳上拆信。阿爸讀信時眉頭緊皺，右腳不自覺抖了起來。阿爸不高興時，就會下意識抖動右腳。阿爸食口茶，重重放下茶杯。

「食就食毋飽了，細妹人讀麼个書？」

細妹人？難道是她的信？秀梅記得，春姨的養女玉子，去年就收過一封信。玉子說，是政府寄來的入學通知。本以為這輩子沒有機會讀書寫字的玉子，在收到那封信後沒多久，竟然就去山下學校讀書了。雖然必須更早起床，回到家又有做不完的家務，但玉子還是每天歡歡喜喜去上學。讓同樣身為養女的秀梅羨慕不已。

她也收到像玉子一樣的信嗎？

秀梅忍著內心的雀躍，盡可能不將內心的喜悅展露出來。但這實在太難了，走到灶下時，她忍不住笑出聲來，又趕緊用手摀住嘴巴。

天快暗了，得趕快炒菜。她在大灶添加柴薪，踩在木凳上，在熱鍋裡加點豬油，把洗好切段的青菜放進熱鍋裡。她吃力揮動鍋鏟，翻炒青菜，腦袋卻還想著讀書的事。

「先生好！同學好！」秀梅嘴裡喃喃念道。哎唷！秀梅大叫，一時分神，手腕不小心碰到炙熱的鐵鍋。秀梅趕緊跳下凳子，把手放進儲備的水缸裡。

食暗[28]時，阿爸發現秀梅手腕上的傷口，說：「又毋係第一擺煮飯，仰恁毋細義[29]呢？」

「下擺佢會細義兜！」秀梅扒了一口番薯籤飯。

隔天一早，阿爸上茶園後，秀梅立刻去廳下翻找昨天的信。秀梅知道，阿爸習慣把信件收在斗櫃中的圓形鐵盒裡。包括那封仁枝哥寄來的信。秀梅踩著凳仔，好不容易搆到木櫃最上方的鐵盒。她小心翼翼把鐵盒取下。因為掉漆，鐵盒已看不出原來的圖案。周圍早已生鏽，秀梅費了一些勁才打開它。那封她期待了一整晚的信，就躺在最上層，牛皮紙信封上寫著「黃秀梅」。

「黃」是阿爸家的姓，她從前不叫黃秀梅，叫莊秀梅。她認識「黃」這個字，但不會寫。唯一會寫的就是「梅」字，勝彥哥曾教她寫過。她拿出自己的信，把鐵盒放回原處。

她跑回自己的房間。單人木頭床下堆滿了雜物，床頭也放著一個木頭箱子，旁邊的土牆上，有幾個歪歪斜斜的「梅」字。秀梅一屁股坐在床邊的小桌子上，借窗外的天光打開信封。大部分的字都看不懂，秀梅念著幾個她認得的字：「小……生……上，哎呦，這麼个字恁難寫！」秀梅嘟噥道，但旋即又把這張薄薄的信紙擁進懷中。「阿姆，勝彥哥，倨做得去學校了！」秀梅為自家歡呼。這不只是一封信，也是帶她離開山頂的通行證。

秀梅完完全全沉浸在即將去讀書的喜悅裡。

劈柴時，半剖木頭像翻開的書頁，她搖頭晃腦讀著あいうえお，好像自家坐在教室裡大聲朗誦課本，而站在黑板前的老師不是別人，正是帶著淺淺笑容的勝彥哥。秀梅越想越

---

28 食暗：吃晚餐。

29 細義：此指留意、小心。另外亦有形容人周到多禮、客氣之意。

興奮，恨不得立刻揹起書包上學去。可惜擺在眼前的，不是書包與課本，而是一大籃發臭的屙糟[30]衫褲。她扛起竹籃到河邊洗衫。洗完後，拖著濕漉漉的洗衣籃，在曬穀場邊架好的竹竿上曬衫。

雞嬤帶著細雞仔在秀梅的腳邊悠閒踱步，低頭啄食的模樣頗就像一個搖頭晃腦的教書先生。秀梅看著滿地濕潤的雞屎，混著白、灰與黑色，軟爛黏稠，簡直就是渾然天成的墨汁！不如用雞屎來練習寫字？秀梅越想越興奮，四處找「筆」。

這時，靠在大門邊的竹修仔引起秀梅的注意。秀梅拗下一段竹節，模仿阿姆握筆的姿勢在空中比劃起來。她滿意的點點頭，拿起竹枝，沾雞屎，在土牆外寫起「字」來。秀梅會寫的字不多，她先寫阿拉伯數字。1寫到10，阿爸的帳簿裡寫滿這些密密痲痲的數字。她最喜歡「2」，這個數字就像鴨仔泅水。一隻鴨仔太孤單，秀梅寫了許多2，再畫個大圈，當做陂塘。

秀梅還會寫幾個漢字。一横，一撇向左，一撇向右，這是「大」，一個大人張開手，站得直挺挺的樣子。與大相對的就是「小」，是一個細人，兩手微微垂下，搖搖晃晃地走著。秀梅在「大」的旁邊，畫下小小的「小」字。在這個家裡，阿爸是最大的，哥哥們和她是小的。細人中，排行老大的仁枝哥已經死了，所以現在義枝哥是最大的，接著是禮枝哥，她仍然是最小的。秀梅沉浸在書寫的世界，沾了雞屎，就在泥土牆上塗抹。不知不覺，在秀梅舉手可以碰觸到的地方，全寫滿雞屎字。

這時，一陣急急的腳步聲傳來，她一轉頭，就看見阿爸怒氣沖沖走來。

「你麼个毋好搞，搞雞屎！」阿爸的怒吼聲，嚇得秀梅放掉手中的竹枝。她又做錯事了。阿爸抓起門邊的竹修仔，用力揮向她的小腿，罵道：「搞雞屎！分你食竹修仔，看你還愛搞無？」秀梅咬緊下唇，不敢哭出聲。她只是想像阿姆和哥哥們那樣寫字。竹修仔在她身上烙下一條又一條淺淺深深的傷痕。宛如紅色的墨汁，在她的手臂和小腿上寫下不成文的筆畫。

暗夜，秀梅用老薑沾藥酒塗擦傷口。

「到底愛等幾久正做得去學校？」秀梅問窗外的月光。

等啊等，半個月後，郵差阿叔終於又來了。同樣一封署名給秀梅的信，同樣的牛皮信封與落款。

「你就遽遽送你妹仔去。害俉逐擺來送信，騎當遠欸！」郵差阿叔念道。

---

30 屙糟：形容骯髒不乾淨。

「屌你姆，這政府恁閒，逐日寫信來。𠊎問你，細妹人讀麼个書？」阿爸翹著二郎腿坐在門外，手裡夾著菸，一點也不想接信。

「你恁會講，去摎[31]政府講啊！摎𠊎講有麼个用？」郵差阿叔把信塞給阿爸。

「好啦，好啦，儘採[32]該政府愛仰般搞！」阿爸抽了一口菸。

「阿爸，你个意思係講𠊎做得去讀書係無？」秀梅從門口跳出來。

「你這夭壽嫲偷聽大人講話！」

「阿爸，拜託啦！愛做个事情𠊎一定會做忒正去！」秀梅用祈求的眼神望向阿爸。她不太會撒嬌，也很少提出什麼要求，但這一次就算又食竹修仔也要說出來。

「儘採你啦！」

「承蒙阿爸！」秀梅叫出聲來。扛起裝滿屙糟衫褲的竹籃，準備去洗衫。

「你這妹仔算當乖啦！讀點書也好啊。」

「莫講了，食茶啦！」阿爸起身，招呼郵差阿叔進屋。

「又愛分你請囉！」

日頭把石牯曬得發燙，赤著腳的秀梅蹦蹦跳跳往河邊走去。今晡日个樹特別青，圳溝个水也特別清，連梯田个稻穗看起來也比平時多。秀梅遠遠的看見蹲坐在河邊的玉子。

「玉子！」秀梅叫喊。三步併作兩步走到玉子身邊，說：「下擺做得共下去學校了！」

「恭喜你喔！你爸肯了係無？」

「係啊，係啊！」秀梅拉著玉子沾滿茶箍水滑溜溜的手。

「讀書愛當早跣喔！」

「半夜跣也無要緊。」秀梅的目珠散發出晶亮的光彩：「你做得講學校个事情分偓聽無？」

「學校喔，就山腳下該間啊，你三個阿哥全有讀過。頭擺係楊梅公學校，這下變楊梅國民學校。」33

31 摎：跟。

32 儘採：隨便。

33 即現在的楊梅國小。昭和十六年（一九四一年）三月，總督府將小學校、公學校和番人公學校一律改稱為國民學校，強調日本人和臺灣人沒有區別，修習一樣的課程，除了口文之外，還包括作文、讀書、習字、算術、唱歌與體操等，但在教材上仍強調軍國主義教育與皇民化思想。四月一日，楊梅公學校正式改稱為楊梅國民學校。昭和十八年（一九四三年），總督宣布正式實施六年制義務初等教育，強制每個八歲以上，十四歲以下的學生都必須就學，包括女童，改變以往女性不能就學的風氣。

「麼个係公學校？做麼个又變做國民學校？到底偓讀个係麼个學校？」

玉子見秀梅苦惱的樣子，笑出聲來。「偓摎你講，頭擺『公學校』係分臺灣細人讀个，『小學校』係分日本細人讀个。一年前啦，政府摎小學校、公學校全部改做『國民學校』，講日本人摎臺灣人全共樣啦。」

「毋過，偓阿爸講，日本人係日本人，臺灣人係臺灣人，無共樣啦！」

「你仰恁憨！政府當然愛講共樣啊，無臺灣人做麼个愛為日本打仗？」

「學校就學校，做麼个又講到打仗？」秀梅實在受夠戰爭，彷彿一片永遠不會散的烏雲，籠罩在每個人的頭頂。

玉子無奈的笑了笑，回：「係啦！學校係學校。你去學校，就有同學，做得學寫字，學打算盤，還有學唱歌。」

「偓毋識路，你愛渡偓去喔。」秀梅像小妹妹那樣跟玉子撒嬌。

「知啦，知啦，毋會放你自家一個人。」

「玉子姐最好了！」

玉子的哥哥也去打仗了，到這下一點消息就無。雖然不是親生的，但玉子的哥哥待她很好。如果，他回得來，玉子就會跟他結婚，共下過一生人。想到這，秀梅有些自責，她一點也不想跟仁枝哥結婚。但她沒想到事情會變這樣。從沒想過，恁大个人會像蟻公恁脆命。

春天等到炎夏，終於盼到開學日。

這日，秀梅只帶上一個便當，便當盒是阿路米[34]做的，頭擺仁枝哥讀書時用的。這下裝昨夜沒吃完的番薯籤，再用阿姆留下的花布包裹。花布略略褪色，上頭的牡丹盛放依舊。天未光，阿爸、義枝哥都還沒醒。秀梅提著便當，輕手輕腳離開烏暗的家。一走出家門，腳步就輕快起來，一下就到玉子的家門前。

玉子早在家門前等候，她著白衣黑裙，腳上的黑布鞋破了一個小洞，讓玉子圓圓的腳趾若隱若現。玉子發現秀梅盯著她的腳，有些敗勢[35]說：「好走了啦！」拉著秀梅往山下走。「你還有鞋著，還好喔。」秀梅低頭看著自家的黃土大腳，腳底牛厚繭，被紅土沙塵弄得灰土土的。「偓無鞋著，會見笑無？」「有麼个好見笑？莫想恁多啦！」玉子安慰她。

34 阿路米：海陸腔，鋁。
35 敗勢：不好意思。

看著山邊冒出的紅太陽，秀梅很快轉換心情。好不容易可以上學，管他那麼多。只要有書讀，沒鞋穿又仰般？

「你會緊張無？」玉子問。

「一點點。」秀梅笑得瞇起眼睛。她終於可以上學，可以學習寫字。秀梅把雙手張開，一陣山風襲來。秀梅伸出食指，放進嘴裡含了含，在冰涼的空氣裡寫字。

「你做麼个？」

「寫字啊！」

「寫麼个字啊？」

「『梅』啦！」

「恁會喔，會寫自家个名。」玉子摸摸秀梅的頭。秀梅得意的笑，心裡浮現一個人影。晨曦照亮前路，秀梅彷彿看見那人，站在山路盡頭對她微笑。她要行出這座茶園了，要前往一個新地方。

「到了！你看！」玉子指著前方街路，右側有一座大門。

校門兩側是磚頭砌的柱子，一塊木匾掛在右柱上，用漢字寫著「楊梅國民學校」。興奮轉為緊張，行到門口，秀梅呆愣愣站在門外，抬頭望著巨大的門。玉子牽起秀梅的手穿過大門，門後有一塊花圃，種著粉紅色的花，中央有叢大樹，葉子都掉光了。大樹旁有一個公告欄，上面張貼一張白色的紙，寫滿密密麻麻的名字。前面有幾個大人牽細人擠在公告欄前面。

「來尋你个名！」玉子伸長脖子找秀梅的名字。

秀梅長得矮小，只得往上跳，試圖看到上面的字。

「尋著了！尋著了！」玉子指著其中一行說：「黃秀梅，一年二班。」

「一年二班。」秀梅默念。2，是她喜歡的數字。

鐘聲響起。

「哎呀，愛上課了！」玉子加快腳步，秀梅緊緊跟上。

玉子帶著秀梅來到一年二班的教室，對秀梅說：「你个教室到了，𠊎个教室在二樓。下課𠊎正來尋你。」

秀梅走進教室，先生問了她的名字，指著門邊的位置叫她坐在那。

「𠊎安到[36]櫻子。」甜美的聲音從耳畔傳來，隔壁細妹的嘴唇粉粉嫩嫩，像初綻的櫻花。

36 安到：叫做。

「你會講客話喔！偃還想你係日本人，毋會講客。」秀梅有些開心，她的日語沒有流利到可以跟人交談。

「你覺著偃像日本人？」櫻子櫻花般的唇微微上揚。

「係啊！日本電影底背个日本人。」秀梅回。秀梅沒看過什麼電影，只是想要形容那種來自本島的日本人。櫻子笑得更開心，臉頰泛著紅暈。

「你還吂講你个名。」

「黃秀梅。梅花个梅。」

「恁好，偃係櫻花，你係梅花。」櫻子笑得露出潔白皓齒。秀梅想起山上的梅花樹和櫻花樹，也跟著笑了。

「偃戴楊梅鎮，市場過去點，你戴哪位？」

「偃戴山頂个茶園。」

「茶園！」櫻子驚呼，露出羨慕的表情說：「偃當想戴山頂，風景一定當好。」

「還做得啦。」秀梅沒有想過，櫻子竟然會羨慕她。她才應該羨慕櫻子吧。能住在鎮上，著好看的衫，還有書包好揹。秀梅看著櫻子掛在椅子後方的紅書包。紅書包又硬又挺，秀梅還是第一次見到。哥哥們揹的是阿姆縫製的斜背包。那些背包早就破損不堪，秀梅只好用拜神用的花布替代書包。

見秀梅盯著書包，櫻子主動把書包遞給秀梅說：「這書包係阿姐頭擺用个，有點舊了。」

「哪會舊？佢第一擺看著恁靚个書包。」秀梅接過書包，珍惜的撫摸皮製書包堅硬的觸感。油亮光滑的正紅色，讓人想起過節時拜拜用的龜形紅粄。要不是書包是櫻子的，秀梅還真想咬上一口，試試皮製書包的口感與味道。櫻子見秀梅撫摸書包的樣子，好像書包是什麼好食的東西，笑出聲來。秀梅不好意思搔搔頭說：「佢爸講，也毋知會讀幾久，毋需買書包。毋過，佢當想有自家个書包。這還你。」秀梅把懷裡的書包還給櫻子。

「無書包做得，無筆就做毋得。」櫻子打開書包，掏出布製筆袋，拿出一支削好的黃皮鉛筆和一支毛筆遞給秀梅，說：「這係佢阿姐頭擺个，送你。」黃皮鉛筆還剩三分之二，毛筆尾端的紅繩有些褪色。

「承蒙你姐。」秀梅喜滋滋接過筆，在桌頂比劃起來。見櫻子沒回話，轉頭一看才發現櫻子的目珠含著目汁。秀梅以為櫻子捨不得那些筆，趕緊把筆還給櫻子說：「這筆還你，你莫噭啦！」

「毋係啦。」櫻子搖搖頭：「𠊎係想到阿姐。𠊎姐舊年……走了……」最後兩個字非常細聲，說完後櫻子趴在桌上哭。

秀梅嚇了一跳，看著手中的筆喃喃說：「仰會恁樣？」

櫻子年紀跟她一樣，櫻子的阿姐可能大幾歲，恁後生仰會走了呢？秀梅感覺到周遭投來關心又好奇的眼神。她拍拍櫻子的背，不知該說什麼來安慰櫻子。

「其實，𠊎姆、𠊎大哥舊年也走忒了。」

櫻子抬起頭來，擦了擦目汁問：「仰會恁樣呢？」

「𠊎大哥去南洋做兵，分銃打死。𠊎姆身體毋好，聽到這消息佇毋著，也走了。」

櫻子不再哭了，目光有些閃爍，細聲問：「你會惱[37]日本人無？」

「毋會啊！」秀梅想起勝彥哥的笑容。身邊的櫻子笑了。

「陪𠊎去便所好無？」櫻子問。

「好啊！」

她們順著長廊走去，在轉角處找到便所。便所分成兩間，一間是細倈的，一間是細妹的。細妹的便所是一條長長的溝，中間用木板隔開，散發難聞的屎尿味。秀梅上完廁所走出來，洗手時見櫻子漲紅著臉，快速洗過手，跑到走道外，大口呼吸。原來櫻子剛剛都在憋氣。想到剛剛櫻子的古怪表情，秀梅忍不住哈哈大笑。

「秀梅，你來看！」

秀梅朝櫻子走去，只見櫻子蹲在地上，一隻巨大的剪刀蛄[38]不知道為什麼翻肚仰躺在地上掙扎，幾隻蟻公在旁邊虎視眈眈。秀梅趕緊到旁邊找來一根粗樹枝，把剪刀蛄翻了回來，剪刀蛄像剪刀的雙角是油亮的黑色，身體卻是紅色的。秀梅從沒見過顏色那麼鮮豔的剪刀蛄。只見牠爬行的速度緩慢，身邊的蟻公卻越來越多。

噹噹噹！上課鐘聲響。

「秀梅，仰結煞[39]？」櫻子擔憂的問。

秀梅徒手抓住剪刀蛄的兩側，把牠放在一旁的樹幹上。櫻子用佩服的眼神看著秀梅。兩人沒時間多說，趕緊跑向教室。

下一節下課，兩人再次來到大樹下，尋找剪刀蛄的蹤影。

37 惱：客語，討厭。
38 剪刀蛄：鍬形蟲。
39 仰結煞：怎麼辦。

「在該位！」秀梅指著樹幹高處的剪刀䖸喊。

日光透過樹葉，把剪刀䖸照得閃閃發光。

先生發下兩套制服，白襯衫、黑百褶裙，這是秀梅從小到大第一次擁有全新的衣服。入夜，秀梅洗完澡，用剩下的洗澡水輕輕搓洗制服，晾在竹竿上。一大早，秀梅套上制服，站在鏡子前，用手拉齊衣領，把衣服紮進裙中。晨曦讓房間不再那樣灰暗，秀梅打量鏡子裡穿白衣黑裙的自家，露出微笑。

儘管不清楚上學可以學到多少東西，但知識的力量，秀梅明白。禮枝哥就有那樣的力量。禮枝哥從小愛讀書，阿爸盡可能供應他任何讀書所需，甚至變賣一部份茶園讓禮枝哥去臺北城念書。禮枝哥是阿爸最鍾愛的細人，不只因為他是屘子。在阿爸眼中，會讀書的禮枝哥是全家的希望。

雖然上學後，該做的家事還是少不了，但秀梅仍然喜歡去學校。

櫻子的日語非常流利，常在下課時幫秀梅複習五十音。認識一段時間後，櫻子才對秀梅說，她的阿爸是本島人，阿姆是臺灣人。阿爸舊年調轉本島，講會等機會接她轉去。秀梅聽了羨慕極了，她也想去本島。說不定能在那裡遇見勝彥哥。她想買好多星星糖，跟勝彥哥坐在日本的櫻花樹下打嘴鼓。在這之前，她得先牢牢抓住長得像蟲子般的假名。

秀梅最喜歡算術課。有一日上算術課，先生在黑板上寫了一道算式「5＋6＝？」，他放下粉筆，手倚桌子，掃視臺下學生，特別是細倈，問：「麼儕會？」

秀梅很快舉起手來。

「黃秀梅，你上來寫。」

臺上握著粉筆的秀梅，想起掌鴨仔時，一邊有五隻鴨仔，另一邊有六隻鴨仔，加起來是十一隻鴨仔，秀梅在黑板上寫下兩個「1」。秀梅望向先生，先生點了點頭，揮揮手示意她回到座位上。

「答案共樣个擎手。」全班有半數舉手，有的人手舉一半，似乎不太確定。先生用紅色粉筆在秀梅的答案上打了一個大勾，對秀梅露出讚許的笑容說：「你做得下去了。」接著說：「大家來看這算式……」先生重新解釋這道算式時，櫻子用肩膀輕輕碰了一下秀梅，對她豎起大拇指。

秀梅也喜歡音樂課。雖然，她根本看不懂那些豆芽般的符號，可是她很喜歡風琴的聲音。靠在牆角不起眼的風琴，在先生彈奏下，發出悅耳的聲響，彷彿有人站在潮濕的海風中唱歌。嚴肅的先生彈奏風琴時，表情也比平時柔和許多。

一日，上音樂課時，教室門口出現一個細倈，個頭跟先生差不多，穿著日本軍服。先生停止彈奏鋼琴，走出教室，跟那人說了幾句話。先生回到教室，留下一句：「俚先去辦公室處理事情。」說完就跟穿軍服的細倈離開。起初，大家裝模作樣翻著音樂課本，很快就出現打鬧聲，先生離開不到十分鐘，教室已亂成一團。

「櫻子，你聽過這首歌嗎？」秀梅清了清喉嚨，哼唱勝彥哥唱過的那首歌。她記不起歌詞，只能反覆唱第一句「さくら」。

「啊！」櫻子露出促狹的笑容：「你唱个就係俚啊。」

「你也有聽過這首歌喔？」

「會啊。俚還會彈。」櫻子走向風琴，坐上椅子，腳勉強搆到踏板。秀梅湊到一旁看，只見櫻子把雙手放在琴鍵上，像撫摸一隻貓般，輕輕敲響幾個音符，流暢彈奏那記憶中的旋律。

桜　桜

野山も里も

見渡す限り

霞か雲か
朝日に匂ふ
桜　桜
花ざかり

桜　桜
弥生の空は
見渡す限り
霞か雲か
匂いぞいずる
いざやいざや
見に行かん

櫻花呀　櫻花呀
深山與郷里間

就我所能看到的範圍內
那是霞，還是雲？
朝日下瀰漫香氣
櫻花呀　櫻花呀
正盛開著

櫻花呀　櫻花呀
三月的天空下
就我所能看到的範圍內
那是霞，還是雲？
空氣中瀰漫香氣
走吧走吧
去看看她

鬧哄哄的教室安靜下來。有個同學起頭，跟著旋律唱出第一句。很快的，又多了幾個人一起合唱。秀梅彷彿看見櫻花盛開，整間教室都是飛舞的花瓣。第二遍還沒彈完，櫻子忽然不彈了。「彈啊！」秀梅還想多聽幾遍。這時，大家望向門邊，原來先生站在教室門口。他走進教室，秀梅和櫻子趕緊回到座位。

「櫻子，你會彈琴？學多久了？」先生用日語問櫻子。

「兩年。」櫻子的聲音比蚊子還小。

「大日本帝國除了打仗，還愛音樂，愛美術。」先生用日語說一遍，又用客語講一遍。

秀梅漸漸熟悉學校生活的步調，要做的家務緊做緊遽。這日，她剛煮好茶米茶，要出門上學。

「阿爸，𠊎愛去學校了。」秀梅向蹲在門口食菸的阿爸說。

阿爸看秀梅一眼，吐一口痰在地上說：「細妹人讀麼个書？還毋係要嫁人。」秀梅看著地上的濃痰，身為細妹，她就像那口痰，永遠被踩在腳底下。她假裝沒聽到阿爸的話，拿起花布包裹走出家門。

「屌你母！」阿爸站了起來，一把抓住秀梅。花布掉落地面，秀梅驚恐地看著阿爸。

「今晡日開始，你毋使去讀書了。讀麼个書？緊讀緊無規矩！」秀梅跪了下去，百褶裙沾滿泥土：「阿爸，拜託你，𠊎還想讀書。」

「毋使講了！」阿爸揮揮手，不理會跪在地上的秀梅，逕自往屋後雞寮走去。

秀梅的目汁從臉頰滑落，滴進泥土裡。她想去學校，想聽櫻子說關於本島的事。雖然櫻子從沒去過本島，卻知道很多本島的事。秀梅經常一邊聽，一邊想像勝彥哥過去的生活。她有好多東西還沒學，怎麼能說不去就不去呢？但秀梅不敢忤逆阿爸。竹修仔站在門邊狠狠瞪著她。

一日過去，兩日過去，一禮拜過去。秀梅日日望著家門口的小路，希望先生為她的缺席而來，或是郵差阿叔騎自行車送來一封催她讀書的信。但誰都沒有出現，大家是不是都忘記她了？秀梅將制服和櫻子送的筆，用花布包起來，收進櫃子深處。

秀梅回到上學前的生活，煮飯、洗衫、曬衫。這日，她像往常一樣在禾埕上晾曬全家的衫褲。突然，水螺聲大作，幾個黑點出現在遠方的天空，黑點越來越大，像鷂婆盤旋空中。秀梅驚慌的往屋後跑去，躲進竹林中，巨大鐵鳥低低掠過。噠噠噠，砲彈射擊聲，衣桿迸出火花。她摀著耳朵，害怕得發抖。

那次以後，水螺聲常透響起。以前大人總說，炸彈不會傷平民百姓，只會炸港口和軍事用地。後來，大家發現這些戰鬥機簡直發癲，見人就炸。從臺北城逃回來的人說，死忒當多人。大家不敢去茶園。聽說，連學校也關了。

昭和二十年夏天，廣播傳來日本戰敗的消息。[40]昭和天皇宣布日本政府無條件投降。秀梅想起教室天花板上高掛的日本國旗。

暗晡夜，阿爸拿出一罈私釀的酒，倒了四杯。一杯放在自家面前、一杯給義枝哥，另外兩杯放在無人的空位上。阿爸一個人乾杯，一個人噉。

不能上學後，秀梅很久沒下山。很多消息都是從玉子那裡聽來的。玉子說，日本兵要撤退了，對岸的國民政府要接收臺灣。校長已經準備搭船返鄉。

「俚班个先生呢？」

玉子偏頭想了一下說：「這俚毋知。毋過，學校當多後生个先生分人調去打仗。」

先生去戰場了嗎？那麼櫻子呢？櫻子有轉去日本跟阿爸團圓嗎？秀梅整夜想著勝彥哥和櫻子，翻來覆去睡不著。她從櫃子深處拿出花布包裹，打開後，拿起櫻子送她的筆，在空氣中反覆寫著五十音，彷彿聽見櫻子用甜甜的嗓音念每一個字。

---

40 一九四五年八月十四日，日本政府宣布接受《波茨坦公告》；八月十五日，昭和天皇發表《終戰詔書》，宣布日本政府願意遵從同盟國提出的無條件投降之要求。

日本政府走了，國民政府來了。

對秀梅來講，日子沒有太多轉變，逐日要做的工作還是多得不得了。一大早得先扛尿桶去菜園澆菜，再打掃廳下，洗米煮飯，下晝掌鴨仔[41]。

鴨寮就在屋舍後面，有十六隻鴨仔。鴨仔來來去去，有的是過節被宰來吃掉，有的帶去市場交換白米醬油鹽巴砂糖。有時，鴨卵會孵出細鴨仔。牠們穿著一身黃茸茸毛衣，嘴喙是粉橘色的。搖擺小翹臀，啄地面的蟲子，當得人惜[42]。

秀梅主要的工作就是掌鴨仔，鴨仔需要透透氣，才能長得好。這工作說起來不難，先去後院數鴨仔，確定沒被野狗吃掉或偷走。再來，秀梅會打開竹柵欄，像隊長般站在最前頭，鴨仔當聰明，跟著她走去圳溝，一隻隻往溝裡跳。牠們翹起尾巴，順著水流游向遠方。遠處有蓄水用的陂塘，鴨仔會在該位搞水。秀梅不能一直看著牠們，還有很多工作需要做。等飯煮好、衫褲洗好曬完，就臨暗了。秀梅順著圳溝行一段路，等鴨仔轉來。鴨仔轉來時，也要一隻一隻慢慢數，確定數量，再帶牠們回到竹籬，拿菜葉給牠們當晚餐。

讓鴨仔游向看不見的遠方，等待牠們歸來，難免有風險。假使鴨仔毋轉來呢？阿爸說：「無泅水个鴨仔，卵毋多，肉也較澀。」秀梅不敢想像這群日日跟著她的鴨仔被割喉、滾水去毛，光禿禿成為供桌上的牲禮。她喜歡牠們，相信牠們也喜歡她，才會逐日在同一時間回到她身邊。

屋下還有畜一隻整天躺在地上睡覺的大豬公、雞公雞嫲和三隻掌屋的狗。但秀梅還是最喜歡鴨仔。她不會泅水，卻愛看鴨仔在水裡搖尾巴，順水流往遠處游去的自在模樣。因為喜歡鴨仔，秀梅喜歡掌鴨仔。

這日，秀梅像往常一般，打開竹籬，領著整群鴨仔往圳溝去。她像學校先生點名般，指著一隻隻排著隊如學生般的鴨仔數道：「一、二、三、四……十六。」數量跟昨晚一樣，十六隻。

日頭會落山了，秀梅趕緊放下手邊工作，來到圳溝唇等鴨仔轉來。她蹲坐水畔，口裡嚼著酸甜的烏鈕子。遠遠的，圳溝盡頭先是冒出白色的頭，接著出現長長的脖子，再是飽滿的身體。領頭的鴨仔又大又壞，連泅水的模樣都像鱸鰻頭[43]。一隻、兩隻、三隻……

41 掌鴨仔：看養鴨子。
42 當得人惜：可愛、惹人憐愛。
43 鱸鰻頭：流氓。

十五隻。「鱸鰻頭，仰會減一隻呢？」秀梅問大鴨仔。只見大鴨仔大搖大擺往屋下行去，不理會秀梅。

仰恁無義氣！倨平時對你恁好！秀梅怒瞪那隻悠悠哉哉的大鴨仔，急得目汁都掉下來。慘了！若是阿爸發現少一隻要仰結煞？光是想到阿爸拿起竹修仔的狠勁，秀梅就害怕得發抖。

轉屋下後，秀梅幾次想開口告訴阿爸今天的事，又把話吞了回去。這件事能瞞多久？鴨仔不見後，秀梅日日心驚膽跳，就怕阿爸發現。她去圳溝和陂塘尋過，無尋到。過一禮拜，祭祖日會到了，阿爸說要殺一隻鴨仔拜祖公祖婆。秀梅緊張得要死，跑去鴨寮旁再算一次。少一隻就是少一隻。啪啪啪，阿爸急急的腳步聲越來越近。

「飯煮好了無？仰還企在這？」

「煮……煮好了啦。」

阿爸快腳走到鴨寮前，掃了一眼竹圍裡的鴨仔，冷冷問道：「仰會少一隻？」圍欄裡的鴨仔似乎感覺到阿爸的殺氣，張開翅膀，驚慌跑向另一頭。

「倨也毋知。」秀梅每天在想，該日做毋錯麼个，仰會鴨仔毋轉來？阿爸眉毛一皺，拉起她的衣領，她像待宰的細鴨仔被拎回正廳。阿爸拿起牆角竹修仔狠狠往她身上揮。秀梅痛得流下目汁，卻不敢發出任何聲音。

「鴨仔幾時毋見？仰無摎倨講？分你偷食掉係無！」阿爸一邊打一邊罵：「天光日鴨仔無轉，你就知痛了！今晡日毋准你食飯，聽到無？」秀梅無助的點頭，卻不知該去哪裡尋回不見的鴨仔。

暗晡夜，肚屎空空的秀梅，走去山頂的伯公廟，虔心對神龕上留著白鬍鬚的伯公祈求：「拜託伯公保庇，鴨仔遽遽轉來。」她又跪又拜，最後竟在拜墊上睡著，醒來時天已光。秀梅趕緊跑回家燒柴火、煮朝。做完家事，到後院打開竹籬，帶鴨仔去圳溝。秀梅望著牠們游向遠方的背影，深深嘆口氣。一夜過去，鴨仔還係無轉來。

臨暗，秀梅在圳溝唇頭等待鴨仔轉來。

一隻、兩隻……十五隻，秀梅垂下頭來，拜伯公也無用。當秀梅正要轉身帶鴨仔轉屋下，圳溝該頭又出現白色身影。係鴨仔轉來了係無？秀梅揉揉目珠，不敢相信看著大鴨仔，後面跟著一群鵝黃色細鴨仔。六隻細鴨仔，加上原先的十六隻，有二十二隻鴨仔。

「原來係去孵卵啊！害倨分阿爸修理！」秀梅對著上岸的大鴨仔說。大鴨仔瞄了秀梅一眼，轉身望向後背的細鴨仔，等牠們一一上岸。

該日暗晡，秀梅不但無食竹修仔，阿爸還主動夾菜放進她的碗。此後，每逢初一、十五，秀梅都會去拜伯公。她從沒忘記這一日，鴨仔、伯公，還有主動夾菜給她的阿爸。

第四道　茶米茶

第一次跟阿爸來小楊梅時，秀梅五歲。阿爸牽著她，往山上走。阿爸住的地方在楊梅的山頂，秀梅走得有些累，但她不敢吭聲，努力追趕阿爸的步伐。

阿爸停下腳步，在路邊一棵大榕樹旁坐下休息。秀梅怯生生站在阿爸旁邊。阿爸拍拍榕樹下的一粒大石頭，示意秀梅坐下。他掏出腰間的竹製水壺，自家食一口，遞給秀梅。秀梅接過食一口。微涼的茶水流入喉頭，唇齒間充溢茶香，喉頭回甘。秀梅又食一大口。

「行悿了，嘴燥了？」阿爸問。秀梅點頭，將竹壺還給阿爸。

「你來看！」阿爸指著向上的山路說：「這位行上去，就係𠊎个茶園。」

秀梅望向山頂一叢叢茶樹，如巨大青綠蟲蠹[44]盤踞。她驚嘆：「還闊啊！」

---

44 蟲蠹：海陸腔客語，蚯蚓。

「當然闊，七甲零。你知頭下食个係麼个茶無？」阿爸露出驕傲的神情。秀梅搖頭。

「烏龍茶。最貴个茶。頭擺祖先來臺灣帶來个種，偓阿公、偓阿太全係種這。到偓爸該代，日本人講，外國人愛食紅茶，偓爸就改種大膨種。你下二擺也愛摎偓摘茶。知無？」

秀梅點頭，看著穿梭在茶園間的山路向上蜿蜒，彷彿沒有盡頭。

阿爸無想到，戰爭比想像中長。在日本政府命令下，阿爸不得不砍掉一半茶樹，改種番薯。郵差阿叔每次送信來山頂，阿爸會找他食茶飲酒。

「做茶个東西仰做得拿去剛人？」食酒醉的阿爸罵道。政府通知，要徵收倉庫裡的老製茶機，說要做成兵器。

「你這兜話放心肝肚，莫講出來啦！」郵差阿叔小聲勸道。

海運中斷，茶葉無法度賣去國外。細倈去打仗，茶園無人看，生出的雜草比茶樹還高。茶園間有炸彈轟炸過的窟窿，四周茶樹一片焦黃。傳三代的茶園看起來像無人管理的野林。

戰爭好不容易結束。

「這下茶園尋無人手，偓又老了，毋知愛仰結煞好？」阿爸望著茶園。

「偓聽人講國民政府愛做臺灣茶个公司，摎臺灣茶賣出去，可能係當好个機會。」義枝哥輕拍阿爸的肩頭。

「政府做得相信無？」

「偓轉來做，你信偓就好。」

義枝哥回到茶園幫忙，禮枝哥依舊在城裡讀書。

三個阿哥裡，對秀梅最溫和的就屬老三禮枝哥。禮枝哥人長得秀氣，笑起來一對門牙十分突出，皮膚白皙，像溫順機靈的兔仔。禮枝哥從小愛讀書，也會讀書。中學畢業後，考上臺北的學校。楊梅有條秀才路，大家說禮枝哥若生得早，就是秀才了。阿爸笑稱：「差遠了！」嘴角卻掩不住笑意。每次，禮枝哥寫信回家，多半是要錢。買書、繳學費，樣樣都得花錢。即使家裡連買米的錢都快籌不出，阿爸還是會想盡辦法滿足禮枝哥的要求。阿爸一心想：「禮枝一路讀上去，下二擺一定會做大事。這兜錢又算麼个？」

七月天熱燁燁，大家在茶園採收夏茶。夏茶產量沒有春茶多，大多做成紅茶。日頭當烈，領頭的茶妹姐吆呼：「大家來休息一下，食茶。」大夥兒躲進棚子裡，幾個杯子共用。斗大汗珠從採茶細妹的額頭上流下。

「該人係你三哥無？」玉子喊。

山徑那頭，一個細瘦的人影走來。那人戴著鴨頭狀的帽子，手提皮箱。細妹人圍在一起看，不時發出笑聲。

「你三個阿哥，就你三哥生到最好看。」玉子在秀梅耳空邊小聲說：「你大哥無福氣，講毋定，你下二擺會嫁分你三哥喔。」秀梅一聽，耳根頓時紅了，反駁道：「偓正九歲，講麼个嫁人？」這時，禮枝哥走到茶園邊，脫下帽子，舉起帽子對樹下的採茶妹招手。

「還毋去揇手[45]！」玉子推了推秀梅。從小一起長大，見面本來沒麼个，被玉子一慫恿，反倒有些難為情。倒是生性豪爽的茶妹，倒一杯茶往禮枝哥走去。

「行恁久，嘴一定燥了。來食杯茶。」茶妹一副當家女主人的口吻。大家知道，茶妹與義枝哥走得近，變成義枝嫂是早晚的事。

「承蒙茶妹姐！」禮枝雙手接過未來阿嫂手中的茶，一飲而盡，兔仔般的娃娃臉笑著說：「還係自家茶園種个茶好食！」

秀梅被玉子推到最頭前，怯生生走到禮枝哥身邊，雙手提起行李箱，發現比想像中重許多。禮枝哥趕緊接過行李箱，說：「當重後。裡背全係書啦。你去無閒，偓自家款就好了。」禮枝哥說完向大家揮手，往山頂的家走去。秀梅站在原地，望著禮枝哥的背影，想著剛剛玉子說的話。像三哥恁樣讀過書个人，會愛一個大字毋識，只會摘茶个細妹人無？

「做事了啦。還看！」玉子拍了一下秀梅頭頂上的笠嫲。

秀梅扛起摘茶簍走向茶園。三哥難得轉來，暗晡夜愛炒一盤佢最愛食个紅菜頭炒卵。

禮枝哥難得在家待上半個月，大部分時間都在房裡看書，偶而說要下山買東西。一出去就是一整天，很晚才回家。有日暗晡，秀梅洗過澡正準備回房，撞見剛回家的禮枝哥。一臉疲憊的禮枝哥，看見秀梅有些訝異：「還吂睡喔？」

「愛睡了啦。三哥，你仰恁暗正轉？」

「無啦，朋友有點事情尋倨㩧手。」

「三哥，倨覺著你這擺轉來較無笑容。」

「有喔？」禮枝哥勉強笑了笑。「你這細人莫想恁多，遽遽去睡啦！」

「倨正毋係細人了。」秀梅嘟著嘴走回房間。

天光日，禮枝哥揹著阿姆縫製的布袋準備出門。

「你愛去哪位？」阿爸叫住禮枝哥。

45 㩧手：幫忙。

「無啦，去尋朋友，一下就轉了。」

「逐日講走就走，轉來又恁暗，去做麼个大事？」

「哪有麼个大事？𠊎十七歲了，又毋係細人。」禮枝哥抛下這句話，轉身就走。禮枝哥從小乖巧又聽話，從不曾應嘴。阿爸看著禮枝哥離開的背影罵道：「降倈仔有麼个用？毋當外背攬轉來个。」阿爸轉身叫住準備出門洗衫的秀梅說：「你跈𠊎來！」

秀梅跟著阿爸往禮枝哥的房間走去。以前，禮枝哥和義枝哥同睡一間房，仁枝哥自家一間。仁枝哥不在後，先是阿爸短暫住過一陣子，阿姆過身後，阿爸搬回原來的房間。禮枝哥每次回來就住仁枝哥從前的房間。房間漸漸被禮枝帶回的書佔據。

「你企這，聽到人聲就喊𠊎。知無？」阿爸走進禮枝哥房間。

秀梅站在門外，從門縫偷偷往裡看。只見阿爸翻箱倒櫃，不知在尋麼个。禮枝哥人長得體面，房間卻是一團亂。

阿爸從床底下拉出沉重的東西，磨擦地板發出沙沙聲響。秀梅把門再推開一些。原來是禮枝哥那天帶回的行李箱。

阿爸打開行李箱，裡頭果然如禮枝哥說的，全塞滿了書。阿爸一本本拿起來檢查，所有的書散落在地板上。阿爸拿起一本書往房門走來。秀梅趕緊站到門邊，假裝什麼都沒看見。

阿爸坐在廳下食酒，一杯乾完又一杯。那本書就躺在酒壺旁。秀梅想知道那是什麼書，能讓阿爸發恁大个閼。可惜她識字不多，只能看懂書封上的兩個字。其中一個是豬毛的「毛」，另一個則是主人的「主」。

禮枝哥人還沒進屋，就聽見他吹口哨的聲音。那是一首輕快的歌曲，節奏反覆。禮枝哥偶而會在家裡哼唱，只有旋律，沒有歌詞。禮枝哥手裡款著幾瓶酒，酒瓶用麻繩綁在一起。酒瓶碰撞酒瓶時，發出清脆的聲響。

「阿爸，你看佢買麼个轉來？」

「跪等！」阿爸喝斥。

禮枝哥不明所以的看向秀梅。秀梅偷偷指向桌頂的書。阿爸一把拿起書丟向禮枝哥。書本從禮枝哥身上落下，像被獵人打中的鳥仔，張開翅膀躺在地面。禮枝哥放下酒瓶，拿起書，拍拍書上的塵土。他抬頭正視阿爸，沒有一絲愧疚。他的模樣激怒阿爸，阿爸大聲罵：「佢賣地來分你讀書，結果你讀這麼个書？你毋知這書讀毋得係無？」阿爸的目珠充滿血絲，當嚇人。禮枝哥緊抱著書，依舊不發一語。

阿爸拿起門邊的竹修仔，狠狠往禮枝哥身上抽。秀梅看傻了眼，那把竹修仔向來都是打在她身上。她從沒有想過，有一天最乖最聰明的禮枝哥也會食到竹修仔的苦。阿爸一邊打一邊罵：「你知這書做毋得讀？你姆若知，死無合眼！」禮枝哥死命抱著書，目汁鼻水在臉上糊成一片。

「好了啦，阿爸，莫打了！」秀梅張手護著禮枝哥。

「你來，𠊎就共下打！」阿爸發狂似的往兩人身上揮。禮枝哥把秀梅拉到身後，阿爸越打越用力。

「你恁樣做麼个！」義枝哥跨進家門，拉開幾乎瘋狂的父親。

「你自家看看，你老弟讀該麼个書！」

義枝哥瞄了一眼禮枝哥手上的書，臉色大變，試圖搶走那本書。禮枝哥不給，兩人扭打，成日抱著書的禮枝哥不是義枝哥的對手，書很快落入義枝哥手中。阿爸把正廳的金爐搬到門外。義枝哥將書丟給站在角落的秀梅，向秀梅使了眼色，自己牢牢抓住弟弟。秀梅撿起書，不敢看禮枝哥，她咬唇把書交給阿爸。阿爸狠狠把書撕開，丟進金爐，再劃一根火柴。

「讀麼个書！讀到頭腦壞忒！」阿爸睜著血紅雙眼指著禮枝哥罵。大火越燒越旺，文字化為灰燼。阿爸仍不罷休，拿起棍子往金爐戳，翻來找去，不放過任何一頁。

讀書定定[46]，到底有麼个關係？秀梅同情的看著跪在地上的禮枝哥，他黑白分明的瞳孔裡有兩盞火光。

天光朝晨，秀梅在灶下燒柴，準備煮番薯糜。望著柴火，秀梅想起昨晚的事。

「你有看著你三哥無？」阿爸急沖沖闖進灶下問道。

「無啊！偓朝晨看著厥房間个門關等，可能還在該睡。」

「佢走忒了。箱仔也帶走了。走了也好，走了也好。正毋會害到偓兜。」阿爸自言自語行出灶下。他的雙肩垂下，微微駝背。秀梅第一次感覺到阿爸老了。

年剛過，這是秀梅來黃家後，最冷清的一年。種茶人家無得閒，準備開始採收春茶。山頂的梅花開了，秀梅鬱悶時，就跑去山頂看花。櫻花冒出幾點粉紅色的花苞，不多久也要盛開了。

阿爸經常不在家，不時跑去鄰居家打聽山下的情況。聽茶妹說，臺北城出事了。專賣局的人查緝私菸，結果竟然開銃打死人。隔天，很多人去公署前示威請願，阿兵牯又開銃。「當多人死忒。」茶妹把故事說得如若眼前，幾個採茶細妹儘管害怕，但總覺得事情遠

46 定定：而已。

在臺北，應該無關係。
自從楊梅鎮也有人消失，故事不再是故事。大批軍隊從中國抵達臺灣，開始武裝鎮壓，死的人一日比一日多。
「無事莫下山。」義枝哥吃飯時，忽然說了這句話。秀梅歸日待在茶園，這話明顯是對阿爸說的。阿爸三天兩頭就下山打聽禮枝哥的消息。自從義枝哥告誡後，阿爸不再往山下跑，而是日日坐在家門口，盼著禮枝哥轉來。
阿爸唯一與外界通聯的管道，只剩郵差阿叔。他既盼郵差阿叔來，好打聽山下情況；又怕他來，怕他帶來難以承受的消息。每次接信，阿爸的雙手止不住顫抖。比從前等待仁枝哥的信，還要惶恐不安。與他們往來多年的大稻埕茶商，有的避走日本，有的忽然消失。收來的茶葉賣不出去，沒有多餘的錢聘用採茶細妹。若不是家裡種番薯、青菜，畜雞鴨，恐怕連食飯都有問題。
五月，桐花開了。
山頂暗夜微涼，秀梅披著一件薄長衫，坐在門外階梯上食茶。窸窸窣窣的聲音驚擾夜晚的寧靜。有什麼東西在後院，雞仔咯咯叫，狗仔也走去吠。秀梅往後院走去，只見狗仔正在舔東西。秀梅本以為是羌仔。但那個東西比羌仔大多了。秀梅湊近一看，驚叫出聲，哪裡是動物，而是一個人。他倒在地上呻吟，身上白襯衫被泥土和污血弄髒，狗仔正在舔他手上的傷口。

「三哥！你仰會變恁樣？」躺在地上的不是別人，正是阿爸心心念念的禮枝哥。此刻的禮枝哥像逃出陷阱的兔子，懨懨一息倒在地上。

「麼儕？」阿爸在遠處喊。

「三哥。」秀梅搓揉著禮枝哥冰涼的手。

「禮枝！」阿爸跑著過來，義枝哥也聞聲走來。兩人把禮枝哥架起來，扶進房裡。秀梅趕緊去灶下燒水，端著熱水、面帕，替禮枝哥擦去身上的污漬和血痕，再用藥酒幫他塗抹傷口。

「去煮點糜來！」

「好！」秀梅忙進忙出，阿爸寸步不離守著禮枝哥。

「你先去睡，佢來顧。」阿爸說。

朝晨，秀梅來到灶下，在昨晚煮的糜裡加些水，再次滾熱，端著一碗糜飲[47]，走進禮

47 糜飲：稀飯湯。僅客語海陸腔使用，四縣腔為「粥水」。

枝哥的房內。阿爸歸暗無睡，坐在床沿，輕輕撫摸細哥的頭那毛，彷彿他是剛出世的嬰兒仔。秀梅把糜飲放在床邊的書桌上。

「阿爸，你自家也愛食點東西。」

阿爸點點頭。捧碗就口，慢慢把糜飲吞下肚。秀梅發現禮枝哥的手指動了一下，眼皮張開又閉起。

「三哥。」秀梅走到床邊輕聲喚。阿爸放下手中的碗，走到床沿。

「禮枝啊！」阿爸摸摸禮枝哥的額頭。

禮枝哥睜開眼睛，看見阿爸和秀梅，一臉茫然，似乎認不出人。他掙扎想坐起來，秀梅在一旁幫忙扶著。禮枝哥看向四周，揉揉目珠。

「禮枝，係阿爸。」

「阿、爸。」禮枝哥的嗓音乾啞。阿爸抱住禮枝哥。禮枝哥像細人般，一邊嗷一邊講：「大家全死了，全死忒了。」

「大家係麼人？你到底走去哪位？」阿爸著急地追問。

「臺中。」

「用行个？你食麼个？」

「行山路。佇毋著就食野果子。」瘦了一大圈的禮枝哥環抱雙腿顫抖。

「轉來就好。轉來就好。」阿爸拍拍屘子的肩膀，重複說道。

「你做麼个儘採你，拜託你莫害到屋下个人。」義枝哥不知何時走進房間，像條吐信的大蛇，用冷峻目光盯著瑟縮成一團的禮枝哥。

秀梅被義枝哥惡狠狠的樣子嚇到了。若禮枝哥危害到這個家，義枝哥絕對會犧牲禮枝哥來保全自家。阿爸望著義枝哥咬緊嘴唇，不發一語。若在從前，阿爸早就發火：「你講該麼个話！這係你自家个老弟。」阿爸老了，只能用衰老的身體擋在兄弟之間。

義枝哥全面接手茶園的大小事，阿爸把重心放在禮枝哥身上。禮枝哥把自家關在房裡，不看書，不寫字，不再說要下山。整日躺在床上，瞪著天花板發呆。看見禮枝哥失魂落魄的樣子，阿爸不禁搖頭嘆氣說：「一定係煞著。」

山下風聲稍定，阿爸帶禮枝哥到宮廟求神問事。禮枝哥喝下一碗碗符水，但失掉的魂魄始終沒有找回來。阿姆還在，看到發癲[48]的禮枝哥一定當傷心。

義枝哥對茶園當有想法，響應美商公司，將種大葉種做紅茶的茶園，改種小葉種的青

---

48 發癲：發瘋。

心柑仔，做成碧螺春與龍井茶，給美商公司賣到國外。義枝哥也鼓勵附近茶農改種綠茶。這座山、那座山，新埔、竹東、關西、楊梅、湖口，大家全改種青心柑仔。生活確實好一點。

受到大家阿腦[49]的黃家老二，一轉屋下就收起笑容。不管是對阿爸、禮枝哥或秀梅都沒有好面色。比起來，義枝哥對秀梅還比對親老弟好一些。秀梅日日到茶園摘茶，還算有「用」。不像禮枝哥懶坐在家，一點貢獻也沒有。

有一日，禮枝哥行出房門，用屋下的朱泥紫砂壺泡茶，被義枝哥撞見。義枝哥用鄙夷的口吻罵：「垃圾！食麼个茶？」禮枝哥放下手裡的陶壺，走進房間，把房門再度關上。

紫砂壺是阿爸最好的茶壺，常年浸潤茶湯，朱紅色壺身彷彿上了一層油。阿爸買下紫砂壺，主要是用它來泡茶給茶商喝。收成時，阿爸也會用紫砂壺泡茶，透過茶湯的色澤、香氣與味道，分辨收成好壞。紫砂壺壺身小，透氣不透水，泡出來的茶特別甘甜。被阿爸視為寶貝的紫砂壺，現在已歸義枝哥所有。

義枝哥心情好時，也會賞一杯紫砂壺泡的熱茶給秀梅。禮枝哥只准喝茶梗煮的茶米茶。

秀梅逐日朝晨，第一件事情就是煮茶。水滾關火，倒點茶米，等水再滾。剛煮好的茶米茶要先拜神明。把茶倒進瓷製小杯，放入門外牆柱的小鐵圈。點燃線香，雙手合十對天公拜拜，將香插入牆上用水管做的香座裡。

紫砂壺泡的茶，味道當好。毋過平常時日頭當烈，大壺茶米茶正罅[50]食。食幾杯全做得。這種自由和快活，是義枝哥賞的紫砂壺茶沒有的。

義枝哥當煞猛[51]，茶園收成逐漸穩定。向來不喜歡義枝哥的秀梅，也不得不佩服義枝哥。黃家若沒有義枝哥撐著，恐怕早就在接連的打擊下一蹶不振。義枝哥成為楊梅一帶知名的製茶師，他能直接用手拌炒茶葉，雙手在冒著熱氣的鍋爐裡來回翻動。炒茶時，無著衫，只掛一條毛巾在脖子上，防止汗水滴入茶葉中。雖然義枝哥總是板著一張臉，但認真的模樣迷倒不少細妹。茶妹姐就是其中之一。從未過門開始，茶妹姐就像準頭家娘那樣指揮採茶細妹，讓茶葉的品質和產量保持穩定。會做事、身材又好的茶妹姐，有當多阿哥愛，但茶妹姐只愛義枝哥。

---

49 阿腦：稱讚。
50 罅：夠。
51 當煞猛：指人非常勤快或盡心盡力。

茶園裡，大家戴斗笠、腰間圍竹籠，隔著一條條茶壟，彎腰低頭採茶。剛長出不久的青綠茶葉，正抒展雙臂，如嬰兒討抱，等待採茶細妹輕輕摘下。

「菜頭開花白茫茫，桂花開來滿樹香；阿妹相似桂花樣，身上無花仰恁香。」對面山頭的茶園傳來年輕阿哥高亢的歌聲。茶園裡的採茶細妹被歌聲吸引，仍未停下手邊工作，以食指、中指與拇指採摘鮮嫩的茶葉，丟進腰側的摘茶簍裡。聽這渾厚的嗓音準是阿榕哥。阿榕哥高額深目，身高不高，相貌平平，但歌聲挺拔，滿山頭皆迴盪著低沉的餘韻。阿榕哥最會唱這種阿腦細妹的山歌，採茶細妹無人不愛聽。

秀梅正在尋思有什麼可以回應的山歌，茶園彼端已冒出嬌甜的嗓音，不服輸的應和：「久聞阿哥好名聲，腔調又好聲又靚；聞名阿哥山歌好，拜託阿哥唱來聽。」秀梅忍不住抬起頭，循聲望向站在茶壟中玉子的身影。玉子頭戴斗笠，手套袖套，就怕曬傷白嫩的肌膚。已十七歲的玉子生得盡靚，是秀才窩、矮坪仔及高山頂一帶出了名的美人。誰都知道，玉子家四周種了幾棵桂花樹，開花時滿院馨香。阿榕哥剛剛那一唱，分明就是唱給玉子聽的。郎有情，妹也有意，便唱了一首相應。

玉子是養女，原先許配的丈夫跟仁枝哥一樣，去了南洋後就沒有回來。玉子的阿姆春姨無其他子女，當惜玉子，把她當親生妹仔。阿榕哥若想跟玉子共下，只有入贅。阿榕哥家貧，但人老實又會唱山歌，算是不錯的對象。

對面茶園又傳來阿榕哥的歌聲：「聽妹唱歌心就歡，想起情妹心就甜；初一想到十五六，蛾眉想到月團圓。」從月缺想到月圓，真是比蜂蜜還甜啊。秀梅邊摘茶葉邊想，無定著今年就做得食玉子的喜酒。

秀梅個子不算高，天生一張圓潤的臉旦，勞動多、食得也多，身材結實有肉。彎腰採茶時，春姨盯著她渾圓的屎朏講：「看秀梅這屎朏，一定當會降！」

「春姨，你逐擺講這做麼个啦！」

「會敗勢了喔！」春姨大笑。

秀梅不理會春姨，走到另一邊摘茶。她看著自家的影子，長高一點，胸部更有肉了。上隻月，月事來了，把褲子弄得一片紅。秀梅不知道該怎麼辦，墊著厚佈，跑去找玉子。

「恭喜！變大人了。」

「來月事就係大人喔？」

「當然啊！」

「變大人愛做麼个？」

「準備嫁人啦！」玉子從抽屜裡拿出幾條用舊衣縫製的長條狀厚布，用一塊花布包好交給秀梅：「愛記得換喔，換好就遽遽洗。莫分人看到，知無？」

「喔！」秀梅款著花布包回家。她的肚屎沉甸甸，痠軟痠軟，當像有麼个東西隨時會落下來。

過幾日，阿爸去茶妹姐屋下講親，當少敗勢的茶妹姐拉著秀梅去房間。秀梅第一擺來茶妹姐的房間，房間毋大，毋過整理到當淨利，窗門無灰塵，被子折得像豆腐。

「你坐啦！」茶妹姐指著梳妝臺的凳仔講。

「喔！」秀梅乖乖坐著。

茶妹姐在房間行來行去。

「一定無問題啦！」

「你這細人知麼个？」茶妹姐嘆口氣說：「你毋知，佢阿姆意見最多。」

「佢去看看。」秀梅起身想去幫忙探聽。

「秀梅！」

「做麼个？」秀梅轉頭問。

「無麼个啦！你遽遽去。」茶妹姐坐在床邊，頭犁犁[52]。這是秀梅第一次看到茶妹姐面紅紅。

秀梅走向廳下，假裝要去便所。廳下有兩張藤椅，阿爸和義枝哥坐在藤椅上，而茶妹姐的爺哀坐在一旁圓桌邊的圓凳上。

「義枝喔，滿山个人就講好。偓茶妹嫁分義枝，偓係當放心啦。」

「你放心，偓就毋放心。」茶妹姐的阿姆打斷自家老公的話。「你該細个倈仔，安到麼个？」

「禮枝。」阿爸說。

「係啦！該禮枝這下仰般了？偓係壞話講前頭，茶妹無法度照顧佢喔。」

阿爸想說什麼卻又噥了回去。

「毋係還有秀梅？」茶妹姐的阿爸打破沉默的氣氛。

「你當想你妹仔嫁忒係無？」

「你又毋係毋知茶妹个心思。」

52 頭犁犁：形容頭部低垂的樣子。

「全係你啦，恁寵！細妹人就愛當爺哀个話，喊佢嫁麼儕就嫁麼儕！」茶妹姐的阿姆不客氣的在眾人面前數落老公，接著轉頭望向阿爸說：「木蘭哥，𠊎問你一句，你秀梅會嫁分禮枝無？會照顧禮枝無？」

阿爸點點頭。

「秀梅幾歲到你屋下？」

「五歲。」

「若係厥[53]親生爺哀來尋佢仰結煞？」

「毋會啦。恁多年了。厥屋下無麼个錢，留一個細倈摎最細个妹仔。頭前四個阿姐全部分人了。」

站在牆邊偷聽的秀梅，本來想幫茶妹姐打聽消息，卻不小心聽到關於自家的事。親生爺哀、阿哥和老妹。她在這個世界上還有其他的親人。只是不管她怎麼回想，都想不起他們的樣子。若有一天，她們姐妹不經意在街上遇見，也認不出彼此。

秀梅走回茶妹姐房間，茶妹見她走進來，立刻抓著她肩膀問：「仰般？」

「應該無問題啦。」

「應該？」

按捺不住的茶妹自家跑去廳下。

「佢就愛嫁佢啦！」茶妹指著義枝說。

「你……」茶妹的阿姆氣到站了起來：「哎，算了，算了，妹仔大了，留毋得！」

「承蒙阿爸！承蒙阿姆！」茶妹姐拉著阿爸的袖子露出撒嬌的神情。秀梅羨慕的看著茶妹姐。

過半年，茶妹姐如願嫁進黃家，變做茶妹嫂。

當晝頭，食過飯，秀梅拿碗茶行到一叢樟樹下，背倚樹幹坐著食茶。她看著遠方的小鎮，縮小的紅磚房、蟲蠕般彎曲的道路。無去學校以後，當少有機會下山。不知親生爺哀是不是就住在其中一間紅磚房裡？她年幼離家，連爺哀的樣子都記不清楚，就算想找他們也不知從何找起。秀梅一口喝乾手裡的茶，拍拍泥土，戴上包裹大紅花布的斗笠，帶著嘴裡的些許苦澀，朝遮陽棚走去。

遮陽棚用四根粗竹子當柱子，裁開的麵粉袋做頂棚，稍微遮擋陽光或陣雨，是大家休息食茶的地方。大家圍著遮陽棚，棚子裡坐著一個陌生的餔娘人。她手裡端著茶米茶，低

53 厥：他的。

頭喝著。她的皮膚黝黑，手掌粗短，指節粗厚，身頂衫褲有許多補丁。就在秀梅走進時，鯆娘人恰好抬起頭來，圓面蒜頭鼻、薄唇和肉肉的下巴。不知為什麼，秀梅總覺得眼前的人看起來很親切。

「承蒙你兜，好得有這碗茶米茶，無日頭恁烈，實在堵毋著。」鯆娘人起身準備離開，目光恰好對到秀梅。

「哎呦，你倆個仰會恁相像？」最愛八卦的春姨說了一句。大家七嘴八舌的附和。茶妹正好從黃家走來，看到陌生的鯆娘人先是一愣，接著立刻換上笑臉打招呼：「親家！你仰會行這來？」

「原來這就係親家个茶園喔！仰恁堵好？今晡日來送東西分人，路過這位，嘴忒燥，借碗茶來食。」鯆娘人笑著對茶妹說。

「你食飽吂？愛來屋下食飯無？」

「毋使啦！有碗茶食就當好了。」

「二嫂，這阿嫂係麼人啊？」秀梅細聲問。

「阿嫂？秀梅啊，這人你認毋到？」茶妹反問。

一聽見「秀梅」的名字，鯆娘人走到秀梅面前，清淡的眉緊緊皺著，望著秀梅許久，秀梅被瞧得有些尷尬，問：「你係麼人？」

「𠊎喔，係啦，你一定毋記得𠊎了，你該時還恁小。」餔娘人的右手擺在膝蓋的高度。秀梅忽然明白了。

秀梅想過無數次重逢的畫面，會掉目汁，大聲喊阿姆。但真遇見，卻什麼也說不出。只想問她：「做麼个愛摎𠊎賣忒？」即使她知道，大家都這樣，把自家的細人賣給別人，再抱轉別人的細人。像她們這樣的細妹人，哪裡能有什麼選擇？

餔娘人像想起什麼似的，在身上東摸西摸，最後摸到耳空。她身上穿的是縫縫補補的舊衫，腳上踏著破了洞的鞋，唯獨厚實的耳空上掛著一圈細細的金耳環。她走出門外把金耳環摘下，悄悄塞進秀梅手中，細聲講：「十六歲了，這分你做紀念。」秀梅不知該不該收，一回神耳環已握在手裡。她不敢握太鬆，怕細線似的耳環會從指縫掉落；也不敢握得太緊，怕耳環變形、斷裂。秀梅怯生生看著餔娘人，她應該喊阿姆的人。她曾住在那鬆垮的肚屎裡背。

「承蒙您。」秀梅說。

「有麼个好承蒙？」阿姆摸摸秀梅的髮辮說：「𠊎還戴紅崁頭。你該時恁細，可能毋記得了。紅崁頭莊屋。」阿姆粗糙的手掌不經意碰觸秀梅的臉頰，硬繭帶來些微刺痛。「𠊎還有事情，先來轉了。」阿姆向她和茶妹揮手，朝山下走去。秀梅看著阿姆微胖的背影，消失在山路盡頭。阿姆。秀梅在心底大喊。

日頭落山，茶妹和秀梅在灶下做飯。茶妹雖然很會管理茶園，做菜卻不拿手。秀梅用大火煎韭菜卵，又快速炒了一盤番薯葉。茶妹負責端盤出去。茶妹撿了一口番薯葉放入口中，讚嘆到：「平平係番薯葉，秀梅炒个特別好食！好得屋下有你，無佢會無閒死！」

「阿嫂，你仰會識佢啊？」

「識麼儕？喔！你講你姆喔！還毋係你二哥，講麼个結婚也愛送餅分『親家』，佢就跈佢去送餅。你毋知喔，該位所當難尋欸！滿哪仔就係田[54]。」茶妹一邊抱怨一邊把菜盤端了出去。

阿爸用碗公裝飯，夾一點韭菜，又夾了一點番薯葉，對秀梅說：「拿分你哥。」

「好。」秀梅端著一碗飯和一碗茶到禮枝哥房裡。禮枝哥沒有開燈，房間烏暗。好在秀梅很熟悉這房間，把飯放在桌子上，打開桌子上方的燈泡。禮枝哥屈膝坐在床上，像廟裡的神像一動也不動。

「三哥，食點東西啦！」

禮枝哥沒有出聲，也沒有反應。如果是小時候，秀梅會跑去床邊，搖搖禮枝哥的身體。但現在長大了，秀梅也感覺到一種無形的界線，橫隔在兩人之間。她以後要嫁給禮枝哥嗎？這就是她以後的人生嗎？

「愛記得食飯喔！」秀梅跨出房門，準備關上門。

「秀梅。」秀梅聽見禮枝哥的聲音。她很久沒聽見禮枝哥開口說話了。

「三哥，仰般？」秀梅站在門邊問。

「你莫管佢。知無？」

「你好好食飯啦。」秀梅走出房間，關上門。

走到廳下時，恰好聽見茶妹姐在說話。

「阿爸，你知佢今晡日堵著麼儕無？」茶妹嫂幫阿爸盛了一碗湯。阿爸只管食湯，沒說話。「堵著親家欸。」

「親家？」義枝哥開口。

「你上擺渡佢去，戴紅崁頭个親家啊。」

---

54 滿哪仔就係田：到處都是田。

「有講麼个無？」阿爸問。

「無麼个啦，佢就講堵好經過，來討碗茶食。」

「喔！」阿爸喝了一口碗裡的酒。「俚食飽了，出去行行。」阿爸放下碗筷，走了出去。

秀梅填了飯，坐在只剩茶妹嫂的餐桌邊。

「你姆分你麼个？」

「無麼个啦。」

「還講無？俚明明就有看到！」

「耳環啦。」

「對你當好欸！」茶妹姐用肩膀推了推秀梅。

那對金耳環，兩個金色圓圈的曲度不一，耳環上留著些許摩擦的痕跡。秀梅想起阿姆的耳朵，跟她一樣厚實的耳垂。春姨除了常稱讚她的屎朏大當會降，也常說她耳空大是好命人。

秀梅請玉子幫她穿耳洞。玉子拿縫衣針在火上烤，再用拇指和食指不停搓揉她厚實的耳垂。「耳空恁有肉，可能會痛喔。」玉子一邊溫柔地說著，一邊用力將針刺進她的耳空。一陣刺痛，像被大蟻公咬到。很能忍痛的秀梅喊：「當痛！」

「好了！好了！」玉子哄道，拿茶梗穿過秀梅的耳洞。「這茶梗做得吸血水，就毋會發炎。記得，逐日愛換新个茶梗。」秀梅伸手輕輕碰觸耳空，兩根粗硬的小東西插在耳垂上。這微微的異物感，令她覺得特別又怪異。

天暗，秀梅把茶梗自耳垂取下，側臉照鏡，左耳和右耳的耳垂上出現兩個小洞。她拿出包在紅紙袋裡的金耳環，小心翼翼戴上。又對著鏡子看了許久才取下來，放回紙袋裡，收進櫃子最深處。這才拿新茶梗塞進耳洞裡。

再次戴上那對金耳環，是距離阿姆來看她的半年後。

禮枝哥清醒時就跟過去一樣，會坐在桌前看書。秀梅偷看過，禮枝哥讀得很慢很慢，手指放在每一個字的旁邊，細聲讀出來，像剛學識字的細人。人不好時，就把自家關在房間裡，毋食飯毋飲水，還會大聲叫。

一日，阿爸把秀梅叫到面頭前。阿爸的頭髮全白、滿臉皺紋，走路駝背。不再是從前拿起竹修仔惡狠狠的壯漢。

「秀梅，你來黃家幾多年了？」

「十年了。」

「恁多年辛苦你了。你看，你二哥結婚了，這下伸[55]你三哥。你也知佢，哎！毋知會好無？你也做佢妹仔恁多年，佢想講來看日子，分你倆儕……」

「阿爸！」秀梅打斷阿爸的話：「佢還無想結婚个事情。二嫂喊佢去茶園掭手，佢先過去了。」秀梅跑了出去。秀梅啊！阿爸的叫喚聲越來越小。秀梅沒有去茶園，反而往山頂走。

秀梅穿過梅花林，走到櫻花樹下。從櫻花隙間斜射的日光刺痛了秀梅的目珠。

隔日，天氣當好。秀梅像平常時著採茶的粗布衣，腳著草鞋，往茶園行去。唯一不同的是，褲子口袋裡放著紅紙袋。快到茶園時，她順著小徑一路往山下行。

阿爸應該䟘床了。照平日的習慣，此時應該坐在廳下，食糜泡茶。想到那可能是為阿爸熬的最後一鍋糜，秀梅有些悲傷。一起住這麼多年，多少也有感情。阿爸恐怕還沒發現她走掉。想到這裡，秀梅有些緊張，腳步加快。她對自家講，莫緊張，她成年了。就算阿爸、二哥發現她逃走，頂多只能講她忘恩負義，大不了就再被抓轉去山頂。她不停往山下跑去，嘴燥就咬一兩粒烏鈕子。

年正過，小鎮街道上的紅磚房，門扉張貼新寫好的春聯。墨色烏黑發亮，和鮮紅紅紙形成對比。若靠近些，甚至能聞到墨香。這股氣味令秀梅感到安心，讓她回想起阿姆還在的時光。

「阿姆啊，」秀梅雙手合十，望著天頂說：「你莫怪𠊎，愛保庇𠊎尋著親爺哀啊。」

秀梅懷著複雜的心緒，走進陌生的市場。市場由一條主要的街道和兩側迂迴的巷子組成。鄰近村落的買賣都在這裡進行，特別鬧熱。秀梅一個人站在人來人往的市場中央，不知該何去何從？

巷子轉角出現一個麵攤，攤車上有兩口鍋子，賣麵的是個駝背的老阿公，他用竹編的長柄勺子燙麵。兩個客人坐在攤子旁的桌邊喊：「來兩碗尢咕麵。」老阿公看起來年紀頗大，動作卻十分熟練，三兩下就做好兩碗麵。麵條黃澄澄的，上頭撒油蔥酥，加上豆芽菜。秀梅聞見麵香，肚子咕嚕嚕叫，才想起早上到現在什麼也沒吃。她撈了撈褲袋，掏出僅剩的幾個零錢。

「第一擺來食喔？」賣麵老阿公問。

秀梅怯生生點點頭，伸出手掌：「恁樣鏬無[56]？」

55 伸：剩。
56 恁樣鏬無：這樣夠嗎？

老阿公笑了幾聲，說：「罅啦！你第一擺來，倨加兜麵分你，下擺還愛來喔。」

「承蒙頭家！」

老阿公像變戲法，把麵條下進熱鍋裡，竹篗甩幾下，把麵放進碗裡。秀梅端著比別人高出許多的麵碗，找個位置坐下。拿起桌上的竹筷吃了起來。不知是太餓，或是第一次外食，秀梅覺得這碗麵簡直是天上才有的美味，三兩下就吃得一乾二淨。吃完麵，秀梅用手抹了抹衣服，把茶梗自耳垂摘下，動作像摘下茶葉般熟練。再從口袋掏出紅紙袋，往手掌中心傾斜，掉出一對金耳環。接著把金耳環穿過耳洞，小心翼翼扣上。最後拉拉耳環，確定掛在耳垂上。

她端著空碗還給頭家。

「有食飽無？」老阿公問。

「有！當飽。」

「耳環當靚喔！」

「倨姆送个。」秀梅笑著說。

紅菝頭个灶下

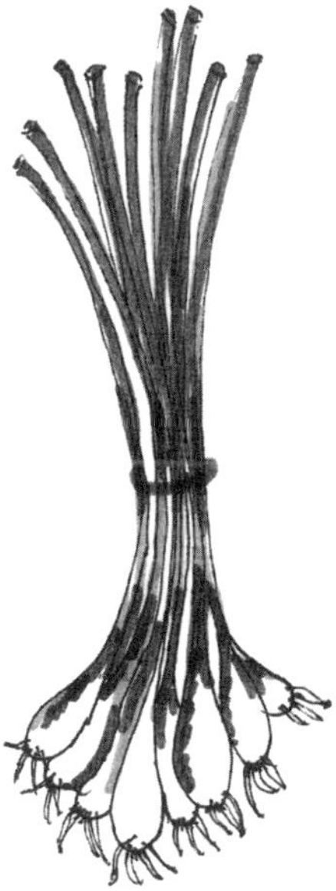

秀梅從大街走到小路，沿著圳溝的田間小路慢慢走。遇到人就問路。「毋使驚，」秀梅告訴自家：「路係問出來个。」

紅炭頭比她想的還要遙遠，好得有食一大碗麵。來到莊屋，天空已被艷紅夕陽染色。秀梅站在泥磚屋前，望著曾經的「家」。這間尋常的泥磚屋，右半邊外頭堆放柴薪，比山頂的屋下窄一點。大門敞開，舊木門上貼著一張倒過來的「春」字。這就是她曾待過五年的地方。她終於尋到了。

門前一個圓面、大耳空的餔娘人拿竹掃把站在門前，把落葉掃進竹簍畚箕裡。她們在山頂見過面。她的親生阿姆。恁多年了，每次遙望天頂的月娘，就想起山下的阿姆。這下離屋下只有幾步的距離。

阿姆抬頭看見秀梅，似乎有點詫異。她看了看秀梅手上的包袱，說：「食飽吂？」語氣好像秀梅剛出門到街上買個東西似的。秀梅跟著阿姆進屋，廳下飄散醬菜的鹹香。對屋舍沒有太多印象的秀梅，卻對醬菜的氣味感到熟悉。阿姆倒了一杯茶米茶，放在四方桌上，說：「偓去灶下看有麼个好食个。」秀梅本來想跟阿姆說毋使無閒，但是離家恁久，也想食阿姆做的飯。

秀梅望著阿姆的背影，雙手握著茶杯，一口喝乾。清涼的茶米茶瞬間化解一路走來的焦躁乾渴。秀梅往阿姆的方向走去。

灶下的角落放滿大大小小的醃缸，醃缸是陶土色，看不出裡面放什麼。阿姆過身後，秀梅家的醃菜全是春姨拿來的。比起山頂的灶下，這裡的灶下顯得更狹小擁擠。

阿姆站在砧板前切菜脯。曬乾的菜脯扁扁的，躺在砧板上，發出鹹鹹酸酸的菜頭香。

「倕來切啦。」

「毋使啦。」阿姆握著菜刀俐落的將整條菜脯切成碎狀，抓起一把放進碗公浸水。接著在陶鍋裡放進白米淘洗，把菜脯丟了進去，放上大灶。秀梅蹲下身來生火，這是她最熟悉的工作。

鍋爐滾了，阿姆攪拌一下，蓋上鍋蓋繼續滾。

大灶上方熱騰騰的蒸氣，也充滿菜脯的香氣。

「有香無？」

「當香。」站在大灶後的親阿姆，讓秀梅想起了山頂的阿姆。

第五道 鹹菜

秀梅坐在長板凳上，食一口糜，糜看起來清淡，卻帶著一股淡淡的鹹香。阿姆坐到秀梅身邊。這是一張方桌，長板凳的四隻腳不平，坐著時有點搖搖晃晃。

「這菜脯糜你食个慣無？」

「當好食。」秀梅一邊吹一邊吃。「阿爸呢？」秀梅不知道該怎麼稱呼「他」，最後還是決定直接叫他「阿爸」。

「佢去摎人割禾，一下就會轉。你先食，偓再過去炒兜菜。」

「愛偓揙手無？」

「毋使啦，你難得轉來，這坐等就好。」

阿姆走進灶下不久，揹等書包的細妹人蹦蹦跳跳走轉來，喊：「阿姆，偓又拿獎狀了！」

秀梅把碗放下，眼前的細妹大約正十歲。

細妹發現喊錯人，趕緊說：「敗勢啦！偃無看真！」

「無要緊啦！」

這時，阿姆端著一大碗公紅紅的東西走來。

「還香喔！又毋係過節，仰有糟嫲肉？」秀春伸手想撿一塊吃。

阿姆拍了一下秀春的手：「細妹人無規無矩！」秀春嘟起了小嘴，秀春不像阿姆也不像秀梅，面容像一顆橄欖。「有喊阿姐無？」

「阿姐？」

「你五姐秀梅啦！」

「偃親阿姐喔？」秀春開心的坐到秀梅身邊。「阿姐！」

秀梅想要給秀春一點見面禮，掏了掏身上的包袱，只有從前櫻子送她的鉛筆。

「這筆送你。」黃色筆身經過恁多年仍未變色。

「哇！承蒙阿姐。」秀春接過筆，抱了阿姐一下。做老妹恁多年的秀梅，第一次做阿姐。

「你去洗手，陪你姐食飯。」

秀梅和秀春坐在桌前，吃著菜脯糜配糟嫲肉。紅艷艷的糟嫲肉有著濃郁的酒香，吃了幾塊就有點醉了。門口傳來腳步聲，一個歐吉桑在門外用水沖了沖腳，走進屋來。

「阿爸，你看麼儕轉來了？」秀春跳下椅子跑到阿爸旁邊。阿爸理著極短的平頭，頭髮幾乎全白，面容長長。仔細看，跟秀春非常相像。

「阿爸。」秀梅深吸一口氣喊。

阿爸吃驚地看著秀梅，又看向自家的餔娘。

「老五，秀梅啦。」阿姆說。

「秀梅？仰走轉來？」阿爸的臉上沒有笑容。

秀梅不知道該回答，尷尬地笑了笑。

「哎呦，問恁多做麼个，食飯皇帝大，先來食飯啦。」阿姆裝了一碗菜脯糜放在阿爸面前，又去灶下無閒。

阿爸扒了幾口，唏哩呼嚕食完一整碗，就走去灶下尋阿姆。

「阿姐，再過食加兜啊！」秀春夾起一塊糟嫲肉放進秀梅碗裡。「阿姐，你暗晡夜會留下來過夜無？」

「做得無？」秀梅細聲問。

「當然好啊！」秀春開心的靠著秀梅，好像她們是從小一起長大的姐妹。秀春的熱情，讓秀梅感到溫暖。

「阿哥呢？」

「阿哥阿嫂今晡日戴臺北个宿舍，阿嫂韶早就會轉來了。」

阿爸和阿姆一起走出來，阿爸坐在藤椅上食茶。阿姆坐在秀梅旁邊，食幾口桌上剩下的菜，對兩姐妹說：「你兜先去洗身，共下洗較省水。」

「好！」兩人同時應道。

秀春幫忙燒水，把裝燒水的木桶提到灶下旁的洗身間。

秀春慢慢脫掉身上的衫褲，催促秀梅：「阿姐，遽遽脫忒啊！一下水就冷了。」

「喔！」秀梅從細到大沒有跟別人共下洗身的印象。她慢慢地脫掉衫褲，放在洗身間的門上。

「阿姐，毋使敗勢啦！大家全係細妹人。俚也會摎阿姆共下洗啊。」

山頂的阿姆雖然當惜秀梅，但她從沒跟阿姆洗身。洗過身，秀梅和秀春同睡一張床。

關上燈後，兩人翻來覆去睡不著。

「你韶早還愛上課？」秀梅問。

「係啊，當早就愛趴，阿姆逐擺罵偓當難喊，無法度啊。」

「有課好上當好啊！無像偓，讀幾日書就做毋得讀了。」

「係啦，讀書當好。毋過……」

「毋過麼个？」

「阿姆講偓係細妹，讀到國小就做得了。毋過，偓還想讀國中、讀高中，最好讀到大學！」

「心恁大！」秀梅笑了。

兩人又說了許多話，最後是阿姆來敲門喊：「好了啦，好睡了。」兩人才安靜下來，進入夢鄉。

隔日，秀梅像住山頂時一樣，天吂光就去灶下。她不知道可以做什麼，於是先把柴薪劈開煮水。沒多久，阿姆走了進來。阿姆今日穿著花布衫，看起來比昨日年輕一些。

「阿姆，恁早。」

「早，早。」阿姆在米缸撈了一些米，洗了洗，加五倍的水和番薯塊，煮番薯糜。秀梅幫忙添柴火，控制火候。

「秀梅啊，你轉來有摎你爸講無？」

秀梅忙碌的手忽然停了下來。阿姆見秀梅沒回答，接著說：「你轉來一兩日毋怕。毋過，若係無愛轉去，哎，你也知，侄頭擺有收你爸个錢，這下屋下無麼个錢，侄驚你爸會來討人。」

「你毋使愁啦。侄等下就會出去尋頭路，毋會麻煩你兜。」

「侄毋係愛喊你走啦。侄……」

「阿姆，共下食朝，莫想恁多。侄等下就出門尋頭路。」秀梅打斷阿姆的話，把剛煮好的糜舀起兩碗，放在灶下的小木桌上。阿姆打開醃缸，拿出一小碗剛醃好的蘿蔔片和葛仔[57]當作配菜。兩子哀[58]坐在小桌邊食朝。

「秀梅，你肖牛。侄頭擺聽人講，肖牛个人有兩種命，朝晨降个勞碌，暗夜降个好命。可惜你係朝晨降个。早知，侄就忍較久點，莫恁早降。」

秀梅聽了，忍不住笑出聲來。笑到目汁都快跌下來。沒等秀春起床，秀梅款包袱離開。

從山頂來到山下，在阿姆的家住了一夜，現在又得去尋覓下一個落腳處。秀梅走在夾雜大小石子的泥土路上，一個老阿公牽著牛從對向走來。秀梅想起阿姆剛才說的話。她是一隻勞碌命的牛。

比起來，眼前這條牛知道自家愛行去哪位耕田，而她卻還在尋找接下來的方向。不能回楊梅，在那裡隨時都會被阿爸找到。

「阿伯，恁早！」

「恁早！」

「阿伯，你知哪位人較多？」

「人較多？你愛尋頭路喔？」

秀梅點頭。

「你做得去中壢啦。客人多，聽人講，頭路也多。」

「承蒙阿伯，中壢愛行哪條路？」

「你就恁樣直直行過去，堵著橋正來問人。」

「好！」秀梅向老阿公揮手道別。就算是一隻勞碌的牛也無要緊，她會找到自家的路。

---

57 蕌仔：植物名。蔥科蔥屬。葉細長似韭，自地下鱗莖叢生。球狀鱗莖可做成醃漬食物，俗稱為「蕎頭」。

58 子哀：母女。

走了很久，餓了就食阿姆做的鹹梅飯糰。過橋，轉彎，又走了許久。路脣的矮屋越來越多。她沿著街路行，轉進小路，聞見一陣桂花香。秀梅順著桂花的香氣，一幢雙層洋房出現眼前。洋房外頭是洗石子的壁面，木門漆著油亮的赭紅色。門口有兩個盆栽，種著兩叢桂花樹。秀梅很喜歡桂花的香氣。

房裡傳來細人的哭鬧聲。秀梅深吸一口氣，走上前敲門。

一個年約四十的餔娘人打開門，她身穿寬大的藍衫，褲子露出半截小腿，腳上繡花鞋的織紋十分細緻。手裡抱著一個嬰兒仔。

「有麼个事情？」餔娘人不耐地說，忙著安撫懷中的細人。

「請問頭家娘有欠使女無？煮飯、洗衫，偓麼个就會做。分偓戴，有好食就好。」

餔娘人打量眼前的秀梅，過了一會兒才說：「偓屋下無房間了，毋過後背豬寮脣頭有一間細屋仔，係偓頭家頭擺放貨个地方。毋過，該條豬逐日吼吼滾，吵死了，你若做得就入來。」

秀梅眼下也沒有別的選擇，沒多想就點頭。頭家娘帶她簡單介紹一樓，就領她去屋後的豬寮。頭家畜的是神豬，每年義民節都會去比賽。果然如頭家娘講的，豬寮裡有一頭大神豬，眼睛眯眯吼吼滾。豬寮旁有一間小磚房，空間比豬寮還小。一扇小窗與豬寮相鄰。

打開門，撲鼻而來是一股濃重的霉味，伴隨旁邊的豬屎味，整個房間的氣味非常難聞。裡頭有一張老舊的木床，佔據房間的三分之二。沒有衣櫃，只有一張小桌了，桌子上有一層厚厚的灰。

「就係這間啦！做得無？」懷裡的細人又開始哭了，頭家娘顯得有些不耐煩。

「做得，做得，恁樣就當好了。」秀梅連忙回。

「你自家整理一下，等下來拿被單。」

「好，承蒙頭家娘。」

秀梅捲起袖子，先把地上的灰塵掃一遍，再用抹布仔仔細細把木床和小桌子都擦過，特別是生菇[59]的地方。做完這些天都暗了，還好房間裡懸著一盞小燈泡。秀梅踩在床上打開燈，昏黃的燈微微照亮整個房間。秀梅在屋後的淋浴間，用冷水洗身，換上一套乾淨的衫褲，才去找頭家娘領被單。

細人都睡去，頭家娘從房裡拿出舊的花布被單遞給秀梅。

「灶下還有點番薯飯，你食飽先去睡，韶早早點䟘來搣手。」頭家娘伸了伸懶腰，走

59 生菇：發霉。

回房裡。

秀梅把被單鋪在床上，去灶下盛了一碗冷掉的番薯飯，回到小房間。她從阿姆幫她準備的包袱裡，拿出一罐晶亮的葍仔。秀梅打開罐子，用乾淨的筷子撿起一粒葍仔放進口中。當甜當好食，秀梅配著葍仔，扒完整碗乾硬的番薯飯。

山頂阿姆過身後，家裡三餐由阿爸帶著秀梅邊做邊學。家裡人口簡單，阿爸、義枝哥、禮枝哥和她，煮的菜也簡單，炒青菜，煎卵，倘若有㓾雞㓾豬的節日，再加一道焢肉。這些情況在茶妹姐嫁給義枝哥後也沒有太大改變。秀梅用阿爸教她的基本廚藝做三餐。跟阿姆共下食兩餐飯，發現阿姆家雖然生活窮困，但食个卻很澎湃[60]。尤其餐餐不可少的醬菜。阿姆在世時，也常做醬菜。自她走後，家裡的醬菜多是用自家茶葉跟別人交換來的。無論是種類或滋味都沒有親阿姆做的好食，秀梅在內心決定，倘若做得轉去，一定要向阿姆學做醬菜。

天吂光，秀梅就䟘來，打點水洗面，就去灶下洗米煮飯。

「秀梅啊，遽遽來喔！」糜正煮好，就聽見頭家娘的叫喚聲。

「來了，來了。」秀梅跑向二樓的房間。只見頭家娘懷裡抱著食奶的嬰兒仔，另外有兩個年約三歲、五歲的兄弟坐在地上哇哇大哭。

「仰喊恁久正來？」頭家娘不太高興。秀梅有點委屈，她可是一聽到頭家娘的叫喚就跑上來。但她沒有應話，抱起年紀較小的老弟，哄著稍大一些的哥哥說：「阿姐講古分你兜聽好無？」

「麼个故事？聽過个𠊎正莫聽！」細阿哥流著鼻涕，一臉倔強。

「好啦，好啦，阿姐有當多故事，保證好聽。」秀梅一邊說一邊用小布巾幫哥哥擦去鼻涕。頭家娘見兩個細人不哭了，抱著嬰兒仔下樓。

「頭擺，頭擺，有兩兄弟，有一日阿姆愛去市場買菜，阿姆摎兩兄弟講：『阿姆愛出門，你兜愛乖乖在屋下等阿姆，別儕[61]來一定做毋得開門喔。』」秀梅講的是在山頂聽來的虎姑婆故事，只是把主角兩姐妹改做兩兄弟。

「𠊎愛阿姆啦！」老弟聽到「阿姆」又開始吵著要尋阿姆。

「你當吵欸！」想聽故事的細阿哥罵老弟，老弟更委屈，眼看就要放聲大哭。

「毋驚，毋驚，阿姆等下就轉來！」秀梅用手敲了敲木門說：「有人叩門，係麼儕呢？」

60 澎湃：豐富。
61 別儕：別人。

「阿姆轉來了！」老弟破涕為笑的說。

「憨牯喔，阿姆正出去仰會黏皮就轉？」細阿哥說。

秀梅故意換了沙啞的音調，說：「阿姆轉來了！開門啊！」

「你正毋係阿姆，阿姆个聲無恁粗！」

「恁聰明！無分虎姑婆騙著！」

細阿哥露出得意的表情。老弟也跟著說：「毋係阿姆！」

「你也恁聰明！」秀梅接著把故事說下去。

等細人睡忒，碗洗好，秀梅正做得休息。她唯一可以講話的朋友，只有那隻躺在隔壁的神豬。被頭家餵食太多的神豬，連站都站不起來，只能躺在地上吼吼叫。神豬最初也是一隻可愛的細豬仔吧。牠的阿姆在哪裡呢？雖然神豬什麼都不用做，只要負責吃就好。但等到義民節時，牠就會被人剮忒，當作供品送上神桌。秀梅同情的望著隔壁豬寮。比起做豬，做人好像還是好一點。

無閒歸日，秀梅走回房間，抬頭望向天空缺一半的月娘，想起在山頂的日子。和玉子、茶妹頂著烈日唱山歌摘茶，就連話多的春姨都那麼令人懷念。

每個月，頭家娘會放秀梅一天假，秀梅會趁這日轉阿姆屋下。阿姆見到她當歡喜，摸摸她的臉說：「仰變恁瘦？」說完就走進灶下張羅，秀梅也跟著進去。

「秀春去上課喔？」

「係啦，今年愛畢業了。」

秀梅注意到灶下的牆上貼著一張張獎狀，上面有一個「秀」字。「這係秀春个喔。」

「秀春當會讀書。可惜係細妹，讀恁好也無用。」

「仰會無用？會識字當好。」

「細妹人做得讀到國小畢業就當會了。佢也無錢分佢讀了。」阿姆一邊說一邊在大灶裡放了一匙豬油，打粒雞卵進去。頓時灶下充滿煎雞卵的香氣。阿姆隨手捻一小撮鹽巴放在卵黃上。轉身走到飯鍋前，裝了一碗番薯飯。再走回熱鍋前，用木鏟把雞卵翻面。雞卵邊緣煎得焦香酥脆，幾秒後，阿姆把雞卵放上番薯飯，淋上一點豆油。

「趕燒食！」

秀梅拿起木筷，咬著雞卵酥脆的邊緣。喀滋喀滋，這一整個月的辛勞都被這粒酥香的雞卵安撫了。阿姆又打開她放在櫥櫃下的百寶罐，這次又是醃什麼呢？醃瓜被切成如指甲薄小，夾雜紫蘇。秀梅迫不及待拿起筷子夾起幾片放入口中。是甜的，又不僅是甜的。紫蘇獨特的香氣、醃瓜爽脆的口感，秀梅細細品嚐口裡的美妙滋味，一口接一口。

「好食無？」

「好食。」秀梅笑。

「兩禮拜前，𠊎有看著你山頂个阿爸。」阿姆說。秀梅低頭扒飯沒說話。

「阿姆，𠊎轉來了。」廳下傳來秀春稚嫩的聲音。秀春揹著書包，跑到灶下，見到秀梅興奮喊：「阿姐！你轉來了啊。」

「係啊，毋過等下又愛出去了。」

「仰恁遽就愛走？」

「無法度啊。」秀梅無奈的笑，準備拿碗去洗。

「放等就好。」

「阿姐，𠊎來洗就好。屋下个碗全部係𠊎洗个喔。」秀春有些得意的說。

「緊來緊慶[62]了。」

「這你帶轉去。」阿姆拿了一個包袱給她。「鹹菜分你頭家娘，萵仔分你。」

「承蒙阿姆。」

「同阿姆講麼个承蒙？」

頭擺，秀梅喊的「阿姆」是山頂个阿姆，這下是面頭前的親生阿姆。雖然是親生，卻十分陌生。好在有這一罐又一罐的醬菜，讓她逐漸熟悉阿姆的味道。

半年後，秀梅收拾包袱回家。上個月拿回來的醃梅子還剩一半，這些日子不知道吃掉多少罐蕌仔和醃梅仔。走出豬寮，阿豬吼吼叫。秀梅發現阿豬比第一次見面時大了不少。算算時間，下個月義民廟就要大拜拜。「下世人莫做豬啊。若係做人，一定愛做有錢人。」阿豬吼吼滾，彷彿在回應秀梅的話。秀梅不忍再看，轉身離開。

搬回阿姆家後，她又和秀春擠在兩坪不到的房間。秀春的房間雖然有點亂，但有一股淡淡的茶箍香，比豬屎味好聞多了。

國小畢業後的秀春在鄉公所打工。秀梅覺得秀春當慶，能夠坐辦公室領薪水。不像她這個做阿姐的，只會摘茶、顧細人。但秀春似乎不快樂，經常愁眉苦臉。有日暗晡，秀梅問秀春：「你該頭路盡好，坐辦公室，又毋使晒日頭。」沒想到睡在床內側，背對她的秀春嗚嗚噭。秀梅輕輕拍著老妹的肩膀問：「仰般呢？」

「無麼个事情啦。」

---

62 慶：棒。

「無你做麼个愛噭？」

「阿姐，你知無？𠊎係𠊎該班个第一名。」

「𠊎仰毋知？灶下壁頂全係你个獎狀。」

「𠊎在鄉公所根本無拿過筆。𠊎去該位泡茶、端茶、掃地泥。你講，這頭路做麼个要識字个人去做？𠊎還想讀書，像阿哥恁樣。你知無，𠊎逐擺就考第一名，比阿哥慶。毋過，阿哥做得讀國中，𠊎嗄[63]做毋得。」說到這裡，秀春把頭埋進被子放聲大哭。秀梅不知道如何安慰秀春，想起自家國小沒讀幾日，跟著秀春一起哭。

兩個妹仔的哭聲被阿姆聽到。阿姆穿上拖鞋走到妹仔的門口，見兩人抱頭痛哭，罵道：「屌你姆！有好睡毋遽遽睡，你姆還吂死，有麼个好噭？」兩姐妹不敢再哭，擦乾眼淚，躺上床閉起眼睛。秀梅卻怎麼也睡不著，想來想去，細聲喊：「秀春！下二擺若係嫁人降妹仔，毋管幾苦就愛分佢有書好讀。有聽著無？」秀梅見秀春沒回應，又喊了一次她的名字。只聽見秀春吼吼滾的鼾聲。

阿哥、秀春去上班，阿爸去耕田，秀梅在家裡幫忙阿姆和大嫂。大嫂有身了，阿姆很重視長孫，不讓大嫂進灶下動刀碰火。灶下幾乎成了阿姆和她的天下。就像在彌補兒時的缺憾，她像細雞仔跟著雞嫲，整日黏著阿姆。為了補貼家用，阿姆會做醬菜拿到街路請人幫忙賣。

原來什麼東西都能醃。阿姆跟街上賣餃子的外省人說好，每隔兩天去收高麗菜剩下的硬芯。阿姆教她，慢慢把旁邊多出來的菜莖削掉，留下中心一小塊像白玉般的嫩芯。醃高麗菜芯時，除了加鹽巴和糖之外，阿姆還會加上豆醬。醃高麗菜芯吃起來爽脆，當多人愛。外省人沒跟阿姆收錢，阿姆便做醬菜送他當作回報。

同一種菜，因為醃漬手法不同，做出來的醬菜也不一樣。比如大菜，原來帶苦味，葉柄肥厚，加上三層肉一起熬煮，就成秀梅最愛的長年菜湯。這種湯通常過年才喝得到，熬越久越軟爛，湯的味道也越醇厚。

大菜做得久煮，也做得拿來醃。大菜放日頭下曬歸日，等大菜軟了有點燥，放鹽搓揉，放一日等水透出來。隔日，摎脫水軟掉的大菜，一層大菜、一層粗鹽，一層層放入醬缸底背，用石頭壓著。放到陰涼的地方五到十日，等到菜色變黃有點酸香味就算做好了。

屋下經常煮鹹菜湯，鹹菜切大垤，放雞骨頭或帶點肥肉的碎肉，無需要加鹽。番薯飯泡鹹

63 嗄：卻、反而。

菜湯，開胃又下飯。

大菜還做得做福菜。大菜脫水一日，放到大醬缸，用石頭撳好放五到八日，看到菜色變黃，就做得拿出來曬，差毋多曬到七成燥，就放入去酒罐底背塞緊，分佢發酵，就係福菜。若曬到完全燥，捆起來，就係鹹菜干。鹹菜干做得放當久，放的時間長，色越烏味越濃，拿來蒸肉最好。

有日，阿姆拿出放在床底下的壓箱寶，一罐阿婆還在時就醃的鹹菜干。那罐鹹菜干像墨汁一般烏，阿姆像捧著什麼寶貝似的拿到灶下。她挖出裡頭的鹹菜干，稍微用清水洗淨，切成細條，攪入一早買的夾心絞肉，拿到大鍋裡蒸。

莊家的飯桌上很少有肉，就算有也是湖裡撈的鯽魚或福壽魚。但這天晚上，不但有九層塔煎蛋，還有一鍋鹹菜干蒸肉。阿姆、阿嫂和秀梅等到阿爸、阿哥和秀春轉屋下正共下食。阿姆該日特別歡喜，不停夾菜夾肉給秀梅。阿姆的手因為經常浸泡鹽巴水，指頭染黃。那是一雙會變戲法的手，什麼東西到阿姆手中都會變好食。

秀梅把鹹菜干放入口中，濃郁滋味慢慢在舌尖化開。她從沒見過阿婆，然而，此刻阿婆給她的感受這樣鮮明，彷彿能感受阿婆手掌的溫度。

在這屋下，她就像阿姆做的鹹菜，相處時間最短。阿嫂是福菜，跟在阿姆身邊的時間比她長。而秀春和哥哥則是鹹菜干，擁有阿姆最多時間和愛。雖然醃的時間較短，若係會煮，鹹菜共樣好食。

第六道 蕌仔

轉眼，秀梅滿十八歲。無論是高麗菜心、蕌仔、鹹菜、福菜或是鹹菜干，秀梅都學會了。阿姆做的醃菜裡，秀梅最愛蕌仔。蕌仔的外觀像蔥，又像韭菜，地下有叢生的球狀鱗莖，外型有點像迷你版的大蒜，口感類似洋蔥。熱天，蕌仔長得最好。採收完後，秀梅會跟著阿姆一起清洗蕌仔。去掉過長的根和莖，再剝掉最外層的薄膜，加鹽攪拌出水，浸泡一個晚上。隔日，把鹽水倒出，接著煮糖水，糖水涼了以後，再加糯米醋攪拌。把蕌仔放進陶甕裡，加上剛攪拌好的醬料，倒入米酒，就算完成。講起來簡單，做起來要花當多時間。

「佴看你麼个就會，做得嫁人了。莫等老了，到時無人愛。」阿姆最近時常有意無意這樣講。大姪仔就要兩歲，阿嫂又有身了。屋下房間不夠，得等她和秀春都嫁了，才有多的房間挪給細人。

待在家幫忙的秀梅，沒有機會認識別的細俠。她長這麼大，很少跟不認識的細俠說話。在山頂時，都是聽玉子跟別的細俠對唱山歌。還住在豬寮邊時，有一次出門幫頭家娘買菜，路過一條小巷子。幾個細俠人坐在路邊，看到秀梅，把手指放進嘴裡吹起哨子來。只聽見其中一個細俠喊：「細妹恁靚喔！」秀梅又羞又驚，加快腳步通過。

媒人婆手腳當遽，對象是家住湖口姓張人家。媒人拿來寫著他名字的紅紙。名字的第二個字，一橫一撇，下面有一輪月亮。那是她少數認得的字「有」。

「姓張个，湖口大姓，出當多有名个讀書人。張麼个香，你識聽過無？」

「該阿有係讀書人喔？」阿姆問。

「佢細个時節屋下無錢分佢讀書，毋過，人當煞猛喔。佢係大俠仔，這下在紡織廠做頭路。」

正當阿姆頻頻追問對方的薪水如何？家裡有沒有田產？秀梅已無心認真聽。「讀書人」三字讓秀梅想起久未見面的禮枝哥。阿爸講過，禮枝哥就是書讀太多讀到壞掉的。秀梅雖然不想嫁給禮枝哥，但仍替他抱不平。當初殷切送禮枝哥到臺北讀書的不是別人，正是阿爸。這下禮枝哥發癲，阿爸把責任全推給禮枝哥和書本。禮枝哥無辜，書也無辜。究竟哪裡出了差錯？總之不會是讀書識字的錯。勝彥哥也是讀書人，秀梅從未忘記他掌筆寫她的名字，恁多年過去，秀梅想起仍會臉紅。勝彥哥是否順利轉日本？說不定早就結婚有細人。

「秀梅，你覺著仰般？」阿姆轉頭問她。

「麼个仰般？」

「這係你自家个終身大事呢，仰恁樣無要無緊？」阿姆念了秀梅一句，對媒人婆說：

「俚看就拜託你安排，無竹筍變竹仔，咬毋落。」

相親地點是媒人婆的家。

阿有提早到了，坐在木椅上等候。他的雙手放膝上，十分拘謹的樣子。從來沒有相親經驗的秀梅也十分緊張，嘴巴抿得緊緊的，頭低低看地面，不敢正眼瞧阿有。

當媒人婆客套介紹雙方，秀梅用眼角餘光偷看阿有。他的前額很突，像粒饅頭長在額頭上。一雙炯炯有神的深邃眼睛，皮膚不黑也不白，不胖也不瘦。個子偏矮，但比她高一些。八字眉垂垂的，讓秀梅想起伯公廟裡伯公神像的眉毛。不笑時看起來有點兇。

「你看阿有恁緣投，當多細妹愛。」媒人婆說到這裡時，阿有不好意思地笑了笑，露出整齊潔白的牙齒。白淨白淨，像剛收成洗淨的葛仔。

「恁多人要，仰無講成呢？」阿姆問媒人婆。阿有頭犁犁。

「係啊！害佢當無面子。你毋知喔，厥母阿音嫂目珠生到頭那頂，這撿該撿，講麼个這個忒瘦，看就知身體毋好，仰般傳宗接代？該個講麼个妹家忒近，下二擺緊走轉去妹家仰結煞？哎呦，你毋知，媒人毋好做！」媒人婆抱怨完阿音嫂，連忙對秀梅稱讚起阿有：「恁好个細倈你尋毋著了啦。煞猛又顧家，從小摎人掌牛，十八歲就去紡織廠做頭路。阿有，你自家講。」

阿有沒想到媒人婆會突然叫他，愣了幾秒後說：「佢係修機器个。」他的聲音比想像中大聲。

「你看，阿有就係老實，毋會像有兜人嘴會講，做事情做到半爛燦仔[64]，倚恃毋得。阿有最大，後背還有三個老妹、兩個老弟。從小就當會照顧人。」

媒人婆都撿好的說。秀梅在心底默默數算，這一家子加上公公婆婆，不就是八個人。八個人擠在一間屋裡要仰般生活？媒人婆滔滔不絕東拉西扯，秀梅不停偷看手上秀春借她的手錶，暗自盼望第一次相親趕快結束。眼看媒人婆好不容易說完，大家準備起身時，一

64 半爛燦仔：半途。這裡指做事情只做到一半。

個瘦小的餔娘人出現了。阿有站起來，等待餔娘人行過來。秀梅感受到氣氛的緊張，她從沒有見過這樣威風的餔娘人。

「阿音嫂，仰恁暗正來？」媒人婆起身招呼。原來她是阿有的阿姆。阿有的面較圓，阿音嫂的臉型狹長，但兩人的目珠共樣共樣。

「有點事情，處理好正來。」晚來的阿音嫂慢慢坐上椅子，向秀梅的阿姆微微點頭，接著毫不客氣的用銳利的目光打量秀梅。秀梅不自在地把領口拉了拉，深怕自家身上有哪裡無著正。

「屎朏有肉，會降。」阿音嫂忽然抓住秀梅的手，微笑點頭：「會做事喔。」

「阿音嫂，第一擺見面莫恁樣，會嚇著細妹人啦。」

「驚麼个？本來就愛講好清楚。」阿音嫂的氣勢讓媒人婆和阿姆都不敢再多說。秀梅的第一次相親就在這樣緊張的氣氛中結束。

過了半年，無消無息。

有一日，媒人婆興沖沖地跑來。

「你仰恁久正來？」阿姆一邊倒茶水一邊抱怨著。「這擺又係哪位个小阿哥？」

「毋係別儕，就上擺該阿有。」

「半年了，麼个消息就無，仰會又講愛呢？」

秀梅從灶下走出來。媒人婆一見她便牽起她的手：「該阿音嫂這撿該撿，結果還係愛你做心臼啦。講你屎朏有肉，看起來會降又會做。」

「哎呦，過恁久了，厥姆係覺著秀梅無人愛係啊？」

「毋係啦！阿有工廠當無閒，厥姆摎阿有講，人就看過了，還毋討轉來？你看啦，這係阿音嫂買來分你个。」媒人婆把手裡帶著的籃子掀開，裡頭放著幾粒林檎。秀梅從來沒有吃過這麼貴的水果，眼巴巴看著那紅通通的林檎。

「你看該阿有做得無？」阿姆問秀梅。秀梅想起阿有像舊仔一般的牙齒，以及這段日子家裡微妙的氣氛。尤其係阿嫂逐擺有意無意就問阿姆，該擺相親仰般了？嫁給阿有，可能是她目前最好的選擇。家裡窮，沒嫁妝，年紀也到了，再不嫁，以後能選擇的更少。阿姆看著秀梅，秀梅微微點頭。

媒人婆拉著秀梅的手：「你看你耳空恁大，大富大貴个命。嫁分阿有，一定會賺大錢啦。」

得知秀梅即將嫁人的消息，秀春苦著臉說捨不得阿姐。兩姐妹抱在一起哭，哭累了就睡去。隔日晚起，到灶下時，阿姆已經在那裡了。

「阿姆，恁早！」

「毋早了，你下擺做人心臼，就愛較早跍，知無？」阿姆見秀梅漫不經心的樣子搖搖頭：「你過來食看看，這擺做个䓘仔好食無？」

秀梅到碗櫥拿筷子，撿起一粒剛醃好的䓘仔，放進嘴裡嚼啊嚼。新醃的䓘仔酒味甚濃，越嚼越香。

心白个灶下

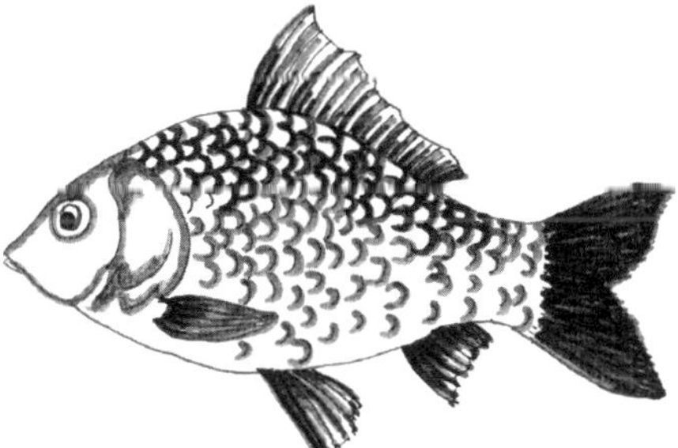

一個多月後，秀梅穿上白色長袖蕾絲婚紗，手捧鮮花，坐上租來的烏頭轎車。阿哥在車頂綁上兩枝連根帶尾的甘蔗，高聲念道：「竹青青油油，公婆長長久，圓滿添貴子，榮華富貴有。」

烏頭車開往湖口。快到阿有家時，紙砲聲響不停。烏頭車停下，阿有先下車，再牽她走出車門。秀梅謹遵阿姆的教誨，全程頭犁犁。四周有許多人拍手叫好的聲音，秀梅微微抬起頭，看見阿有在笑，露出一口菖仔般的白牙。秀梅知道，人生就要無共樣了。

阿有的家不在火車頭附近的鬧熱街路，而是邊郊的羊屎窩。他們的家是租來的泥磚屋，附近除了田還是田。秀梅看著稻田、菜園、陂塘，以及穿梭鄉間如迷宮般的泥土路，不知未來會如何。她深吸一口氣，打起精神。既然嫁了，就要行到底。

阿有排行老大，是家裡的經濟支柱。阿有的二弟腦袋不靈光，從小替人掌牛。在秀梅眼中，二弟再愚鈍也好過歸日流流溜溜[65]的小弟。三個小姑都在念書，最小的小姑正六歲大。

秀梅跟著阿有喊家官「阿叔」，喊家娘「阿妗」或「卡將」。隔壁鄰舍桂嫂有一次遇到

65 流流溜溜：形容人游手好閒的樣子。

出來洗衣的秀梅，細聲跟她說：「你姈毋好服侍，你自家愛注意。」

秀梅觀察卡將的生活習慣。家裡雖然窮，但卡將永遠打扮得淨淨俐俐。穿自家縫製的淺綠色花衣花褲，用雞油保養皮膚。還有，逐日一早花當多時間梳頭，對鏡用半月梳把無幾多的頭那毛梳攏，套上髮網，遮掩禿頭。細妹人無頭那毛，幾無面子。卡將很在意，不想給人看見，一大早絕不能隨便靠近卡將的房間。跟秀梅比起來，卡將屬於身型嬌小的那一類。個頭不高，嘴唇扁薄，眉目細長，後生時應該當多細倈愛。偏偏不愛笑，面如石像，剛硬刻薄。比起卡將，秀梅喜歡不修邊幅的阿叔多一些。阿叔人高，臉型長，理著接近光頭的平頭，毋愛著鞋。每日下午，揹起釣竿，騎自行車，到附近陂塘釣魚。經常因為太過沉迷，天暗了才回來。

「阿叔，仰恁暗正轉。好食飯了。」秀梅端著福菜湯出來，放在四方桌的正中央。

「恁香喔，又煮麼个好料？」

「福菜湯啦，今晡日拜伯公有買肥豬肉。」

「秀梅，來，你看，偃釣到麼个？」阿叔露出貓仔抓到老鼠的得意表情，拿出桶子裡的魚向她炫耀。

秀梅蹲下看著桶子裡的鯽魚：「肚屎恁大，全部有卵个！」

「歸日就會賭徼、釣魚。麼个細倈人！」卡將經過廳下，走到屋外，完全不看桶裡的魚一眼。

「麼个細妹人！」阿叔坐在長凳上，細聲念一句。

「阿叔，𠊎韶早用豆豉來烳鯽魚，做得食歸禮拜。」

「好，好。」阿叔提起水桶，吹著口哨走進灶下。灶下放了一個水缸，專門放阿叔釣的魚。跟人租的房子，灶下不大，塞進一個水缸後，一次最多只能容得卜兩個人。

秀梅嫁進來後，卡將很少進灶下，頂多偶而在煮飯時間進來念幾句：「菜仰無挑好？」「卵仰煎恁焦？」與其這樣，秀梅更喜歡一個人在灶下。沒有卡將在旁邊囉哩囉唆，自在多了。

卡將全名安到「張李日音」，頭前放老公的姓。卡將曾問她：「愛姓張無？」秀梅搖頭說不。她改過太多次姓。本姓莊，分人養改姓黃，走轉阿姆屋下，又改轉來。

「𠊎莫改了。再改，𠊎看天公、伯公就毋知𠊎姓麼个。」

「係啦。莫改也好。𠊎頭擺就係忒乖了。」卡將難得同意秀梅的決定。

「卡將，逐隻月做得再過分𠊎一點零星錢無？」

「你食屋下、戴屋下，愛用麼个錢？」卡將露出不悅的表情。

秀梅沒有回話。阿有每個月的薪水連袋子一併交給卡將，再由卡將分配給全家人。不管她做多少家事，身上卻一點錢也沒有。無錢無自由，她想買東西、做任何事，都要卡將同意。為了替自家攢一點私房錢，秀梅拿出過去跟阿姆學做醬菜的本事，鹹菜、福菜、鹹菜干、葍仔、醬冬瓜、菜脯和豆子乾，請桂嫂幫忙拿去市場賣。

「秀梅，當多人講你做个醬菜當好食耶！」桂嫂說。

「承蒙桂嫂啦！這俚正做好个葍仔。分你一罐。」

「恁好喔。」

「應該个。逐擺麻煩你。」

這日晚上，阿有返家。大家早早用過晚餐，秀梅去灶下暖菜，拿出剛做好的葍仔。阿有一看到葍仔，立刻夾來食。秀梅看阿有一副津津有味的樣子，在心肝偷笑：「『葍仔』正經愛食葍仔。」

第七道　雞酒

嫁給阿有半年後，秀梅有身了。

隔年秋天，秀梅降下第一個細人。係細倈仔。阿叔卡將喊他「大貨」。大貨一點都不大，體型瘦小，目珠細長，一嗷目汁一下漲滿眼眶，往臉龐兩側流去。嚴條又惡的卡將為了讓大貨有奶好食，親自下廚為秀梅煮雞酒、坐月子。

剁、剁、剁，躺在床上的秀梅聽見灶下傳來剁雞肉的聲響。那應是一隻一歲左右的大閹雞。卡將正在剁雞頭和雞髀，再從中間剖開，剁成大塊雞肉。老薑切片，在鍋中倒入黑麻油，燒熱後，放入薑片慢火炒到焦黃，加入雞肉拌炒到肉色變白，最後倒入米酒去除肉腥，煮滾後轉細火焴。

自從山頂的阿姆死後，秀梅有點驚食雞肉。毋過這下，秀梅想食一大碗公雞酒。雞酒正在鍋裡反覆燒滾，香氣陣陣。卡將推開門，把雞酒放在床頭脣的桌頂。

「當燒喔。」卡將說。

「承蒙卡將。」秀梅拿起一旁的湯匙和筷子，一邊吹涼一邊吃。雞酒表面浮著一層黃色雞油，雞肉塊則是白色的。秀梅想，若是另外加上紅麴，雞酒會看起來更好食。有雞酒補身，秀梅奶水如泉湧。儘管如此，大貨卻不太長肉。倒是手腳俐落，三兩下就把包巾掙脫，揮舞著如猴子般細長靈活的手腳。

當阿有喜孜孜拿著族長為大貨取的名字回來時，秀梅看著紅紙上「麟謙」二字，皺了皺眉說：「仰恁難寫？」

「『謙』係俚兜張屋个輩份，這係麒『麟』个『麟』，希望這細人大了做大事。」

「做麼个大事？一生人平安就好。」秀梅應。

「細妹人就係細妹人。」阿有搖搖頭走出房門。

秀梅抱著細人喊：「細猴仔，你爸愛喊你『麟謙』喔。俚个細阿謙！」

麟謙兩歲，秀梅又有身。這擺係妹仔。重男輕女的卡將一次也沒走進房裡探望孫女。雞酒食兩禮拜就無了。偏偏阿有在臺中做頭路，一禮拜轉來一擺。大妹仔降下來身體就弱，還會氣喘，那張跟秀梅相似的圓臉，常因喘不過氣漲紅。

每當大妹仔又喘又嗽，秀梅抱她在房裡來回走動。

「乖乖，毋驚毋驚！」

「阿姆，老妹做麼个緊嗽？」

「你老妹身體毋好，會喘，睡毋好。你大了愛照顧佢喔。」

大貨拿出一輛小汽車遞給秀梅說：「這阿公買分佢个，分佢啦。」

「大貨最乖。老妹較細，毋會搞。等佢大了，你愛陪佢搞喔。」秀梅心肝毋敢確定這細人做得大無？

阿有返家，把行李袋放在門邊。

「阿爸！」大貨衝上前，阿有一把抱起大貨。

「細人有較好無？」

秀梅用袖子擦了擦目汁：「共樣，有時會喘。」

「偓起好名了。」

「你自家起个？」

「係啊！偓頭擺有去義民廟讀過一年漢文。妹仔个名，偓想自家起。」阿有把大貨放下，輕輕接過秀梅懷中的嬰兒。「安到『瑞珠』，仰般？」

「瑞珠。」

「瑞，長壽啊。」

「好，長壽，好。」

「有像佢無？」

「這啊！」秀梅指著額頭說。不管是大貨或瑞珠都有張家標準的高額頭。

「佢有妹仔了。」阿有寵溺的看著懷中的嬰兒笑。

媒人婆曾說，她的下齡[66]有肉，是旺夫的命。

阿有的工作確實薪水越換越高，從楊梅到鶯歌，又從鶯歌到臺中。

但是，除了老公待在家的時間越來越少，秀梅的生活沒有太多變化。全家大小依然住在租來的泥磚屋。煮三餐、洗全家人的衫褲外，還要照顧幾個細人。包括大貨、瑞珠和小姑。秀梅嫁進張家時，小姑五歲。秀梅幫她洗湶、洗衫、飼飯[67]。

阿有的二弟文堂、屘弟國勝討心臼了，秀梅本以為有她們分擔家務，可以輕鬆點。文堂的心臼月雲個性強勢，一嫁來就在市場擺菜攤，每日忙賣菜，不做家務。屘弟的心臼素蘭，妹家有地有錢，卡將又惜屘子，捨不得喚素蘭做事。

素蘭剛嫁進來時，曾主動進灶下。卡將見狀，站在灶下門邊說：「素蘭啊，你來偓房間。」

「卡將，等偓一下，偓菜洗好正過去。」

「該兜事情，你大嫂做就好了。」

「大嫂，敗勢，偓等下就來。」素蘭跟著卡將離開，沒有再進灶下。

秀梅又有身，挺著肚子在灶下煮飯。有了上一次降瑞珠的經驗，她想：「上擺降妹仔，若係這擺又係妹仔，卡將毋知會仰般？」聽人講，肚屎尖降細倈，肚子圓降妹仔。秀梅身形沒有胖太多，唯獨肚子圓滾滾的，和上一胎一樣。

這日，秀梅扛著兩籃衫褲到洗衫溝。桂嫂蹲在那裡洗衫。

「桂嫂，今哺日恁早。」

「無法度，屋下細人多。無較早來洗，洗毋忒。」桂嫂轉頭對秀梅說。她若有所思的

66 下齡：下巴。

67 飼飯：餵飯。

看著秀梅圓圓的肚屎說：「偓看可能又係妹仔喔。」

「妹仔當好啊，妹仔較乖！」瑞珠身體較毋好，但是當貼心。不像大貨，歸日蔑消蔑屁[68]。可惜妹仔就算貼心，降出來也毋得人惜。

隔日，秀梅扛著兩桶尿水到菜園施肥，肚屎好怙怙[69]當痛。她算過時間，還要兩禮拜正會降。痛一陣又不痛，秀梅不以為意，繼續拔除菜園裡的雜草。過半點鐘，又開始痛。秀梅的眉間滴下豆大汗珠，不得不坐在菜園旁的石頭上休息。她摸著肚子說：「再忍一下，毋好這下出來。」秀梅算過，半個月後義民廟大拜拜，到時就算無降倈仔，坐月子還是多少能食到肉。若這下降，又係妹仔，卡將無定連一隻雞也毋肯剮。

陣痛間隔的時間緊來緊短。看來這細人毋聽話，硬是要出來。秀梅忍痛，遽遽轉屋下。她蹲在尿桶屙清屎尿，躺在床上休息。看著自家的大肚屎，不禁想無錢做麼个還要降細人？老公也無在旁唇。

「痛！」秀梅一邊喊一邊嗷。嫁人以後，她很久沒有這樣大嗷了。

「偓有喊素蘭去尋產婆了。你又毋係第一擺降細人，喊恁大聲做麼个？」卡將走來，在房門外對秀梅說。秀梅繼續又喊又嗷。

「好啦，好啦，產婆會來了，再過忍一下。」卡將也急了，行去廳下又行轉來，嘴裡不停念：「喊佢去尋產婆來，又毋係喊佢去降細人，去恁久！」

廳下的時鐘滴滴答答走，卡將在房間和廳下之間來回走。

汗水把秀梅的頭那毛都潤濕了，秀梅連叫喊的力氣都沒有。她緊咬嘴唇，雙手緊抓棉被。卡將端來一盆熱水和毛巾，替她擦去臉上的汗水。門外傳來木屐聲。產婆來了。產婆有長短腳，走路聲響一輕一重。前兩胎都是她接生，秀梅聽見熟悉的腳步聲，像溺水的人攀上浮木。

「你仰會去恁久？」卡將對素蘭念道。

「堵好頭前還有人降啦！」素蘭有些委屈的說。

頭髮梳在腦後綁成髻的產婆，走到秀梅面前，壓著她的肚子說：「頭那愛出來了，吸氣、用力，好，再過來一擺。」秀梅照著產婆的節奏，用盡最後的力氣。「出來了。」產婆喊：「係妹仔。」秀梅暈了過去。

秀梅睜開眼，本來在肚屎裡的細嬰兒仔，被紅豔豔的客家花布包妥放在身邊。嬰兒發

68 蔑消蔑屁：搞東搞西。
69 好恬恬：好端端地、無緣無故。

出細老鼠似的咿咿聲。她抱起渾身紅通通的細人，用手拍拍她的背。雖說提早出生，卻比兄姐更加白胖圓潤。

卡將沒有出現，小姑端來一碗番薯薑湯。氣力耗盡、肚屎又枵的秀梅，接過湯咕嚕嚕喝下肚，把番薯吃得一乾二淨。

又降妹仔。坐月子時，卡將只剮兩隻雞。無食肉，奶毋罅。妹仔靠在她的乳房上用力吸，卻吸不出麼个奶。降大貨，卡將逐日煮雞酒。降瑞珠，卡將煮半個月雞酒。這擺一禮拜就無雞酒食。營養毋罅，乳房就像兩只空袋子。細人食毋著奶，大聲噭。白胖胖的細人緊來緊瘦，秀梅愁死了。再這樣下去，細人還吂安名就餓死了。

秀梅好不容易把細人哄睡，獨自來到灶下。這時間，卡將和素蘭都在午睡。坐月子期間，大貨由卡將顧，瑞珠給素蘭顧。正降細人本應躺在床上休息，但她沒有這樣的命。她打開米缸，撈出半碗白米，放進土鍋裡，淘洗後，加上大量的水，放在灶上，慢慢熬煮。她蹲坐在灶前，燒著柴火。米湯不停的滾，溫暖秀梅冰冷的手腳。

秀梅不時用湯匙攪動土鍋裡的糜，滾半點鐘，悶半點鐘。再拿出碗，將上層熬得白稠的糜飲倒進碗裡，小心翼翼捧著湯碗回房間。細人肚屎餓，睡毋深，一點聲響就驚醒。無奶食，噭聲也像老鼠。

秀梅拿湯匙刮起糜飲最上層的膜，輕輕吹涼，放在細人的嘴邊。起初，細妹仔毋知仰般食糜，秀梅也毋知仰般飼。細妹仔像貓仔舔著糜飲，漸漸越吸越多。有時哽著大嗽，秀梅拍拍她的背囊，繼續飼。幾次後，細嬰兒習慣糜飲的味道，知道怎麼吸才不會哽著。行無路，就尋路。食毋著母奶的細人，做得食糜飲大。細人食飽就睡，秀梅拿起空碗準備行去灶下。

「阿嫂，有人尋你！」小姑跑進房間說：「佢講佢係你个阿爸。」

秀梅抱起細人行去廳下。一個老人家坐在藤椅上食茶，手款一隻殺好的雞，雞毛拔淨俐了。真的是阿爸，山頂个阿爸，他的背微駝，手上布滿老人斑，指節因為長年勞動而凸起。穿著夾腳拖的大腳板沾滿泥土。

秀梅結婚時，曾託人送喜帖到山頂，但阿爸和哥哥們都沒有出席。或許還在生她的氣吧。那些共度的歲月，秀梅不是沒有懷念之處，只是更多害怕和顧忌。乾枯細長如鬼手般的竹修仔，帶來的疼痛還深埋在皮膚裡，不時撕咬著她。

「阿爸。」秀梅喊。當久無喊了，尾音竟有些哽咽。

阿爸看見秀梅，站了起來，有些緊張的樣子。「厓聽人講，你降妹仔了。厓也無麼个東西好分你，就拿自家畜个雞仔來。」阿爸解釋。雖然彼此沒有血緣關係，但阿爸聽說她又降妹仔，趼趼剮雞拿到湖口。

「阿爸，承蒙你。𠊎盡敗勢，該時……」秀梅話還沒說完，就被阿爸打斷：「講這做麼个？你這下最重要就愛好好坐月子，以後正毋會該痛這痛，你姆頭擺就無恁好命，月子無做好，正會恁早就走。」

「阿姆，這老阿公係麼儕？」在屋外玩耍的大貨走入來，睜著晶晶亮亮的細目珠問。

「無禮貌！喊『姐公[70]』。」

「姐公！」大貨喊當大聲。阿爸聽了十分開心，把雞肉交給一旁的小姑拿進灶下，一把將大貨抱起來：「乖！下二擺姐公買糖來分你食。」阿爸放下大貨，笑說：「老了，抱一下就堵毋著。」阿爸雖然嘴上這樣說，但很快接過秀梅手中的細妹仔抱在懷中，用手指輕輕碰觸她的臉頰，發出「安咕安咕」的聲音。「還係妹仔好。」阿爸笑著說。

剛食忒一碗茶，阿爸起身準備離開。

「留下來食暗啦。」秀梅說。

「毋使無閒，你好好休息。」

「你等𠊎一下。」秀梅趕緊行去灶下拿了兩罐醃菜給阿爸。「這係𠊎自家做个鹹菜和葍仔。」

「恁會哦！會做醬菜了。當好，當好。𠊎自家出去就好，你莫出來吹風。」阿爸揮揮手走出屋下，把醬菜放在自行車前的籃子裡，踩著踏板緊行緊遠。

該日暗晡，卡將看見灶下多了一隻雞，問秀梅：「麼儕剛雞仔來？」

「厓爸啦。」秀梅回。灶下充滿雞酒的濃郁酒香。

阿有轉屋下了。秀梅被腳步聲吵醒，她知道阿有這天會回家，但不知何時。只見阿有脫下沾滿髒污的白襯衫，打赤膊準備拿淨俐衫褲去洗身。

「轉來了喔。幾點了？」

「兩點了。你睡你个。」阿有把在床尾就要滾落床的大貨抱起來，往床裡頭放。這是一張拼組成的大木頭床，大貨睡覺不安分，老是滾來滾去。比起來，睡在細妹仔旁邊的瑞珠，如果不是呼吸聲有點大，就像一叢細樹靜定。

「瑞珠還會喘無？」

「這幾日較好了。」

兩人放低音量，仍是吵醒敏感的嬰兒。嬰兒的目珠無打開，但癟起嘴來，發出咿咿的聲音。秀梅轉身拍拍嬰兒的胸。

「這細人好渡無？」

「還做得啦，康健就好。」秀梅說。

「偓想好細人个名了。」阿有在剛剛脫掉的襯衫口袋裡拿出一張紅紙，上面寫著三個字，第一個是「張」，第三個跟大妹仔同樣是「珠」，那麼第二個字呢？「珍珠，張珍珠。好聽無？」阿有露出得意的表情和一排晶亮的牙齒。

「珍珠喔？」秀梅念著這兩個字。做細人時節，秀梅常用箸在番薯糜裡尋白米，像在大海裡尋珍珠。雖然係妹仔，阿有還係當重視，正會喊珍珠。

「仰般？」

「還做得。」

「好就好，想恁久。」阿有嘟噥兩句，俯下身輕聲對嬰兒喊：「珍珠，愛乖哦。」

後來，秀梅又降兩個細倈。有雞雞，做得做種。逐擺有身，她總希望係細倈，細倈正有雞酒食，正毋需愁細人無奶好食。

毋過，平平降妹仔，月雲還係有雞酒好食。好在用糜飲蓄大的珍珠，身體算康健，無得過麼个病，長得還比瑞珠高。珍珠緊來緊像卡將和小姑們，長面、扁鼻和薄唇。瑞珠較像秀梅，圓臉圓面。可能珍珠像卡將，秀梅幾個細人底背，除了大貨，卡將對珍珠最好。有好食的，就喊珍珠去房間，還喊珍珠做毋得分阿姆阿姐知。

雖然知道珍珠是無辜的，但秀梅有時還是忍不住生珍珠的氣。每次兩姐妹吵架，秀梅會先罵珍珠：「你毋知你姐身體毋好？你挑挑[71]害佢喘起來係無？」

珍珠一臉委屈，向小姑姑哭訴：「細姑，佢係阿姆抱轉來个係無？」

「仰可能呢？你係你姆降个無毋著[72]啦。」

「阿姆做麼个毋惜佢呢？」

「你想忒多了啦！」

一日，秀梅放在房間衣櫃上面的錢不見了。那是秀梅賣了很多罐醬菜，好不容易存下的私房錢。她把錢放進鐵盒裡，放在衣櫃上方。秀梅打開鐵盒，裡面的鈔票都不見了。

她把幾個細人叫到面前，問：「係麼儕偷拿？」

71 挑挑：故意。
72 無毋著：沒錯，無不對。著，對。

珍珠看著櫃子，又看向秀梅，一副心神不寧的樣子。

秀梅抓住珍珠的手說：「係你偷个無？錢囥哪位去了？」珍珠一邊噭一邊搖頭。「還毋承認？」秀梅用力拗珍珠的食指。

「𠊎毋記得了！」珍珠緊噭。

「好恬恬打細人做麼个！」卡將打開門，牽著珍珠離開。秀梅忿忿的看著她們的背影。那天之後，珍珠一看到阿姆就躲到一邊。連睡夢也盡量睡離阿姆最遠的位置。

過兩日，秀梅扛著全家衫褲到洗衫溝，洗到珍珠的洋裝。最初是小姑穿的，後來分瑞珠，這下又傳分珍珠。洗當多擺，衫又舊又爛。以珍珠的身高，就算踩凳仔也搆不到衣櫃上方。她錯怪珍珠了。她搓揉著珍珠的洋裝，流下目汁。自家從小就驚做毋錯事情分人打，結果這下也像頭擺的阿爸，無問清楚就打細人。

秀梅扛起洗好的衫褲，竹籃堆滿衫褲，除了他們家的，還有月雲家的。卡將說，月雲在市場賣菜，哪有時間洗衫？要秀梅一併洗月雲家的。月雲賺的錢係二叔一家的，阿有賺的錢卻是要給歸家人用。做大嫂的，還要洗全家的衫褲。哎，無法度啊。秀梅無奈地往屋下行去。

轉到屋下，看到珍珠和瑞珠在門口搞橡皮繩。兩人身上的洋裝都舊了，若有錢，該幫她們做新衫。

「媽！」瑞珠看到秀梅大聲喊。

珍珠跟著喊：「媽。」眼神有些驚惶。

「暗晡夜，炒卵飯分你兜食。」秀梅記得，珍珠最愛食炒飯。

該日暗晡，阿有忽然回來，手裡還帶著一盒餅給細人食。細人睡了。租來的房子小，全家七口睡同張床。阿有不在時，秀梅還有一點轉身的餘裕。阿有一轉來，她和細人都只能像雕像直挺挺的睡。阿有驚吵，偏偏兩個小的睡忒時常滾來滾去。一不小心吵醒阿有，阿有就會捏細人的大腿罵道：「動麼个！」

阿有的心情似乎很好。細人動來動去，阿有都沒有動怒。秀梅閉上眼睛，感覺到阿有粗厚的手掌正在輕輕撫摸她的背囊[73]。秀梅睜開眼睛，阿有用手捏著她的下齡說：「這位有肉，好看。」阿有轉身壓在她的身上，屘子出生後，他們已經很久沒有這樣親密。

秀梅枕在阿有的左臂上。阿有不會說好聽話。若卡將向阿有講她的不足，阿有也會罵

73 背囊：從後腰以上到頸後以下的部位。

她給卡將看。即使如此，他仍是秀梅在這個家唯一的依靠。

「佢聽人講，內壢有間新開个紡織廠。」秀梅希望阿有能調回較近的工廠。

「臺灣喔，薪水無差幾多。」阿有用右手摸著秀梅的下齡：「你記得鶯歌工廠該周經理無？」

「記得啊，做麼个？喊你轉去鶯歌做喔？」

「毋係啦，周經理去西貢開工廠，開當高个薪水，喊佢去啦。」阿有目珠發光。

「西貢在哪位？」

「越南啦。憨嫲！」

「越南毋好啦，佢聽人講，越南打仗欸。」

「細妹人知麼个？周經理去該位三年多了，賺幾多錢。你想，佢去幾年，就做得買街路个屋了。」

「莫啦，恁樣你愛幾久正做得轉？銃子無目珠，佢也會驚欸。」

「驚麼个，憨嫲！好睡了啦。無你韶早睡忒晝，又分卡將罵。」阿有講完這句話沒多久就呼呼大睡。秀梅卻翻來覆去睡不著。

半年後，阿有帶著簡單行李坐飛機去西貢。來送機的秀梅，看著升起的飛機流目汁。

「又毋係毋轉來，噭麼个？」卡將罵道。

秀梅擦乾目汁，抱著屘子坐上小叔的車回家。

阿有去越南工作後，秀梅覺得更加辛苦，無依無靠。識字又受寵的小叔，成為唯一可以與阿有通信的人。卡將、大姑和他在卡將房裡，共下寫要寄去給阿有的信。小叔從來不曾問秀梅，有什麼話想對阿有說。不識字的秀梅，覺得自家像啞狗，想喊又喊毋出來。

一日下晝，洗完衫褲，巡過菜園，秀梅忽然想去看海。

她還記得去海脣的路。

大的細人去上學，剩三歲屘子阿壽牯在身邊。她打算獨自去，想盡辦法把阿壽牯哄睡。當她確定阿壽牯睡著，才輕手輕腳走出房門。前腳剛踏出去，阿壽牯又爬起來，揉目珠問：「阿姆，你愛去哪位？佢也愛去。」秀梅嘆口氣，都怪自家太心急，應該讓他睡得更沉。秀梅脫掉正戴好的笠嫲，爬上床，輕輕拍著小壽，哼唱頭擺摘茶學的山歌：「日頭落山一點紅，牛嫲帶子落陂塘；哪有牛嫲毋惜子，哪有阿妹毋戀郎。」平時聽兩遍就睡著的阿壽牯，怎麼也不肯閉上眼睛。每次快睡著，就緊抓住秀梅的手，像怕阿姆突然不見。

阿有講過，屘子是全部細人裡最聰明的。秀梅不以為然，阿壽牯還小，仰看得出來？

但此刻秀梅卻十分認同阿有的話。秀梅用紅花布揹起不肯睡的阿壽牯。

「噓！」秀梅對背上的阿壽牯說：「做毋得講話，吵醒阿公阿婆就莫愛帶你去了。」阿壽牯聽話的把臉埋在秀梅背後。

出門時，日頭當烈，秀梅戴著斗笠出門，埋在花布裡的阿壽牯露出高額頭。高額是遺傳阿有。卡將說，額頭高有福氣。好的像阿有，不好的全像她。秀梅不明白，卡將對她百般挑剔，為什麼還要選她做心臼？還有阿有，留她一人渡五個細人。想到這，秀梅目珠紅了。她深吸一口氣，繼續往前走，經過王爺廟，就快到了。

兩子哀穿過低矮針葉林，聞到海的鹹臭味。聽人講，樹林有狐狸，還有人看過白狐狸。樹林當暗，日頭曬毋入來。若是平時，秀梅會驚。但今晡日，秀梅毋驚。

拖鞋沾滿海沙，秀梅脫掉鞋子，光腳踩在混著海沙與泥土的小徑。阿壽牯睡飽了，動手腳，探出頭來。秀梅回頭，看到阿壽牯睜開目珠，張望四周茂密的樹叢。

「會到海脣了！」秀梅說。

穿過防風林，一大片無邊無際深藍色海洋就在眼前。海的顏色很深，近似灰色，一波波撲向沙灘又後退。在沙岸形成蕾絲般的線條。秀梅一步步往沙灘走去，想起這輩子唯一一次穿過有蕾絲的裙，就是結婚時。從一個家來到另一個家，秀梅還是覺得孤單。她就像海，因為想擁抱沙灘不停前進，卻不得已一再後退。

秀梅解開背巾，平鋪於沙灘，把阿壽牯放在紅花布上。阿壽牯乖乖坐著，環顧四周，目珠帶著好奇和些許不安。阿壽牯記性好，也許記得，阿爸吂去越南時，有擺歸家共下來這海脣。阿有赤裸上身，抱著兩歲的阿壽牯走進海裡搞水。

秀梅動動頸骨，頭下揹阿壽牯行忒遠，背囊瘦痛。回頭看，阿壽牯正在搞沙。「日頭落山一點紅」是山頂看到的景象。海脣是歸片紅。秀梅一步一步往海裡走去，盼望海水為她減輕心頭的重量。她想起許多人，親阿姆、仁枝哥、勝彥哥、玉子、阿爸阿姆、秀春，大海另一端的阿有，五個細人。海水淹沒胸口，浪花聲夾雜細人噭的聲。

「阿姆！」秀梅轉頭，只見阿壽牯短短的小腳踏進浪花。

「做毋得行過來。」秀梅大聲對阿壽牯說。阿壽牯用沾滿泥沙的小手揉著眼睛，弄得整個臉都是沙。

秀梅回頭往岸上走，海浪把她推遠。她用盡力氣與大海的推力對抗，雙手不停往前滑，嘴上不停喊：「做毋得過來。」她終於走上岸，緊緊抱住阿壽牯：「憨牯！大憨牯！」

天色由紅轉暗，秀梅把沾滿海沙的背巾甩了甩，再次揹起阿壽牯。

「阿姆！」阿壽牯帶著濃濃的鼻音喚道。

「細人有耳無嘴。知無？」

轉到屋下，衫褲㑇燥。卡將見她歸身濕涾涾，行過來抱起趴在秀梅背上睡著的阿壽牯，講：「去換衫。好食飯了。今晡日佢有煮糜，堵好傍[74]你做个莃仔。」秀梅鼻著灶下傳來溫熱的米香。

74 傍：配。

第八道 米粉湯

從海脣轉來後，卡將沒有多問什麼，對她說話的語氣比從前好一些。但過不了多久，卡將又開始對她東挑西揀。秀梅忙著照顧五個細人，不去在意。

卡將買了一間位於中正路尾巴的紅毛泥屋。雖然不在最鬧熱的火車頭前，但走一小段路就是菜市場。這棟房子夾在兩條路中間，地基呈三角形，前門寬，後門窄。卡將是為屘子國勝而買，卡將最惜國勝。國勝不像阿有老實，也不像文堂憨憨，會講話又派頭。就是一直尋無頭路，逐日遊游野野。卡將講：「有店面就做得做生理[75]。」

搬入新屋後，秀梅和細人被分到三樓最尾巴的那一間。房間很小，擺張床就塞不下其他東西。灶下在二樓，有一口雙爐瓦斯爐。秀梅學了好幾次，才學會瓦斯爐的用法。用

75 做生理：做生意。

瓦斯爐比頭擺燒柴煮飯方便多了。但是，有些東西沒有柴燒，似乎就少了一點味道。像炊粄、煎卵，怎麼做都沒有頭擺好食。

在阿有堅持下，四歲的阿壽牯上學了，相鄰兩條馬路的天主教幼稚園。一切看似越來越好，但秀梅的工作始終繁重，手邊依舊沒有半點閒錢，連細人要買簿子的錢都沒有。

直性子的瑞珠寫信給阿有：「阿爸，媽媽沒錢可以用。阿騰都有麵包吃，我們也想吃麵包。」阿騰是國勝的大倈仔，每天下午都能去街路買麵包。秀梅的五個細人卻只能在一旁看阿騰食。

「你愛仰般寄分你爸？」秀梅有些不放心。

「拜託二叔啊。」瑞珠一副胸有成竹的樣子。傻愣愣的文堂常幫國勝跑腿，國勝寫好信交給文堂，再由文堂拿去郵局寄。

「二叔，這信係寫分佢爸欸，做得共下寄無？」瑞珠拜託文堂。

「你寫麼个？」文堂問瑞珠。

「無寫麼个，佢就寫佢想食胖[76]啦！」文堂沒想太多，把瑞珠寫的信紙放進信封袋內。

一個月後，瑞珠和珍珠放學回家，剛踏入家門，國勝氣得拍桌喊：「你企好來！你寫麼个分你爸？你爸打電話轉來罵佢，恁細就會投人[77]！」瑞珠害怕地看著國勝，珍珠見狀，趕緊放下書包去菜園尋阿姆。

秀梅正在菜園拔雜草，珍珠一臉著急喊：「阿姆，屘叔發閼，罵阿姐……」不等珍珠說完，秀梅遽遽轉屋下。

一打開門，只見瑞珠坐在地上，身上有竹修仔打過的血痕。秀梅走到瑞珠身邊，檢查瑞珠身上的傷口：「恁夭壽！」

「媽，偓毋驚，你也莫驚。」瑞珠一滴目汁都沒掉。

「來，去房間擦藥仔。珍珠，你去灶下切皮薑嫲。」

瑞珠坐在木床上，秀梅用老薑沾藥酒幫瑞珠塗擦傷口。這樣的傷口，秀梅太熟悉。不管細人幾孌皮，她從不曾動用竹修仔。她一再忍讓，細人卻分人打。

「媽，阿爸幾時會轉來？」瑞珠問。

「偓也毋知。毋怕，媽媽自家賺錢。你想食麼个，媽媽就買分你食。」

秀梅隔天去市場尋頭路，透過桂嫂介紹，秀梅來到整修中的新豐車頭做小工。

---

76 胖：麵包。
77 投人：告狀。

逐日煮過午餐，食飽後，搭火車到新豐工地。她的工作很簡單，把攪拌好的紅毛泥放在單輪車上，再推到師傅需要的地方。她和其他工人就像蟻公，將紅毛泥、磚頭從這頭運到該頭，一磚一瓦把火車頭堆疊起來。工地塵土飛揚，下班後全身沾滿泥灰。

下晝三點是點心時間，也是秀梅最期待的時刻。煮飯大姐舀起一大匙芋麋放進秀梅的碗裡。

「阿姐，敗勢，請問一儕做得分幾碗啊？」

「看你做得食幾碗啊。最多三碗啦。」

「承蒙阿姐。」

隔日上工，秀梅帶著兩罐葛仔坐火車。經過剪票口時，秀梅把其中一罐葛仔拿給剪票的阿哥。

「阿哥，拜託一下，俚細人下晝會去新豐車頭尋俚，分佢兜過一下。」

「唉呦，恁細義做麼个？阿有摎俚恁熟，你講一下就做得。」

「恁麻煩你。應該个。」

「好啦，好啦，承蒙承蒙。」

「係俚承蒙你啦。」

下課後，大貨帶著瑞珠、珍珠坐火車到新豐。今晡日的點心是米粉湯。在工地，不講究食麼个，只要能盡快填飽肚子。工人沒時間洗手，手往褲子一抹，排隊領點心。秀梅用沾滿紅毛泥的雙手捧著米粉湯，拿分大貨。

「遽遽食，食忒𠊎再過去領一碗。」大貨先食一大口，再遞給瑞珠，瑞珠食一口又給珍珠。

「媽，你自家毋食喔。」瑞珠問。

「媽媽毋會枵，你兜食就好。」

「媽，該阿嫂煮个米粉湯盡好食耶，等𠊎大，也愛做煮點心个阿嫂，就做得食當多碗。」珍珠舔了舔嘴角說。

「憨嬤！麼个毋好做，做煮飯婆？」秀梅罵道。

後來，秀梅會提早到工地，幫忙煮飯大姐備料。煮飯大姐見秀梅手腳俐落，問：「看你手腳恁遽，若係要煮分二、三十個人食，你做得來無？」

「過年過節，𠊎一儕做得煮三桌。」其他的事不敢說，但說到煮飯燒菜，秀梅可是自信滿滿。

「𠊎妹仔愛降了，喊𠊎去擗手。你愛來做無？做這當辛苦，毋過錢會較多點。」煮飯大姐翻動鍋鏟。

「好啊！拜託阿姐！」秀梅想，若接下這頭路，下二擺講毋定做得去別位煮點心。

「唉呦，你又愛渡細人又愛賺錢，大家互相啦！」煮菜大姐在熱油裡加鹽，提醒道：「做事个人口味重。」煮菜大姐還教秀梅許多事，比如熱天的菜可以加點辣椒提味，有檸檬更好。冷天的菜最好煮一大鍋，小火慢燉最好。秀梅把煮菜大姐說的話牢記在心。

工地的菜色通常是固定的，偶而會變化一些新花樣。不過，一禮拜中至少有一日會煮米粉湯。米粉湯要用豬肉、蝦米、芹菜和米粉，豬肉切絲浸醬油，蝦米泡水，芹菜切末，米粉用水沖過瀝乾，一一擺入竹籃，帶去工地。煮飯大姐教她，在鐵製大鍋內倒進一大匙豬油，油熱時，把醃過醬油的肉絲丟入油鍋內爆香，等到肉絲從一小團，變成一絲絲時，倒進泡過水的蝦米。聞到蝦米香，再倒水，中火煮到大滾後，調小火。把瀝燥的米粉放入鍋肚，慢慢攪。細火滾一兩分鐘，撒下芹菜。起鍋前，加油蔥酥、香菜和胡椒粉。好的米粉湯湯頭要清，米粉咬起來毋會忒爛，也毋會忒硬。秀梅在心中默念煮飯大姐的叮嚀，仔細盯著滾動的米粉。突然，鍋子沸騰起來，秀梅才發現自家剛剛忘記轉細火，眼看米粉湯要滿出鍋緣。秀梅趕緊把火關掉，冒著白泡泡的湯頓時像消氣的氣球。秀梅看著煮過頭的米粉，心肝暗想：「慘了！」

工頭用力拍手叫道：「好食點心了，休息一下。」秀梅一碗一碗裝給工人。有的人剛吹涼，連筷子都不用，整碗咕嚕嚕吃下肚。有的人習慣先去哺支菸，正来食點心。秀梅不安的看著每個人的表情。

一個高頭大馬、打赤膊的工人朝秀梅走來，大聲抱怨：「俚來工地做恁多年，無食過恁難食个米粉湯！」他的聲音引來幾個工人圍觀，大家一邊吃著米粉湯，一邊露出看好戲的表情。

「盡敗勢，俚第一擺煮恁大鍋个米粉湯。煮忒爛，毋係挑挑个。」秀梅道歉。

「阿財，好了啦，反正食到肚屎還毋係變屎。」一個瘦夾夾的工人出聲。

「阿喜，你較差毋多點，俚講毋好食，無講這係屎哦。」

大家聽兩人打嘴鼓，笑成一團。沒有人再去講米粉湯煮忒爛的事。

阿喜把空碗拿來，秀梅細聲對他說：「頭下承蒙你。」

「渡細人還出來做小工，辛苦啦！」阿喜把手伸進褲袋，掏出幾粒包裝得五顏六色的糖果。他的掌心都是泥灰，襯得糖果閃閃發亮。「你帶轉分細人食。講起來敗勢，俚恁大人還愛食甜个。」秀梅接過糖果，連聲承蒙。工人揮揮手，往工地行去。

秀梅打開其中一粒糖放進嘴裡：「好食。」糖果在嘴裡化開，讓她想起小時候吃的星星糖。後來，除了鹹食，秀梅也常做甜食。熱天做仙草蜜、綠豆湯，冷天煮紅豆湯。每次做甜點心，阿喜都會來裝第二碗、第三碗。

過年會到了，阿有會轉來一禮拜。當久無看到自家老公，秀梅想去機場接阿有。她打開衣櫥想尋一領較新較靚的衫，卻發現幾年前請金貴做的合身洋裝早就著毋落。早知就做較大領，正毋會打爽。明明做恁多事，無變瘦，顛倒緊來緊肥。降五個細人，腰也粗了。看到衣櫥底背毋合身的舊衫，秀梅決定為自家做領新衫。

秀梅打開鐵盒，拿出私胲[78]，去湖口火車頭前的布行買布。

火車站前的商店街是從日本時代就有的雙層建築，一樓是紅磚，二樓是木造。第一間是賣制服、帽子的商店，第二間是老診所，第三間是雜貨店。雜貨店前放著一臺冰箱，裡頭冰著養樂多、蘋果西打和啤酒。布行就在雜貨店隔壁。入門右邊有張木製大桌，靠牆的玻璃櫥櫃裡整齊排列一綑綑布匹。秀梅很少走來火車頭這一帶，店鋪賣的東西比市場貴多了。

秀梅走進店裡，發現頭前無人。後方就是店家的廳下，頭家坐在藤椅上翹腳看報紙。

「頭家，恁早！」秀梅大聲喊。

頭家放下報紙，瞄一眼來客，往後方叫：「金蓮！」不多久，一個燙著捲曲短髮的細妹人從門簾後走來，身上著圍裙，想是在後背灶下煮飯。金蓮一見到秀梅，堆滿笑容說：「買布係無？等𠊎一下。」金蓮再次出來時圍裙已不見。

金蓮走到木桌，問：「今晡日想愛買仰般个布？」

「𠊎想做洋裝，自家著个。」

「洋裝啊，你看這。」金蓮把一本雜誌遞給秀梅。上面寫的是日文。「這係日本這下最流行个。」雜誌上的模特兒梳包頭，前額頭髮做六四分，身上著黑色洋裝，裙長及膝，領口和袖口都有白色翻領。

「好看係好看，毋過忒素了。」

「這呢？」金蓮翻下一頁，裡頭有三個金頭那毛的外國模特兒，著無同樣的花襯衫，一件紫紅底白花，另一件是同款墨綠色底白花，還有一款則是大紅底綴上鈴蘭花，裙子只到大腿的一半。「𠊎堵好有差毋多花色个布。」頭家娘從櫥櫃裡拿出一塊綠底白花布。

「這花色係後生人著个，𠊎有五個細人了。」

78 私胲：私房錢。

「毋會啦，這花色當好看，無分年紀。」

「有無恁素又毋會忒花个無？」秀梅問。

「偓尋看喔。」金蓮推開後頭的櫥窗翻找。

「該最旁脣个，做得拿分偓看無？」秀梅指著櫥窗角落的一綑布說。

金蓮把布拿了出來，展開在秀梅面前。這綑布是深藍色底，上頭有線條構成的菱形，菱形中間還有圓點。有點花樣又不會花刺必駁[79]。「你目珠當利，這布係舊年進个，湖口大家好著花布，這布若係會做衫个人，一看就知做好會當靚。你自家有做衫？」

「無啦。偓拿鍋鏟做得，拿針線就無法度。」秀梅不是謙虛，她從小就不太懂針線活，替細人縫個扣子都會刺到手。連幫瑞珠、珍珠綁頭那毛也不在行，乾脆讓她們倆都剪成極短的西瓜皮。秀梅雖然不太會做女紅，卻很懂打扮。若不是有五個細人要照顧，秀梅也想逐日打扮到靚靚。當會做衫的好姐妹金貴常誇秀梅眼光好，做衫前還會請教秀梅：「你看哪一款布料適合？做什麼款式好？」

秀梅看到這垤有菱形花紋的布料時，想起頭擺看過阿有工廠的頭家娘著的衫。頭家娘身材好，著金黃色絲綢布也毋驚。她較有肉，著金黃絲綢會像金元寶。若係用這款布做同款的洋裝，可能會當好看。

「就這款好了。」秀梅說。

「好，這舊年个，算你便宜。」

金蓮拿出量尺幫秀梅量了身形，再用木尺和粉餅在布上做記號，一把洋裁刀順著記號滑了過去。金蓮把布摺好，用素紙包好遞給秀梅。

「承蒙你，有閒再過來行行。」

秀梅走出店門，抱著新買的布料，往金貴家走去。金貴家在鄉公所旁，是紅毛泥造的新式樓房，灰土土的建築右半邊，有扇淡綠色鐵窗。金貴在牆邊栽種許多花盆，九重葛、香花和牡丹，妝點單調的建物。從窗口往裡看，就可以看見一架裁縫車。除了製衣，金貴也會接工廠的單，車拉鍊、縫口袋，做家庭代工貼補家用。

金貴是秀梅在湖口最好的朋友。金貴的阿爸阿姆是外省人，無麼个會講客。金貴的老公順滿叔，也是張屋人。年紀跟阿有差不多，但輩份是阿有的叔父輩。金貴是細姐[80]，大姐住新竹。順滿叔和大姐無離婚，但跟金貴一同生活。金貴會做女紅又識字，可惜愛到有

---

79 花刺必駁：花俏。

80 細姐：妾或姨太太。

家室的細倈。順滿叔人高大，面端正，最愛騎車四界走。金貴嫁順滿叔，沒辦婚禮，阿爸阿姆也無來。順滿叔的財產全分大姐，金貴只好做衫補家用。秀梅有一次幫細人改制服，認識金貴。兩儕各有自家的苦，講苦又講笑，變做好朋友。

門窗傳來裁縫車的喀噠喀噠聲。

「金貴！」秀梅推開門。金貴瞄了秀梅一眼，繼續做著眼前的工作。她的腳踩踏板，右手轉動裁縫車的轉輪，左手把布向前推，針尖上上下下，一下就車好一條拉鍊。金貴車完拉鍊後，抬頭看秀梅手中的包裹問：「那是什麼？」

秀梅打開包裝，把布攤開：「侄新買的布，有靚無？」

金貴仔細打量布匹，點點頭說：「花色好看。你要穿的？」

「係啊。阿有愛轉了，侄想著新衫去機場接佢。」

「這布做旗袍不錯。」出身眷村的金貴看多穿旗袍的細妹，當會做旗袍。許多頭家娘特地從中壢過來請她做。

「侄又變肥了，著旗袍毋好看啦。侄想做洋裝。」秀梅比手劃腳說：「領仔要有點四角，這方形个花樣做到胸，腰仔到膝頭做花苞裙。」金貴一邊聽，一邊用原子筆在日曆紙的背面畫圖。

「裙愛較短兜。」秀梅指著金貴畫出的圖形說。

「老公要回來，看你開心的。」金貴語氣說得曖昧。秀梅推了推金貴的肩膀。金貴開始為秀梅量身，拿粉餅在布上畫出線條：「我最近單比較多，要等喔。」

「等，幾久就等。」秀梅笑。

到了和金貴約定的時間，秀梅帶著私胲去金貴家。金貴家的裁縫車彷彿日夜從來不停止，喀噠喀噠運轉著。秀梅推開裝上防蟲紗網的木門，一件洋裝掛在牆上。她興奮地跑上前，小心把洋裝取下來。不管是腰身或是領口的弧度，全跟秀梅想像中的一樣。

「去穿一下，看還需不需要改。」

「好。」秀梅拿洋裝去便所換。她脫掉沾滿油污的寬鬆衫褲，把合身洋裝套上去，拉上拉鍊。便所有一面大鏡子，鏡中的她，身材豐滿，洋裝線條襯托胸線，遮蔽過於肥胖的腰間。秀梅滿意地看著鏡中的倒影。秀梅走出去，金貴停下手邊的工作，走到秀梅身邊。比秀梅高一個頭的金貴，彎下腰來拉拉秀梅的裙襬，滿意地說：「袖口這裡再改一下，就很完美了。」

接機那日一早，秀梅著洋裝、絲襪，左手戴上金屬細錶帶手錶，手款水餃包。腳穿白底黑邊的皮鞋。即使平日總是身穿舊衣，灰頭土臉穿梭在塵土飛揚的工地裡，但在這特別的日子，她要好好打扮。

阿有從關口行來，一臉疲憊。秀梅向他揮手喊：「阿有！」阿有尋聲看到秀梅，臉上流露一絲驚訝。秀梅日益圓潤的臉蛋與身材，在新衫的包覆下，竟別有一股風情。阿有對秀梅笑。

分灶

牆的另一邊傳來吵鬧聲，秀梅在迷濛間睜開眼睛。昏昏暗暗的房間只有她一人。在剛剛的夢裡，她還穿著最愛的那套有著菱形紋飾的洋裝，到機場去接阿有。洋裝毋知走哪去？就算還在，她也穿不下了。

「屌你姆！」牆的另一端傳來阿壽的聲音。秀梅的心驚了一下，不知道阿壽又再發什麼瘋。她趕緊下床，走到門口。為了阻隔灶下的油煙，兩個房間外面多裝了一道門。白色的門上有一塊透明的玻璃。秀梅站在門邊，看見阿壽和鑫謙就站在灶下。

兩個頭差不多。阿壽肥一兜，有鼓鼓的大肚屎，鑫謙稍矮，人較壯。頭擺，大家說他們身材像番薯，喊他們番薯牯，一個是大番薯，一個是小番薯。兩兄弟細个時節感情當好，無像這下逐日冤家。

「撿來撿去，下二擺就你餔娘煮分阿姆食就好了！」阿壽指著鑫謙的鼻子罵。

「你講該麼个話？大家講好這屋一儕分一半，煮飯一儕煮一日。」

「煮就煮，你摎你餔娘逐擺講倨餔娘煮个無營養，你毋會你煮！」阿壽氣到破音。

「你仰講毋會分醒[81]呢？」鑫謙搖搖頭。

81 講毋會分醒：再如何說明，當事人都無法理解。

「倕講毋會分醒？」阿壽走上前，伸出拳頭往鑫謙揮，鑫謙後退一步閃過。阿壽又揮了一拳，鑫謙再退一步。

「你敢打Anh hai[82]？我馬上報警！」夢泉衝了上來，站在樓梯口喊。她有一頭褐色短捲髮，擦著粉紅色指甲油的手在手機上點了點。

「算了啦！」鑫謙把夢泉拉上樓。

「屌你姆！」阿壽罵了一聲，走下樓去。

隔著門，秀梅望著空無一人的灶下念道：「屌你姆？你兩兄弟个阿姆全部共一儕啦！」

82 Anh hai：越南語，二哥。

第九道 越南麵包

夢泉用力關上門，碰！好大一聲。

這扇門是老爸走後才裝的。她和鑫謙的房間在三樓盡頭，跟老爸相鄰。再過去是一間廁所、樓梯、天井，最外面靠馬路的是阿壽的房間。

老爸走之後，鑫謙搬到老爸房間。每天四點要起床做菜賣煎餃，一個人睡，睡眠品質比較好。夢泉則繼續跟兩個女兒睡在原來的房間。阿壽每隔一陣子，情緒不穩，像個未爆彈，夢泉要鑫謙在兩個房間對外走道外，裝上能上鎖的門。

裝上門不久，阿壽和阿瑞佔據四樓的空房間，讓大兒子和小兒子睡在樓上。這棟透天房就像一局棋，你走一步，我就要想盡辦法走下一步。

「剛剛幹嘛不還手啦！」夢泉氣呼呼的說。

「還手做麼个？」鑫謙走進他的房間，夢泉也跟了進去。

「就是Anh hai太寵阿壽，阿壽才會變這樣！」
「佢有病。算了啦。」
「算了？」夢泉兩手交叉，氣得說不出話。要不是她在，Anh hai早就鼻青臉腫。
「好了啦，想出去行行無？」
「去哪？」夢泉聽到出門，氣稍微消了一點。反正灶下的事情一時也解決不了，不如出門走走。
「中壢，你不是最喜歡去中壢。我去把車開來。」鑫謙拿了車鑰匙下樓。街路透天屋沒有停車位，只好租附近的公有停車場。每次出門，鑫謙會先騎摩托車去停車場，再把車開到家門口等夢泉。
夢泉回房間，拿出鑫謙不久前買給她的名牌包包，換上一雙La New厚底涼鞋，走下樓。
等不到一分鐘，一輛白色速霸陸停在門口。夢泉坐上副駕駛座。
Anh hai開車很快，整個人變得很衝，表情跟面對阿壽時完全不同。從湖口到中壢，Anh hai不走高速公路，而是開高鐵南路。上面是高鐵的軌道，下面是汽車通行的道路。這條路一直走就是青埔，她來臺灣第一個落腳的地方。Anh hai會先帶她來這裡晃一晃，再去中壢市區。車窗外的風景總是伴隨著過去的畫面，不時閃現在腦海。

前夫家離桃園高鐵站不遠。現在高樓林立，一坪喊到四、五十萬的青埔，在她剛來的時候，還是野狗比人多的廣闊平地。田地、菜園、樹林及荒草地，老街溪和圳溝穿梭其間。這裡跟她的家鄉很像，有許多野草和河水。尤其黃昏時，夕陽浮在水流上，會讓她以為回到家。附近有桃園機場，經常可以看到飛機起落。不能回家時，看看飛機，心情也會好一點。

她國中畢業就跟著姐姐去紡織廠上班。幾年後，姐姐嫁去韓國。接著是她。前夫阿雄比她大十八歲，喜歡十八歲小女生。為了這個緣故，她少報兩歲。夢泉跟其他人一樣，稱呼前夫雄哥。雄哥有一棟父母留給他的房子，三層樓透天長在田中央，晚上風大，窗外咻咻聲很可怕。但至少不怕沒地方住。

雄哥愛喝酒，經常喝得爛醉，隔天爬不起來上工。工作有一搭沒一搭。口袋空空，得靠雄哥的大姐接濟。大姐就住在隔壁，有他們家的鑰匙，隨時會走來檢查她在不在家？衣服洗了沒？有沒有拖地？

雄哥心情好的時候，會騎摩托車載她去大園或中壢尋覓越南料理。不管食物好不好吃，至少可以聽見熟悉的語言。

大園有間賣越南麵包的小攤子，生意很好。老闆娘紅姐嫁來臺灣很多年，越南麵包的餡料總是塞得滿滿，價格又便宜。雄哥帶她來過兩次後，夢泉就自己騎摩托車來這裡買越南麵包。

那天，雄哥喝得爛醉還沒起床，她自己騎車去找紅姐。她掏了掏雄哥的外套口袋，只剩一張百元鈔票，加上口袋的零錢，足夠買兩個。夢泉迎風騎著摩托車，感覺到短暫的自由。紅姐的越南麵包攤很小，停放在騎樓前，平常來時買的人不少。今天因為比較晚來，難得不需要排隊。

「紅姐，我要買兩個。」

「妹妹啊，怎麼越來越瘦？」老闆娘往麵包裡多塞一些料，最後都快塞不進紙袋。「雄哥沒來？」

「他喝醉，還沒醒。」

「辛苦了。」紅姐把越南麵包放進塑膠袋，交到她的手上。夢泉把口袋裡的百元鈔和零錢遞給紅姐。

「雄哥有給你錢嗎？錢夠用嗎？」夢泉低下頭，沒有說話。

「這附近有一間紡織廠缺人，妹妹如果需要錢，可以考慮一下。」

「需要。」夢泉想都沒想就脫口而出。

「妹妹等姐姐一下。」老闆娘把剩下的越南麵包打包。攤子推進騎樓裡，跟房東打聲招呼就坐上停在一旁的機車。紅姐發動摩托車，轉頭對夢泉說：「跟著姐姐。」

夢泉國中時就學會騎摩托車，越南的摩托車座椅平平的，她有時會幫忙載Mẹ[83]種的青菜到市場裡賣。來到臺灣後，雄哥如果沒出門，她可以騎雄哥的摩托車到附近晃晃。摩托車很老舊，但她喜歡坐在摩托車上迎風自由穿梭的感覺。

紅姐的摩托車是紅色的，又新又亮。夢泉緊緊跟在紅姐後面。經過街道、馬路、稻田，進入高於人的芒草中。有一瞬間，她以為回到故鄉了。不可能，摩托車跨越不了海洋。她感受著微涼的風和即將消失的陽光。紅姐的摩托車在老廠房前停下來，她跟在紅姐身後，走進一間辦公室裡。說是辦公室，大約只有兩坪大，放著兩張辦公桌和幾張凳子，比路邊的檳榔攤還要簡陋。

「經理，好久不見。」紅姐用流利的中文說：「你上次不是跟我說還缺人嗎？我給你介紹這個妹妹，剛來臺灣，什麼都不太懂，但是很乖。妹妹，跟經理問好。」

83 Mẹ：越南語，媽媽。

「經理好，我叫阮夢泉。」夢泉盡量把話說得清楚一些。經理的臉看起來有點嚴肅，他端詳著夢泉，問：「我們這裡是晚上開工喔。你回去跟家人商量一下，沒問題就來吧。」

夢泉點頭。雄哥本來就不太管她，她工作還能拿錢回家，雄哥聽了應該不會反對。

紅姐像想起什麼似的，把夢泉手上一大袋越南麵包遞給經理。

「哇！好久不見，一來就帶好料。」一個大叔打開連接著廠房的門，襯衫的扣子半開，滿頭是汗。

「當然啦！阿仁哥，夢泉妹妹以後就請你們多多照顧了。」紅姐小聲在夢泉耳邊說：「姐姐要回去收拾攤子啦，妹妹知道回去的路吧。」夢泉認得，這裡是從家裡通往中壢市區的小路，工廠離家不遠。

夢泉點頭。紅姐拍拍她的肩，跟大家道再見後走出辦公室。夢泉坐在角落，有些緊張。

「你也吃吧。」經理把袋子裡的越南麵包分給辦公室的每個人，最後一個給了她。

「我有了。感恩。」夢泉從背包拿出一個越南麵包。

「這樣啊，那我就不客氣了。」經理拿起最後一個麵包吃了起來，並簡單跟她說明工廠上班的時間和薪資。辦公室裡瀰漫著越南麵包的香氣。夢泉瞄到辦公桌上放著簽到簿，用Ａ４紙張印刷，再用魚尾夾夾起來。長長的名字，每個名字佔據一行。她看不懂上面的文字，從彎曲如跳舞般的形狀判斷應該是泰文。她坐在角落啃著越南麵包，看著通往廠房的那扇門。門裡沒有紡織機的聲音，裡頭昏昏暗的。這裡真的是紡織廠嗎？夢泉不禁懷疑起來。

她填寫了簡單資料後，經理就讓她離開。

從工廠騎車回家不用十五分鐘，比想像中更近。她拿出背包裡的越南麵包和冰箱裡的啤酒給雄哥當晚餐，雄哥不在乎吃什麼，只要有酒就好。夢泉看著大口啃著麵包的雄哥說：「賣越南麵包的紅姐介紹我去紡織廠上班，在附近，做夜班。」雄哥把口裡的麵包吞下，問：「薪水多少？」

第一天上班，夢泉同樣先騎到大園找紅姐，買了越南麵包才去工廠。抵達工廠時，天已昏暗。

「阿仁，你帶她去找阿嫻。」

「好的，好的。」阿仁哥看起來忠厚老實。紅姐說不要看阿仁哥一副傻傻的樣子，他可是經驗老到的修機器師傅。紅姐之所以認識經理和紡織廠，正是因為當年剛來臺灣時，她也曾在這裡工作過。他們是好人。紅姐說。

推開辦公室連結工廠的大門。紡織機的聲音撲來。不是每一臺都在運作，還不到上工的時間。

「阿嫻！」阿仁哥帶著夢泉來到一架紡織機前。阿嫻蹲在地上檢查機器。她抬起頭來，夢泉才發現原來阿嫻是個女人。剪著男生頭的女人，臉頰肉肉的，身材豐滿，手臂長著堅實的肌肉。

「阿嫻，經理說夢泉交給你來帶。好好照顧人家喔。」阿仁哥說。

「知啦，知啦。」阿嫻用夢泉聽不懂的語言回。

「客話緊講緊好了喔。」阿仁哥讚許地說完就往辦公室走去。

阿嫻站起來，個頭跟夢泉差不多。她靠近夢泉，像隻小狗般嗅聞。

「有越南麵包的味道。」阿嫻用越南語說。夢泉這才知道，原來阿嫻也是越南人。

「早上去紅姐那裡買的。嫻姐要吃嗎？」夢泉打開背包，把越南麵包遞給嫻姐。嫻姐笑了，虎牙突突的，更像隻小狗了。嫻姐拉著夢泉到工廠後面，有一個小小的茶水間。她洗過手，把越南麵包剁成兩半，一半遞給夢泉，一半放進口裡大口咬著。

「感恩泉妹。好久沒吃到紅姐做的越南麵包了。」嫻姐一副滿足的表情。

嫺姐對她很照顧。可以說是她在臺灣最好的朋友。

嫺姐不住家裡，住在工廠提供的宿舍。有一次，嫺姐帶她去宿舍。宿舍距離工廠很近，步行約五、六分鐘。外觀看起來就像一般的老舊民房。顏色是最普通的灰色水泥，一點也不起眼。不像她的故鄉，大家喜歡用鮮艷的油漆塗滿牆面，看顏色就知道是誰的家。她的家是藍色的，像天空一樣的藍色。

「嫺姐，臺灣的房子都好無聊。」夢泉喜歡跟嫺姐獨處，兩人可以用越南語盡情說話。

「大家都是逃走的，房子越不起眼越好。」嫺姐回。

推開生鏽的鐵門。一樓是公共空間，最後面有一間廚房。廚房是陽臺外推的方式打造的，兩口瓦斯爐，牆邊擺了三、四個塑膠層架，裡面擺滿各式醬料。夢泉一眼就發現其中一個層架上，擺著她熟悉的魚露和辣椒醬。廚房不大，東西雖然多，但並不凌亂。二到四樓都是房間，最上面還有鐵皮搭的曬衣場。上了二樓，一股濃烈的香水味撲來。走廊左手邊有好幾個房間，門上有明星的海報，也有人擺著象神。三樓也是。

「二樓、三樓都住泰國的。她們人多，比較早來。」嫺姐說。「我們在最上面。」上面是另一個世界。夢泉很快聽見熟悉的聲音。那是她從小說慣的語言。其中一扇門上貼著演唱會海報，寫著她熟悉的文字。

「你們的字像蝌蚪一樣。」雄哥曾這樣評論。

她被帶到門上貼著一張報紙的房間。報紙版面上有個年輕女孩的特寫照，她拿著高爾夫球桿，笑容燦爛。

「她是誰？」

「曾雅妮。很帥吧。」嫻姐露出跟報紙上的女孩一樣的笑容，說：「有人說我跟她長得很像。」

夢泉記住曾雅妮的樣子，以及這房間的位置。一個房間有六張床，都是上下鋪。嫻姐的床在下鋪，倚著窗。上鋪沒人，是得天獨厚的好位置。

「累的話，去那裡躺一下。」嫻姐說。夢泉爬上去，把窗戶稍微推開一些，可以看見外面的稻田、芒草和電線杆上的麻雀。一股清涼的風從縫隙裡竄進來。在涼風吹拂中，夢泉沉沉睡去。

拉著行李箱的姐姐，跳上一輛小貨車。姐姐把頭伸出車廂，不停揮手。她看見姐姐秀麗的臉上，正流著淚。姐姐！她騎上腳踏車，追在貨車後面。貨車越來越遠……

「泉妹，上工啦！」

夢泉在叫喚聲中睜開眼，窗外完全暗了，取而代之的是路燈的微光。她下床，跟嫻姐走去工廠。兩三人走在一起，壓低聲音說話。

他們排隊進工廠，有男有女。經理拿著筆記本點名。熟悉的紡織機聲像巨大的海浪一陣一陣朝她撲來。

嫻姐教她怎麼操作機臺，棉線如果打結應該怎麼辦。跟嫻姐在一起時，常想起遠嫁韓國的姐姐。當年，她初進工廠，姐姐也是這麼帶著她。那時，大家都說，姐姐長得這麼漂亮、皮膚又白，一定很快就會被娶走。還有人笑她，怎麼同個父母生的，一個這麼白，一個那麼黑。不只黑，還滿臉青春痘。她羨慕美麗的姐姐。

跟愛穿長裙的姐姐不同，嫻姐喜歡中性裝扮。夢泉看得出來，工廠裡有幾個妹妹愛慕嫻姐。

「專心！」嫻姐嚴厲的斥責，夢泉猛然一驚。站在巨大的機臺前，她不該恍神。

他們的工作從晚上開始，直到清晨結束。夢泉經常睡眠不足，有一次她站在機臺前連連打哈欠。在附近工作的嫻姐走了過來，把夢泉拉到一邊，夢泉以為又要被訓。誰知道嫻姐指著旁邊用來堆放棉線的大鐵桶說：「進去睡。」

機器聲音太大，可能是聽錯了。但這一次嫺姐用動作告訴她，進、去、睡。在巨大的紡織聲中，她躲進空鐵桶裡，睡了整整一小時。她不知道自己如何能在這麼大的聲音中睡著，但她確實睡得很深很沉。

她跟嫺姐越來越好，工廠的人都知道。工廠裡有很多小圈圈，像嫺姐和她一樣。她們之間的感情比普通姐妹更好一點，但夢泉並沒有讓嫺姐越過那條界線。事實上，嫺姐要好的對象不只她一個。倘若嫺姐願意，大概可以同時交兩、三個女友吧。即使如此，夢泉也知道，嫺姐對她最好。

每逢假日，嫺姐會騎摩托車載她出遊，他們有時會出動好幾臺摩托車、電動腳踏車，在中壢一帶晃蕩。去中壢火車站吃越南料理，到龍崗吃米干，也會騎到大園找紅姐。紅姐做的越南麵包特別大，料也很多，價格又划算，經常半買半相送。

他們外帶越南麵包去老街溪畔吃。夢泉從不知道嫺姐的過去，嫺姐也沒有問她。夢泉有一種感覺，她們只是短暫的交會，像兩隻來自不同池塘的魚，相遇在溪流，一起走一段後，終究會分開。

做六休一，她們盡情享受短暫的假期。人們的喧譁聲、流水聲，都比機械聲好聽。坐在溪畔的嫺姐突然握住她的手。輕輕的，像棉被那樣溫柔的包覆她。

「幹嘛啦！」夢泉抽手。她瞄到嫻姐失落的表情。

她跟雄哥相處的時間越來越少，跟嫻姐在一起的時間越來越多。雄哥的大姐對雄哥說：「管管你老婆，整天看不到人影。」雄哥嘴上回應說好，其實什麼也沒做。夢泉每個月給他一萬元，他不需上工就有錢買酒。雄哥對這點很滿意，酒也喝得更兇了。

「喝太多了！」夢泉念雄哥。

「好好好，知道啦。」躺在沙發上看電視的雄哥，一邊回好一邊又喝了一口放在桌上的台啤。夢泉嘆了一口氣。

那天，她如往常在工廠上班。手機在口袋裡不停震動。她跟嫻姐示意幫忙顧一下機臺，從小門走出工廠接電話。

「泉啊……阿雄……阿雄車禍。」大姐在電話那頭泣不成聲。

「怎麼會這樣？」

「喝太醉了……騎車回家……遇上大卡車……」電話裡只剩啜泣聲。

夢泉立刻請假騎車回家。夢泉騎著車，想著經常在路邊見到被車壓扁的老鼠、青蛙或麻雀。雄哥又胖又圓的身體，也像那些動物一樣，被大卡車壓得扁扁的。

喪禮簡單倉促。喪禮結束後，大姐拿幾份文件給她簽名。「你簽了還是可以住，但這是我們家的房子。」大姐說。她一邊用越南文寫下自己的名字，一邊想起雄哥說過，她的字像蝌蚪，忍不住笑出來。

她的作息沒有因為雄哥離開而改變。只是，她知道，總有一天她需要搬離這裡。

夢泉沒想過再嫁。或許就這樣在工廠做一輩子。真的不想做，就回越南。但是，Mẹ說，既然都嫁了，如果遇到好人，再嫁一次沒有關係。還說，如果她在這裡找到好人家，哥哥的孩子說不定可以來臺灣工作。

「姐姐那裡呢？韓國不是更好嗎？」

「你姐夫那樣的人，怎麼可能答應？」

美麗的姐姐似乎常常哭。夢泉想去韓國探望姐姐。自從姐姐嫁到韓國後，她們再也沒見過。

雄哥走後一年，阿仁哥說要幫她介紹親事。親姑姑的兒子，保證沒結過婚，也沒有孩子。只是年紀大了一點。

「多大？」

阿仁哥笑笑，比了一個「耶」的姿勢：「大你二十歲。」

站在一旁的嫺姐把夢泉拉開，一整天都垮著臉。下班後，夢泉騎摩托車時，嫺姐走來對她說：「不要去。不會有好結果。」

夢泉沒有說話，戴上安全帽，發動引擎。

「不是說好要一起開店？」

「嫺姐，對不起。」夢泉說，騎車沿小路回去。天光初亮，掛著露水的芒草掃過她的臉。分不清臉上的是露水還是淚珠。

過兩天放假，媒人婆和她約在工廠門口，媒人婆開車載她去湖口。夢泉穿了條紋的針織衫和緊身馬褲赴約，她從小就不愛穿裙子。昨夜工作的疲憊還未完全消退，雙頰又冒出一顆痘痘。

媒人婆說，湖口離楊梅不遠，半小時多一點就到了。媒人婆開擴音講手機，說的是客語，夢泉多少聽得懂簡單幾句。媒人婆把車停在鄉公所旁的路邊停車格。

「這裡是鄉公所。他們住街上，很熱鬧。」頂著大太陽，媒人婆一邊走一邊介紹。「不懂就不要開口，我來說。」

夢泉點頭。她不是一個安靜的孩子，至少在越南的時候不是。但在這裡，在陌生的地方，她自然而然變得安靜。

那是一棟四層樓房，磚紅色磁磚有些脫落，騎樓前放著一個攤子。

「他們賣早餐，餃子，有吃過嗎？中午以後就可以休息，還有自己的房子。」

似曾相識的話，夢泉在越南聽過。

一個笑臉盈盈的老媽媽走來，問媒人婆：「這細妹幾歲？」

「二十一。」媒人婆說。實際上，她比這個年紀大兩歲。

「有降過無？」

「無啦。」

「佢老个講，越南細妹盡內盡乖。」

「當然啊。」

她們一邊說話一邊看向夢泉，夢泉不好意思低下頭來。一個中年男人把車停在門外，走了進來。個頭不高，大概跟嫻姐差不多，身材壯碩。他看向夢泉露出微笑，似乎也有點緊張。

「我叫鑫謙。」對方說。「你們先聊，我進去做菜。」

「韶早愛賣煎餃，佢愛先去處理高麗菜。」老媽媽說。「鑫謙當多人愛，毋過毋想結婚，細妹朋友全走忒了。這下厥爸破病，想愛看鑫謙結婚。佢當有孝，答應試試看。下二擺，共下出去行行啦！莫看佢恁樣，堵到細妹還係當敗勢！」
媒人婆和老媽媽聊了一小時，夢泉沒有說話。
鑫謙走出來，滿臉是汗。
「做好了？」老媽媽問。
「還吂啦！」
「你看幾時共下出去行行？」
鑫謙沒說話，看向夢泉。
「你幾時有閒啦？」媒人婆笑。
「週日。」夢泉說。
他們約好下週日在工廠見。夢泉提早到了，一輛灰色舊車駛來，車窗打開，老媽媽向她招手。夢泉坐上後座。
「渡你去楊梅山頂行行。小楊梅，有去過無？」老媽媽夾雜著客語及國語。
「沒有。」
「偓做細人个時節，在該山頂摘茶。偓講客，你聽識無？」
「一點點。」

「我媽以前當人養女，在山上採茶，茶園賣掉了，變成高爾夫球場。附近有簡餐咖啡，我們可以去那裡看風景喝咖啡。」

一連幾個假日，鑫謙都開車載她出門。前兩次，老媽媽跟著，後來只有鑫謙一個人。鑫謙排行老二，夢泉喊他「Anh hai」。山頂咖啡店、石門活魚餐廳、南寮漁港買鮮魚。夢泉沒去過那些地方，感到很新鮮。安靜的她開始說很多的話。

「有什麼好吃的越南料理嗎？」一次約會，Anh hai問她。

「在大園。」

夢泉帶Anh hai去紅姐的店。紅姐看到Anh hai，用越南語問她：「人怎麼樣？」夢泉笑笑沒說話。他們買了兩個越南麵包，Anh hai載她去海邊吃。他們坐在沿岸的堤防上，看海吃麵包。

「好吃嗎？」

Anh hai大口咬下：「還好。」

夢泉用力推Anh hai的肩膀說：「明明就很好吃！」

半年後，他們結婚，她離開田中央的房子和紡織廠，走進小鎮街道邊的四層樓房。

Anh hai和她的房間位於三樓盡頭，窗戶打開是防火巷，中間是公公的房間。朝街道的是小叔一家的房間。

夢泉婚後隔天就開始早起賣煎餃。以前上夜班，忽然改成早班，夢泉花了很多時間調整。她的中文帶著厚重的口音，被分派在攤子後方包餃子的任務。包餃子只要動手，不用動口。

夢泉對煮食不陌生，但從不需負擔一大家子的嘴巴。老媽領著她和小叔的老婆阿瑞在廚房做菜。三個女人擠在一間廚房。老媽是主廚，跟在老媽身邊多年的阿瑞是二廚。她只能洗菜、切菜。

在煎餃攤，除了包餃子，她學會在Anh hai做菜時，幫忙開鍋、下鍋。這裡不像工廠，中午忙完後，一天還很長。她告訴Anh hai想去學校讀書。小學開設識字班，她想去那裡讀書和交朋友。Anh hai從不阻攔她，她想逛街，Anh hai會開車載她去百貨公司。但Anh hai不喜歡人多的地方，只負責當司機，從不陪她逛。她一個人逛街，Anh hai在停車場等，時間到了再來接她。

她的中文越說越好，慢慢從大後方，走到前線賣煎餃。跟著老媽做菜時，她喜歡在老媽的基礎上變化一些花樣。比方家裡最常端出的炒高麗菜，她用的油是老媽的一半，最後再加上一匙澎湖干貝醬。

張屋大大小小回家聚餐時，她會做牛肉河粉。Anh hai對食材很挑剔，要買最新鮮的海產，等級高的牛肉。河粉裡的牛肉，就是Anh hai特地從好市多買回的。清澈的湯、鮮美的牛肉，獲得大家的好評。夢泉偶而也會做春捲，小黃瓜切條、豬肉絲、剝殼的蝦子，她不厭其煩準備每一份材料，再用薄皮將它們包起來。

阿瑞覺得她的料理太麻煩，老是霸佔整個流理臺。她們經常為一些小事有口角。阿瑞告訴阿壽，向來疼老婆的阿壽受不了，就來找鑫謙理論。

「我今天不想煮飯了。」夢泉看著窗外出現的高樓說。

「那就不要煮。想食麼个？」

「好久沒吃紅姐做的越南麵包了。」

Anh hai把車轉向大園的方向，夢泉希望他們可以就這樣一直開一直開，沒有盡頭。

第十道　雞肉河粉

還不到食晡的時間，望著空蕩蕩的灶下，秀梅的肚屎傳來咕嚕嚕的叫聲。

「算了！你兜毋煮，俚自家煮來食！」

秀梅套上紅色塑膠拖鞋，打開門，點亮灶下的燈。她打開冰箱尋找可以填飽肚屎的東西，在下層尋到一把青蔥。麼个東西加蔥就有味道。秀梅拿出兩根青蔥，簡單洗了洗，切段。蔥白下鍋，煎卵，下一小撮鹽巴，把水倒進去滾，再丟一把麵線。

「煮飯有麼个難？」

「媽！你仰自家煮？」阿瑞從灶下外走來。她長得又瘦又小，如果不是夾雜的白髮，看起來就像十幾歲的少女。

「俚毋煮麼儕煮？」

「俚來啦。」阿瑞接過鍋鏟。「俚毋係毋煮，俚係無法度摎二嫂共下煮。」

「你二嫂講話較直，毋過無壞意啦！」

阿瑞沒說話，把煮好的麵線盛進碗公，放在灶下旁的圓桌上。秀梅坐在高角的圓凳上，把麵線吹涼。

「你想愛仰般？」

「𠊎想分灶。」阿瑞坐在秀梅身旁認真說道。

「哎！全係你爸，講麼个越南細妹最內，一定愛鑫謙討。佢無要緊，反正還在个時節有𠊎煮分佢食。這下𠊎老了，麼儕會煮分𠊎食？」

「媽！話毋係恁樣講啦。毋過，阿爸到底做麼个恁愛越南細妹？」阿瑞圓圓的目珠看向秀梅。秀梅一時不知道該怎麼回答，低頭吃著麵線。

民國六十四年，阿壽牯上國中，阿有的工廠招待眷屬去越南。原本卡將想要自家去，但阿有在信中指明要秀梅來。

「去了愛記得轉啊。」卡將對秀梅說。

阿有上擺轉來，曾對阿叔卡將說想要移民到越南。

「你講該麼个話。爺哀恁老了，自家帶餔娘細人走恁遠，仰恁毋孝！」卡將氣到脖子露出青筋。

「你妗，阿有走恁遠，兩公婆恁多年無共下，衰過[84]啦。」

「衰過？俚嫁分你正衰過啦。還毋係你無拿錢轉屋下，阿有正會十一歲就去做人長工。」

阿叔嘆口氣，走出去。

「走，做你走，最好莫轉來！」卡將生氣上樓。

接下來的幾日，阿有沒有再提起移民的事。

出發去西貢的前一晚，全家早早上床就寢。阿有要搭隔日一早的飛機。

「秀梅，其實，這幾年，俚自家有存兜錢。同事湊[85]俚合股在西貢開一間紡織廠。」

「西貢該位當好係啊？」

「比臺灣進步當多。」

「你會渡俚去無？」

---

84 衰過：可憐。

85 湊：邀請加入。

阿有沒有回答。

兩個月後，阿有來信要她去西貢，工廠出錢。卡將找不到反對的理由。

秀梅想穿幾年前請金貴做的洋裝。只是又肥兜，得請金貴把腰圍再放寬。

「越南不是打仗嗎？你還去。」金貴一邊轉動裁縫車一邊說。

「放心啦，阿有去該位會十一年了。講毋定，倨還會跈佢搬過去。」金貴聽了不說話，繼續車拉鍊。秀梅知道，金貴真正的朋友只有她。「哎呦，麼个事情就講毋定。倨儘採講講。」裁縫車喀噠喀噠的聲音停止了。金貴看著秀梅，認真的說：「你如果真的過去，我一定會找機會去找你的。」

「好，你一定愛來喔。」

秀梅穿著有菱形圖案的洋裝坐上飛機。阿有的同事大多是外省人，他們的舖娘大多穿中式旗袍。大家對秀梅的洋裝很有興趣。

「你這洋裝哪裡做的？我也想做一件。」

「我也要。」

「倨好朋友做个，轉臺灣，渡你兜去做一領。」

細妹人嘰嘰喳喳說了話，空服員端來簡單的炒麵。

「果汁、咖啡還是茶？」

「咖啡。」秀梅回。她沒有喝過，很想試試。

空服人員在塑膠杯裡倒了咖啡，放在秀梅面前。咖啡有一股特殊的香氣，和茶香不同。茶香清爽如朝晨，咖啡味濃如焦炭。秀梅輕輕的啜飲一口，隨即吐了出來，咖啡汁液噴濺到洋裝上。

「仰恁苦啦？阿有還講咖啡好食。」

隔壁是老張的舖娘清雲，老張和阿有同樣姓張。一個上海人，一個新竹人。一個大學畢業，一個只讀到小學三年級。聽阿有說，清雲曾讀過師專，可惜後來遇到戰爭沒讀完，跟著丈夫來到臺灣。清雲穿著絲綢質料的旗袍，身形纖瘦。她從隨身的珍珠皮包裡拿出手巾遞給秀梅，笑問：「你第一次喝咖啡啊？」

「係啊。恁苦个東西有麼个好食？」

清雲舉手，向空服員要了糖和一小盅牛奶。「加進去，會好喝一些。」

秀梅把白砂糖和牛奶倒進咖啡裡，攪了又攪。

「可以嗎？」

「還做得啦。毋過還係茶好食。」

清雲舉起自己的黑咖啡喝一口。

「你不怕苦喔？」

「怕啊。但是久了就習慣了。還能喝出另一番滋味。」

秀梅不解地看著清雲。清雲妝容精緻，燙著時髦的捲髮，就像從電視機走出來的明星。

吃飽喝足，上過一次便所，秀梅望著窗外的一片藍空，漸漸睡去。

「快到了。」清雲叫醒秀梅。

秀梅揉了揉眼，看向飛機窗外。飛機正從海洋飛往陸地，地面上出現寬闊的港口，還有許多小小的建築物。

「這就係西貢啊。」

從前僅在阿有帶回的黑白照片中看過的地方。照片裡，感覺不到風、溫度和顏色。而此刻她即將抵達。

下飛機後，老張和阿有來接機。老張駕車載一行人從機場駛向市區。坐在後座的秀梅，臉幾乎要貼上車窗。街道上塞滿了車，就連臺北都沒有那麼多車。路旁出現氣派的亮黃色建築，正面和窗都是拱型的，上面裝飾繁複的白色雕花，鐵窗是墨綠色的。

「這是郵局。法國人蓋的。」老張說。

他們又路過一棟紅色建築。建築兩旁有尖聳高塔，中間那棟較矮，正面有圓形的裝飾，像挺拔的士兵站在路邊。不只是高大的建築物，路邊的民宅也同樣吸引秀梅的目光。房子大多是兩層樓高，每一間牆面的油漆顏色都不同，有藍色、粉紅色和黃色，放在一起卻不令人感到突兀。二樓有百葉窗和陽臺，其中一個陽臺上，一個金髮碧眼的阿兜仔坐在凳仔上食菸。

路邊有許多西貢細妹，身穿越南長襖在街上散步。越南長襖自腰線開岔，上衣顏色跟建築物一樣多姿多彩，下身搭水褲，走起路來搖曳生姿。如果金貴在就好了，她們可以一起把這裡逛遍。

看著美麗的越南細妹，秀梅想起金貴曾問過她：「阿有在那裡有別的女人嗎？」

「毋會啦！佢恁省，哪有細妹會愛佢？」

「你不懂。男人在不同女人面前有不同樣子。」

金貴的話讓秀梅有點心焦，她和阿有共處的時間這樣少，也許她一點都不了解阿有？

建築物雖然美麗，但車子全塞成一團，前進速度緩慢。天氣悶熱，老張把車窗打開。

街道上傳來收音機播放的歌曲：

我等著你回來　我等著你回來
我想著你回來　我想著你回來
等你回來讓我開懷
等你回來讓我關懷
你為什不回來　你為什不回來
我要等你回來　我要等你回來
還不回來春光不再
還不回來熱淚滿腮……

在金貴做裁縫的小客廳裡，秀梅聽過無數遍。她的國語不好，卻學會這句「我等著你回來」。而現在，她等待的人就在身邊，心中湧起不真實的幸福感。

塞了許久，終於抵達公司宿舍。一間房有三張床。床是細長的鐵條組合的，燙過的白襯衫和西裝褲懸掛在床架高處。桌子擺在正中央，座位後方放著七盆盆栽。不像家裡的地泥是水泥地，宿舍的地磚是幾何條紋。秀梅坐在阿有平日睡覺的床上，輕輕撫摸那件白襯衫，她甚至還能感覺到白襯衫上剛熨燙完微微的熱度。平常是誰幫阿有燙襯衫呢？

奔波整日，大家都累了。秀梅洗過身，換上寬鬆衫褲，跟阿有共下躺在單人床上。床太小，得緊貼著才睡得下。偏偏天氣熱，在電風扇的伊呀聲和阿有的鼾聲中，秀梅度過在西貢的第一晚。

從來沒有出過遠門的秀梅，這幾天像初次發現新世界的細人。秀梅想把看到的一切，帶轉屋下和細人分享。她打起阿有相機的主意。那臺相機是阿有仕黑市跟美國大兵買的，他經常專注地坐在床沿擦拭它。

「你个翕相機[86]做得借倕無？」

「你愛做麼个？」

「韶早摎清雲出去，就做得翕相了。」清雲今晚跟老張出門去跳舞，晚上去旅館住，不會回來過夜。

「你莫搞壞忒喔。」

---

86 翕相機：照相機。

「知啦！」

阿有把珍貴的相機借給秀梅，並且教她怎麼拍照。

「簡單啊！毋過有點重。」

「還嫌啊。」

喀嚓！秀梅透過鏡頭拍下坐在床邊的阿有。

隔日一早，老張帶著清雲回來。老張去工廠上工，清雲去洗身，換上一套淡紫色的旗袍。清雲每天穿的旗袍都不同，秀梅不曉得她究竟帶了多少套。

洗過身的清雲像一朵淡雅的花，渾身充滿淡淡的香氣。兩人漫步在街道邊，高大的樹擋住炙烈的陽光，路邊出現擺著三張矮桌子的咖啡攤。

「點兩杯來食。」秀梅提議。

「好啊。」

清雲喝著加了冰的煉乳咖啡，汗水從鬢角流了下來。秀梅覺得這一幕很美，舉起相機拍下。

「這有什麼好拍的？」

「靚啊。」秀梅用客語夾雜國語問：「清雲，你毋係無細人，仰無來西貢陪你老公一起住？」

「整天在一起，太膩了。」

「你自家在臺灣，毋會驚喔？」

「我們那裡姐妹多，打打麻將時間就過了。況且，他也沒有要我來啊。」

「偓係當想來陪阿有啦。可惜卡將毋肯。」

「這裡在打仗，你不怕啊？」

「打仗，大家就驚。但這裡不像打仗啊。」

「肚子餓了，找間館子吧。」清雲用手指擦了擦角的咖啡漬，站起身來結帳。

她們平時最常待的地方是堤岸，光是逛布市場，就可以耗上半天。前天，秀梅買下一塊暗紅色花布，想送給金貴。身材高挑的金貴適合雍容華麗的顏色。這天，她們走得太遠，四周景物十分陌生。

路邊出現一間館子，門口有兩口大鍋，冒著蒸騰的煙。

「吃河粉吧。」清雲特別愛吃河粉，這幾天她們吃過至少十間大大小小的河粉店。「這間看起來不錯。」

秀梅跟著清雲走進店裡，清雲點牛肉河粉，秀梅點雞肉河粉。兩大碗公的河粉很快上桌，湯頭看起來清澈，但滋味十足，上面鋪著豆芽菜和七層塔。可以另外加檸檬、魚露和辣椒。清雲什麼都加上一點，秀梅只加檸檬。

「好吃。」清雲說：「這家湯頭不錯。」

「好食係好食，毋過佢較好食加油蔥酥、韭菜个粄條。」

「河粉和粄條，差不多。」

「還係有差啦。」

啪！隔壁桌傳來響亮的拍桌聲。

「無可能打來這啦。南越政府有美國。」隔壁桌一個穿著斯文，臉上戴著目鏡的細倈人大聲說。他說的是河洛話。秀梅不太會說，但加減聽得識。

「哪會無可能，你看機場攏是美國人。走若飛。」另一個身穿汗衫的矮胖細倈回。

「會打到這無？」秀梅擔憂的問清雲。

「難說。」

「做麼个愛打仗呢？」

「你問那些男人啊。」清雲低頭吃著河粉，鮮嫩的牛肉浮在清澈的湯頭上。

她們走得太遠，迷路了。秀梅一手抓著清雲的手，緊張兮兮的走在暗夜的街道上。她一路問店家，好不容易找到堤岸的布市場，找得到布市場，就能找到回宿舍的路。她們走上通往宿舍的樓梯，只見老張一臉擔心站在房門口，一見到清雲，就上前緊緊擁住她。

「沒事吧？」老張問。

「沒事。」清雲淡淡的笑。

阿有也走出來，拉著秀梅到宿舍裡。

「下二擺做毋得恁暗轉！」阿有不高興的說。

「老張恁溫柔，𠊎老公仰恁惡。」秀梅噥噥道。

「反正下二擺做毋得啦。」阿有說完話就回到座位上，桌子上放著一本厚厚的原文書。阿有的學歷不高，紡織書籍有很多是用英文寫的。

「該你看得識喔？」

「你憨哦，看毋識也有圖好看啊。」阿有指著書上的圖說。

「恁認真。𠊎先去洗身了。」

「稍早，𠊎兜放尞[87]，有想去哪位無？」阿有一邊翻書一邊問。秀梅來西貢好幾天，除

87 放尞：放假。

了第一天晚上公司招待吃飯，其他時間阿有都在上班。秀梅白天跟清雲去街上遊逛，傍晚回宿舍等老公下班。本以為這趟旅程就這樣了，沒想到阿有也能放假陪她。

「去海唇好了。」秀梅回。已經很久很久沒有去過海唇了。

「海唇喔，好啊。去海唇行行毋使花錢。」

秀梅瞪阿有一眼，連這種時候都想著省錢。

只是秀梅沒想到，去海唇的路恁遠，要兩三點鐘的車程。海唇的人沒有想像中的多，海面看起來更加寬廣。秀梅和太太們搞水，阿有的目光透過相機鏡頭朝她投來。這時，一架飛機低空掠過，引起遊客的驚呼。尖尖的嘴，迷彩機身，曾在日本時代經歷過轟炸的秀梅，很快意識到它不是一般的小客機，而是戰鬥機。好在它盤旋一陣就飛離。太太們遊興全失，紛紛走向自家的老公。

「無事啦，習慣了。去食飯，食飯皇帝大。」阿有牽起秀梅的手。除了結婚該日，秀梅沒跟阿有牽過手。阿有說得沒錯，不管什麼事都沒有食飯重要，就算要死也要先食飽。他們在海唇邊找了一間小餐館，不吃牛肉的阿有和秀梅一樣點了雞肉河粉。另外又加了一杯越南咖啡。熱熱的一大碗公河粉上桌，阿有把店家附的整碟魚露都加進湯裡。

「該好食無？味道當重。」

「你試看。」

秀梅學阿有把半碟魚露倒進碗裡，微微攪拌後喝了一口湯頭，魚露畫龍點睛般把湯頭變得更有層次，卻不死鹹。她把剩下的半碟魚露也一起加進湯裡。

「仰般？」

「好食。」

「食恁多攏全無加喔？憨嫲。」阿有拍拍秀梅的頭。

小餐館有些悶熱，老電風扇伊呀伊呀吹，阿有的額頭滴下豆大的汗水，呼嚕呼嚕把整碗河粉吃光，連湯都沒剩。

隔日，阿有請休，帶秀梅去紡織廠。不是仍在趕工的紡織廠，而是一間全新的紡織廠。工廠位在西貢市郊，外觀比普通透天厝大一些。阿有打開最外面的鐵柵門，帶秀梅走進去。後頭連結另一棟更寬敞的廠房，陳列一架又一架紡織機。剛運到西貢的紡織機，精神抖擻的排著隊伍。

「正運過來。當靚後，最新型。」阿有輕輕撫摸著其中一架紡織機。秀梅覺得，阿有對紡織機比對她還要溫柔。只見阿有拿起相機，喀嚓喀嚓，拍下它們的身影。不知道為什麼，秀梅總覺得阿有的舉動像在道別。

空襲緊來緊多，工廠還未宣布停工，有些員工已自行離開。老張和他們又待了幾日，直到那天早上，炸彈落在工廠，工廠被炸掉一半。直到這時，他們才意會到，不走不行了。原以為會跟以往一樣止於中部的戰爭，幾日就迅速蔓延到西貢。秀梅三個月的旅程，不得不提前結束。

秀梅從沒想過這次旅行會遇到戰爭。勝彥哥、仁枝哥、先生⋯⋯，他們有時還會突然出現在夢中。

老張帶著清雲先離開，離開前一日拉著阿有到宿舍外的陽臺說了很久的話。隔日，阿有帶著一袋東西離開宿舍，整日不見人影。秀梅獨自在宿舍收拾要帶回臺灣的東西。

從朝晨等到暗晡，秀梅只吃了乾硬的法國麵包。宿舍的門被鑰匙轉開，阿有走進來，雙眼無神坐在床邊。

「你去哪位了？」

阿有沒說話。

「你到底去做麼个？」平時阿有若不想開口，秀梅會恬恬，但這次秀梅決心問到底。

「無麼个啦，老張拜託偃拿東西還廠細妹朋友。」阿有一說出口便露出後悔的表情。

秀梅把衣服摺好塞進行李箱，問：「你个細妹朋友呢？」阿有沒有回答。

旅行變逃難。天未光，秀梅跟著阿有前往機場。因為是旅行，秀梅帶來的大多是洋裝。最靚的衫。秀梅為此懊惱，應該帶褲仔，方便行路。秀梅撩起裙襬，不顧半截大腿裸露在外，半走半行。

上飛機，砲彈聲從未停歇。乘客們不是擔心的望著窗外，就是抱著身邊的親人哭泣。飛機滑行、起飛，地面上包圍機場的人們越來越小，如蟻公般聚在一處。阿有面色慘白，閉眼靠在椅背上。秀梅握住阿有的手。向來肝火甚旺的阿有，手竟異常冰冷。

「你想食麼个無？轉臺灣，偓做分你食。」

阿有把頭靠在秀梅的肩膀噭出聲。

第十一道　勾勾羹

出機場時，秀梅想起第一次送阿有赴越南，阿叔、卡將、細人全來了。該時大貨十二歲，阿壽牯正三歲。阿有著西裝，大家搶著跟他翕相，那麼風光。阿有逐年過年轉來一禮拜，全是國勝來載。其中一次，秀梅著新衫共下來，她還記得阿有驚喜的表情。這次，無人來接。他們要搭公車再轉火車回家。路途彎彎曲曲，車身搖搖晃晃。阿有看向窗外，表情凝重，沒有回家的喜悅。秀梅靠在阿有的肩膀，窗外天空灰沉沉，壓得人喘不過氣。

湖口站到了。咖啡色雙層樓建築，邊緣包覆顯眼的白色線條，水藍色的鐵欄杆和連排的盆栽，一切都和離開時一樣。阿有款著行李箱走在前頭，秀梅跟在後頭。天公落水，市場空寂，只剩朝晨留下的菜葉、肉渣，飄出腐敗的氣息。

阿有冒生命危險去西貢賺錢買下的屋仔，就在前方。

深紅色木頭推拉門，雕花玻璃窗透出光亮。阿有站在門口，久久不入。秀梅走到阿有前面，把門推開，行入去喊：「阿叔、卡將，侄兜轉來了。」廳下無人應聲，大家應該在二樓食飯。

「媽！」阿壽牯蹦蹦跳跳下樓。接著是珍珠、鑫謙、大貨，有氣喘的瑞珠最尾下來。大貨主動幫老爸提行李，說：「阿爸，去樓頂食飯！」

由於阿叔早睡，晚餐早吃，大家已用過餐。阿叔和卡將坐在餐桌前，飯碗已空。

「阿叔、卡將，侄轉來了。」阿有說。以往他會準備禮盒送爺哀，這次太趕了，兩手空空就轉來。

「轉來就好，食飯啦。」阿叔對卡將說：「菜冷忒了，去暖燒來。」

秀梅端起盤子說：「侄來就好。」秀梅把菜端到灶下，瑞珠端湯。秀梅打開瓦斯爐，卻找不到鍋鏟。「媽，這位啦！」瑞珠把洗淨掛在碗櫥上的鍋鏟遞給秀梅。「阿婆講煮好愛掛起來，正毋會屙屙糟糟。」

秀梅翻炒鍋裡的食物，阿壽牯走來黏著秀梅問：「這擺有帶麼个好食个東西轉來無？」

「你就想著食，麼个就無啦！」

阿壽牯難掩失望的表情，瑞珠推了阿壽牯的肩膀說：「毋係講過了，阿爸阿姆做得轉來就做得偷笑了。」阿壽牯嘴翹翹走出去。

「佢這下正想到，佢有拗花轉來。」

「麼个花？」剛踏進灶下的珍珠問。

「珍珠花啦。」

食過飯，秀梅把包袱裡的珍珠花插進陽臺的盆栽裡。九重葛、三角梅，是她其他的名字。秀梅恰好看到珍珠，覺得裡頭的小白花像珍珠，隨口叫它珍珠花。珍珠天天主動去澆水。枯萎的珍珠花又活了過來。

阿有白天出門尋頭路。秀梅也沒閒著，聽說農會徵人洗洋菇，就去應徵了。湖口土層多礫石，留不住水分，稻米收成不好。農會推廣種植洋菇，不少人家開始試種，由農會統一收購，再分裝出售。

半個月後，吃過晚飯的阿叔帶著大貨出門看電影。望著阿叔瀟灑的背影，秀梅心中有許多感慨。無論收入如何，阿叔照樣看電影、釣魚、賭徼。持家是卡將的事，賺錢是阿有的責任。

「阿爸，阿婆愛你去厥房間一下。」珍珠跑到樓下找正在看晚間新聞的阿有，又跑去灶下找正在洗碗的秀梅：「媽，阿婆當像有當重要个事情愛摎爸爸講。」

「麼个事情？」

「佢也毋知。」

秀梅趕緊放下手裡的碗，打開水龍頭把手沖乾淨。

卡將的房間也在二樓，靠大馬路那側最大的房間。門沒關，秀梅站在門邊。卡將坐在木頭眠床上，用蒲扇搧涼。國勝坐在床邊，手裡抓著一顆土芭樂啃著。阿有站在一旁。

「阿有啊，你轉來幾久了？」

「半隻月了。」

「尋著頭路了無？」

「還吂。」

「尋著薪水可能也無頭擺恁多了啦。」卡將嘆口氣：「這也做毋得怪你。尋你來，就係想摎你參詳[88]，這屋戴毋落恁多人，佢想這屋就分你老弟。佢想在樓下賣鳥仔个飼料。你就去後背該間。你覺著仰般？」

秀梅聽了，心涼一半。後背該間就在這棟後方，隔一條馬路的距離。卡將幾年前買下空地，蓋成兩層透天，租給醫院。那間醫院什麼病症都看，二樓是手術房。聽說有的

88 參詳：商量。

醫生無牌，害人在手術臺上死掉，醫院生意緊來緊差，半年前收掉，到現在都還租不出去。

秀梅轉頭看阿有，只見阿有的臉越漲越紅，雙手握拳，對卡將吼道：「偓去越南十一年，打仗毋係打搞个，偓賺恁多錢轉來。這下無頭路，你正講愛分家。這間分老弟，該間死過人个分偓。你自家想，恁仰著無？」

「你賺錢？你細人毋使食飯係無？毋使讀書係無？你出去恁久，這屋下還毋係靠偓！偓命仰恁苦，老个毋會賺錢，倈仔還罵偓。」卡將用蒲扇拍打木床，流下目汁。

「大哥，這就係你毋著。阿姆恁辛苦渡偓兜大，你仰恁樣講話？」卡將聽見國勝這番話，哭得更大聲。

「儘採你兜啦！」阿有走出卡將房間上樓。

秀梅看著阿有微微駝著的背影，難過得說不出話。

半個月後，他們一家搬去老家後方的雙層樓房。除了幾張老藤椅、一個老碗櫥和那張全家睡了多年的木頭床，其餘什麼家具也沒有。秀梅向市場的阿香姐開口借錢，把其餘家具買齊。阿香姐是從前賣醬菜認識的，當愛食秀梅做的醬菜。歸家人住市場底背的樓房，自家住二樓，一樓做店面，收入盡好。秀梅買了新的瓦斯爐、洗碗槽，在一樓盡頭面對防火巷的雜物間，弄了一間簡單的灶下。

阿有在鄰近的楊梅紡織廠找份兼差的工作。

屋子整理得差不多時，卡將走來吩咐道：「二樓頭前該間分俚。」

秀梅不敢問卡將，只好去問阿叔：「阿叔，卡將做麼个愛搬過來？」

「佢喔，食毋慣別人做个菜啦，講還係愛食你煮个。」

湖口要起十層高的大樓了，大樓有一個派頭的名字「怡東鑽石商業大樓」。以前湖口的樓房頂多三層樓高，這回要蓋十層樓做大戲院，鄉親都很期待。屋下無錢，秀梅想再兼一份差。她跑去問工頭需不需要煮飯婆，正在為工人點心發愁的工頭錄用了她。

秀梅一共接了三份差事。

除了洗洋菇和煮點心，她還幫忙阿香姐渡細人。細迪係阿香姐最細的倈仔，無時間顧，拜託秀梅幫忙。秀梅一大早去揹細迪，先去農會洗洋菇，下晝再去怡東大樓煮點心。工地泥沙土石多，秀梅把細迪裹在背巾裡，怕他吸到泥灰。

一日，在新來的工班裡，秀梅認出其中一個大塊頭是阿財。她走向阿財說：「恁久無見！你還記得俚無？」阿財先是愣了一下，看到秀梅手上的鍋鏟，笑著說：「當然記得，摻米粉湯煮到變米粳[89]个。」

秀梅瞪了阿財一眼，接著說：「當久無看著阿喜了。佢好無？」

「你毋知喔？阿喜舊年消忒[90]了。」

「仰會呢？佢還恁後生。」秀梅太過震驚，手中的鍋鏟差點掉了下來。

「就去新豐起大樓个時節，無細義跌落來，就無跂起來了。做這行，看多了啦！今晡日你愛煮麼个？」

「米粉湯。」

「好好煮，這擺無人會救你喔。」阿財扛起鐵鏟走回工地。

秀梅看著怡東大樓從農田、空地，變成十層高的大樓。落成典禮時，她這個煮飯婆沒有受邀，但她還是去了，站在大樓對面看著人稱巴老八的大頭家。據說新竹、桃園一帶很多房子都是他起的。巴老八看起來五、六十歲，頭那毛烏亮，身材高大，著西裝、打內固帶[91]，腳上皮鞋晶亮照人。一旁站著當靚的細妹人，著合身絲綢洋裝，戴珍珠項鍊，腳踩金色高跟鞋。一定是頭家娘。秀梅羨慕的眺望在馬路對面的他們。大頭家站在紅白相間大樓的店亭下，一樓是三好購物中心，三樓、四樓是北美戲院的龍廳和鳳廳。

「你看，這就係湖口最高个大樓！」秀梅對站在身邊的阿壽牯說。

阿壽牯從沒見過這麼高的樓，一臉興奮。

「這樓係阿姆起个喔。」秀梅得意的笑。

北美戲院落成後不久，阿有終於被鶯歌一間小紡織廠錄用，聘為副廠長。雖說是副廠長，但薪水跟在越南時還是不能比。幾個細人要上高中，錢怎麼算都不夠。

「你這麼會煮，乾脆自己出來賣點吃的。」金貴建議她。

「這下湖口恁多人賣食个，佢做得賣麼个？」

「當然要做湖口沒有的。」金貴一邊車衫一邊回。

麼个東西湖口無呢？秀梅準備晚餐時一直在想這個問題。大貨吹口哨走進來，讀二專了還郎郎當當[92]。

「媽，你煮麼个？」大貨探頭過來：「仰恁好有雞肉？」

---

89 米糗：用在來米粉煮成的糊狀食物。

90 消忒：海陸腔，死了。

91 內固帶：領帶。

92 郎郎當當：形容一個人的不務正業、四處遊蕩。

「堵好初一拜伯公啊。」秀梅習慣把拜完的雞肉㴝下再切。大貨從碗櫥拿出碗，倒點米酒加一小撮鹽：「拜拜个雞肉就愛蘸點米酒鹽正好食。」大貨雖然蠻皮，但頭腦好，好食又知食。

「阿姆問你，你覺著有麼个東西你當好食，毋過湖口無好買个。」

大貨用力拗下待涼的雞翼，蘸米酒鹽咬一口，想了想回：「勾勾羹。」

「勾勾羹？」

「係啊，好食个勾勾羹當少，湖口也無人賣。你記得佢細个時節，逐擺跈你去新竹城隍廟食勾勾羹。」大貨每次食忒一碗，還要一碗。但是她哪裡有恁多錢，半哄半拐著他離開。

隔日下晝，秀梅搭火車到新竹。新竹火車頭是日本人起的，耐用又派頭。從火車頭行去城隍廟，無帶牲禮金香，秀梅用手拜城隍爺，心底默念：「城隍爺保庇佢生理緊做緊好，到時帶牲禮來拜。」站在廟門外，拜完城隍爺。秀梅往勾勾羹店走去，頭家娘長年站在熱氣蒸騰的鍋子前，面容白皙透紅。平日人不多，秀梅找了最靠近煮食的空位。頭家娘端來勾勾羹，秀梅用湯匙撈起裡頭的料，默念：「肉羹、魚羹、魷魚、豬肉酥、白菜、芹菜……，細細一碗愛恁多料喔。」一碗愛賣幾多錢正算个合？湖口不比新竹鬧熱，賣忒貴無法度長久。

到湖口時天已暗。秀梅一到家就進灶下準備晚餐，好得有先焢一鍋肉，只要再炒盤青菜，加盤韭菜炒卵就做得。秀梅一邊煮一邊想著下晝食的勾勾羹，隔日　早迫不及待上市場買材料。以前在工地做小工時，跟煮飯大姐學過做肉羹。她用白菜和柴魚片熬湯，加點太白粉勾芡，鋪上配料，撒點香菜。

「媽，你又煮麼个？」堵好跍床的大貨行來灶下。

「你來食看。」

「麼个東西？」大貨湊過去發現竟是勾勾羹，問：「仰有這呢？奇怪，今晡日係麼个日子，做麼个𧿳𧿳做勾勾羹分偓食？」

「偓想做來賣啦，你看好食無？摎城隍廟个有像無？」

大貨吃了幾口說：「好食係好食，毋過少點甜味。」

秀梅再嚐一口。聽大貨這樣說，也覺得少了什麼。

「你下晝有課無？」

「有啊。毋過偓毋好該先生，無打算去上課。」大貨一副理所當然的模樣。秀梅有點氣，想著自家為細人學費發愁，大貨竟然愛上不上！算了，反正她也管不動。

「你下晝頭摎偃共下去新竹城隍廟。」

「媽，你這擺當認真欸。」

「偃逐擺就當認真。」秀梅吃著碗中的勾勾羹，心想到底少麼个？

秀梅跟大貨到城隍廟，大貨一口氣吃下兩碗。秀梅一口一口慢慢品嚐，發現除了上次食到的料，湯底還有幾根筍絲。原來是竹筍。秀梅恍然大悟。只是城隍廟的做法太費工，她一個人做不來，算下來成本會忒高。

秀梅的目標不是做出跟城隍廟一模一樣的勾勾羹，而是用更省錢的做法，做出共樣好食，不，更好食的勾勾羹。大貨的話讓秀梅明白，一碗好食的勾勾羹重要的不只是料，湯頭也要緊。若用不同的材料來做呢？

她決定捨棄肉羹，只做魚羹。把熬蔬菜高湯的食材換成高麗菜、菜頭、紅菜頭和木米[93]。高麗菜切大片，蘿蔔切丁，木米切絲。鍋子放半鍋水煮開，轉細火，用湯匙刮魚漿入水煮，浮起時先撈起來，放入高麗菜、菜頭、紅菜頭、木米和柴魚片，將煮熟的魚漿放進去。加點鹽、味素，再用太白粉勾芡，打卵做卵花。

這是第五擺試做。秀梅叫住準備溜出門的大貨：「你過來。」

「媽，拜託你，偃係好食勾勾羹，毋過逐日食也會驚啊。」

「遽遽來食啦。」

大貨無奈地走進灶下，舀起一碗勾勾羹，食一口。再食一口。

「仰般？」

「無共樣。毋過……」

「毋過仰般？還毋遽兜講！」

「係偃食過最好食个。」大貨笑得看不見目珠。

賣勾勾羹的小攤子開張了。阿香姐家在市場裡，秀梅跟她租借店亭下，擺兩張桌子、七張椅子，小攤車除了勾勾羹，還賣麵和米粉。攤車上擺著湯鍋，還有一座米粉堆疊的小山，蒸米粉上覆蓋一層白色的粄帕，讓米粉保持濕潤，也可以防止塵埃。

隔壁是水粄攤，頭家當後生，在攤子旁放台收音機，常放英文歌，秀梅聽毋識，不過從小在山頂摘茶唱山歌，很喜歡一邊工作一邊唱歌。

雖然聽毋識英文歌，秀梅還是覺得有趣。她特別喜歡「劈頭死」樂團，他們有一首歌，安到麼个「噎死土蛋」，秀梅不會唱，但可以哼唱旋律。秀梅不明白，樂團的名字仰恁毋好聽，安到「劈頭死」？

逐日朝晨，讀夜校的珍珠會過來幫忙，下晝休息一下，正赴學校上課。

秀梅對自家做的勾勾羹很有信心，料實在，毋驚無人客。秀梅會先煮一鍋放在攤車上，推攤車到定點。細火慢燉，人客隨時來都可以食到燒爊爊的勾勾羹。勾勾羹湯頭清澈，味道有層次不膩口，秀梅沒加味素，用蔬菜帶出鮮甜。有次，秀梅去高雄探望秀春時，曾在鳳山公車站吃過一碗魷魚羹，湯色深、味道偏甜，吃完口乾舌燥。阿有吃了一口就抬頭對秀梅說：「還係你煮个較好食。」

一日，秀梅正無閒忒，準備收攤。一台白淨淨新的奧多拜[94]停在攤子前，秀梅抬頭一看竟是大貨。勾勾羹賣半年了，大貨都在家吃，從不曾到攤子來。一個細妹從後座下車。大貨像阿舅，面長，目珠細，笑起來當有人緣。從細就收到當多情書。也因為談戀愛，國中讀了五年才讀完。

細妹留著一頭烏烏長長个頭那毛，著無袖衫，褲短到腳髀[95]走一半出來。還好是帶來給她看，要是給卡將看到，肯定會念這細妹毋檢點。細妹撥撥頭髮，大聲喊：「阿姨好！偓安到阿月。」阿月？秀梅聽大貨講過阿香，還有該麼个雯的，無聽過麼个阿月。

「媽，兩碗勾勾羹。」大貨點了餐，幫阿月拉椅子、擦桌子。秀梅舀起兩碗勾勾羹端上桌。大貨連承蒙也無講，只顧問阿月：「好食無？」

「當然好食，你姆做个。哼，佢係你姆，又毋係你請个長工。」秀梅細聲碎念。隔壁又放「劈頭死」的「噎死土蛋」。秀梅一邊收拾東西一邊跟著哼：「噎死土蛋，歐買窗布新收發而味……」

阿月一下就把勾勾羹食淨淨，見秀梅哼歌，問道：「阿姨，你也會唱這條歌喔？」

「會喔！這歌當好聽。」秀梅說。

「佢也當愛聽佢兜个歌。阿姨，你做个勾勾羹當好食。佢無食過恁好食个。」

「佢姆做个東西最好食，你若做佢餔娘，愛食幾多就食幾多。」

秀梅瞪大貨一眼，她做心臼做到會死，做家娘還要做分心臼食？

「阿姨做東西恁好食，又摎佢共樣愛聽 Beatles，佢會好好考慮。」阿月一本正經的回。

「佢姆無讀過書，毋過當愛聽人唱歌啦。」

94 奧多拜：機車。
95 腳髀：大腿。

秀梅聽到大貨講她「無讀過書」，內心一陣酸楚。想起大貨國中畢業該日，秀梅把他的制服洗得又白又淨，還用熨斗燙得平平整整。她拿出最靚的洋裝，掛在大貨的制服旁脣。大貨看到秀梅的洋裝皺了皺眉說：「媽，你做得莫去無？」秀梅不明所以的看著大貨。大貨低頭看向地面，說：「你衫恁舊、歸身油味，又毋識字，你去，𠊎會覺著當見笑。」說完跑了出去。

自家毋識字，係頭擺屋下無錢，又看細妹無。衫褲舊、歸身油味，還毋係愛分這兜細人食飽？她也想逐日打扮靚靚出門啊。

大貨係長孫，阿叔卡將惜，阿有也惜。大貨還讀國小，阿有就送他一台二手的相機。大貨帶相機去學校，同學、先生全想借來搞。大貨本來愛出鋒頭、愛面子，講阿爸係紡織廠的頭家，當有錢。

阿有哪係麼个頭家？講好聽，就係修理紡織機的師傅。只是跟日本師傅學過修機器，技術較好，正有機會去越南。阿有本來是有機會變頭家，偏偏堵到打仗，麼个就無了。瑞珠常跟秀梅講大貨在學校發生的事，秀梅沒想太多，想細倈較調皮。卻沒想到大貨會講恁樣的話。若該當時阿有在臺灣就好了，阿有做得去大貨的畢業典禮，大貨也毋會覺得見笑。

「媽，偓食飽了。」大貨起身。他已不是當年的國中生，而是二十幾歲的大人。

「等下愛去哪位？」

「去看電影啦。偓又毋係細人，問恁多做麼个？」大貨說完，跨上新買的白色光陽奧多拜。阿月坐上後座，向秀梅搖搖手。秀梅擔憂望著大貨飆風的背影，直到白尾巴隱沒在街道盡頭。

楓林个灶下

過一年，正畢業的大貨講要討阿月。阿月的阿爸嫌大貨無正當頭路，大貨講想開牛排館，分阿月做頭家娘。

無食牛的阿有拿出積蓄支持大貨。大貨吃遍新竹市牛排館，還拜託牛排館的師傅教他做餐。大貨學會後，回家做一遍。肉要先捶打過，再浸泡用醬油、蒜頭和胡椒做成的醬汁，最後才入鍋。牛排放進油鍋裡，醬汁的香氣散發。大貨用鐵夾把牛排放在瓷盤上。

「阿姆，你食看？」

秀梅用水果刀切下一小塊牛肉，放進嘴裡。

「好食係好食，毋過忒硬兜。」

「可能煎忒久。」大貨拿起第二片捶打過後的肉片放進平底鍋。他轉頭看秀梅，一副理所當然的模樣說：「媽，你學一下，下二擺若無閒，你也愛來搚手啊。」

「拜託，係你愛開牛排館，又毋係倨愛開。」秀梅嘴上嘟噥，但還是跟著大貨學怎麼捶打牛排、熬醬汁、煮玉米濃湯。秀梅學會，瑞珠、珍珠也一起學。大貨就係大貨，做麼都像全民運動。他開餐館，全家在做。

開店是大事，秀梅不放心，去伯公廟尋算命仙為大貨算命，算命仙說大貨一世人頭家命。阿有從小到老恁拚，做毋成頭家，結果自家的倈仔一出世是頭家命。秀梅認命，做就做啦。反正，像大貨講的，湖口鄉無麼个像樣的餐廳。

秀梅當少有機會去餐廳食飯，尤其西餐廳。第一次去餐廳，是多年前，阿有還在越南時。該餐廳當派頭，頭家是華人，店名叫金玉滿堂，前方有座小舞臺。桌布、窗簾全部都是金黃色的，桌緣也漆上金黃色油漆，就像走進黃金打造的宮殿。老張和清雲在舞臺上旋轉起舞，見阿有坐在椅子上喝著果汁，秀梅走上前拉起阿有。

「做麼个？」阿有不情願。秀梅不管，拉著他走到舞臺中央，學著清雲的舞步前後踏步，再轉一個圈。秀梅玩得很開心，笑得很大聲，連嚴肅的阿有也笑了。

大貨的餐廳會像金玉滿堂恁派頭無？

大貨載來當多楓樹，用樹皮貼滿一樓牆面。又請師傅釘了木作吧檯，再用楓樹切片在吧檯下方拼字。

「這麼个字？」秀梅問。

大貨指著比較高的那個字說：「這係楓樹个『楓』。」又指著較低的字說：「這係樹林个『林』。」

「兩叢樹變做林。毋過，餐廳毋係愛有『金』、『玉』或『寶』正會賺錢，用木頭來安名會賺錢無？」

「有樹就做得起火，東西愛火正好食啊。」

還沒有楓林前，灶下是在一樓的尾端，隔一道後門就是防火巷。灶下約兩坪大，當作家庭使用還可以，但要當作餐廳使用就顯得有點小。為了楓林，屋下用的灶下移到二樓中間的房間。那裡原是鑫謙和阿壽的房間。把隔牆拆除，當作灶下，而鑫謙和阿壽的上下鋪則移去二樓陽台旁的雜物間。

為了應付更多人客，大貨把原來灶下的洗碗槽打掉，換成大型的不鏽鋼洗碗槽，好容納更多餐盤、鐵盤、刀叉。瓦斯爐換成火力更強的快速爐。入門左邊設置鐵架，放上各式餐盤和餐具。秀梅看著全新的灶下，唇角泛起一絲笑意。

第十二道　海鮮燴飯

大貨坐在吧檯旁的高腳旋轉椅上，用原子筆在一張白紙上塗塗改改。秀梅則坐在鄰桌藤椅上挑菜。

「媽，這下有牛排、豬排，還做得做麼个分人客食？」大貨問秀梅，滿臉苦惱。見秀梅沒回答，有些失望地說：「你也想毋到喔？」轉椅又轉了回去。

「有豬、有牛，仰無海產呢？」秀梅看著大貨的背影說。

「係喔！」大貨拍了一下吧檯桌面，跳下旋轉椅，坐在秀梅的對面問：「媽，你有想著麼个菜無？好食又好做个。」見秀梅不說話，撒嬌說：「媽，拜託你啦，摎偓想辦法。」

「知啦，知啦。」秀梅還沒想到什麼好主意，但做阿姆的當難摎細人講毋好。

秀梅煮勾勾羹時，想著什麼樣的海鮮料理適合牛排館？望著浮在勾芡湯裡的魚漿，一個念頭忽然冒出：無來試做海鮮燴飯？做法有點像勾勾羹，毋過食材用較好點，用新鮮的蝦公、魚肉和魷魚。手做著勾勾羹，心想著海鮮燴飯。

勾勾羹店休一日，固定來買的老人客已在前一天告知。秀梅早已把步驟都想清楚了，只剩試做。她一早上市場買食材，只為買到剛從漁港運來的新鮮海產。灰黑色的蝦公在鐵鍋裡亂跳，秀梅兩指一掐，用另一手迅速去頭，像脫衫恁樣脫掉蝦公的硬殼。一開始還毋熟悉，有時無細義蝦公就跳出去。慢慢的，剩下的蝦公認清逃不掉的事實，不再激烈掙扎。逐漸熟練的秀梅動作也更加迅速。

去完蝦殼，接下來的步驟就簡單多了。湯底的做法跟勾勾羹差毋多，用大白菜、紅菜頭和木米燉煮，最後加上去殼的蝦公和切成輪狀的魷魚，讓湯頭多一股鮮味。勾芡後，倒進剛煮好的米飯上。米飯要用盤子裝，牛排館算西餐廳，阿兜仔毋係最愛用盤子？

秀梅看著眼前剛完成的海鮮燴飯，有紅菜頭和木米的點綴，讓菜餚多了幾分顏色。「菜愛好食，也愛好看。」這是秀梅做菜的信念。秀梅走進大貨的房間，只見大貨躺在雙人床上。被子蓋頭，睡得正香。這個大房間將做為大貨和阿月的新房，阿有特地請人重新裝潢過，油漆味還沒退。

「媽，恁早喊侄做麼个啦？」大貨抱怨。

「恁早？侄早就去市場買好菜，做好燴飯了，還早？」

「你講麼个？燴飯？」大貨跳起來，走去灶下，拿起湯匙，舀一口燴飯放進口中。對秀梅豎起大拇指。

海鮮燴飯被放進楓林牛排館的菜單中。

楓林開張時，生意非常好。湖口親朋好友全來嚐鮮，除了牛排之外，海鮮燴飯意外成為招牌菜。只是，大貨就是大貨，前半年跟阿月一人負責前場一人負責後場，還算認真。半年後，兩公婆常為誰做較多吵來吵去。阿月有身，大貨收到入伍通知，秀梅決定把勾勾羹攤子收起來，在楓林幫忙。正嫁出去的珍珠也常轉來屋下搇手。

一日近午，準備開門營業。阿月抱著肚屎喊痛。大貨趕緊叫計程車，陪阿月去新竹市醫院。秀梅坐前座。阿月哀哀叫，讓秀梅想起當多年前她要降珍珠該時。頭擺愛降出來正知細倈抑細妹。無像這下，照一下超音波就知。阿月雙手緊抓大貨，大貨陪著進產房。

大貨出來時，手上多一道咬痕，滲出血來。原來是被阿月狠狠咬一口。護士揣著嬰兒走來。小小的臉，有點像阿月，眉毛遺傳到阿有的八字眉。大貨看著自家的嬰兒，微微笑。秀梅有點欣慰，蠻皮的大貨變阿爸了。阿月喊這細人阿星。卡將毋愛細妹，毋識入去看。管麼个細倈細妹，秀梅逐日煮雞酒分阿月食。

「又係雞酒，媽，偃食著惱了。」

「食著惱？偃頭擺降珍珠，還無雞酒好食，煮分你食還要嫌？無食仰有奶呢？」

「食了就有奶喔？」阿月不甘願地食雞酒。扁扁細奶仔還是無半滴奶。

月子還未結束，大貨就去做兵。海軍陸戰隊，每隔幾天寄信轉屋下。兩公婆的感情有較好點。無想到，等大貨做兵轉來，又開始歸日冤家。有時還會拿東西亂抨，秀梅聽到吵架聲，會遽遽來摘走阿星。仰會降了細人還像細人呢？

到尾，阿月堅持愛離婚。大貨去阿月妹家鬧過，顛倒讓阿月更加確定要離。離婚以後，大貨逐日關在房間裡。秀梅要顧店又要渡孫女。人客一多，只能把兩張藤椅合起來，把阿星放在裡面。無人客時，秀梅會坐在藤椅上摘著阿星，有時唱歌，有時搞旋轉釣魚玩具。阿星餓了，秀梅就把海鮮燴飯煮軟點，慢慢飼。

阿有當愛照顧阿星。以前老是在外地工作的阿有，從來毋識渡細人。這下會摎阿星洗身、換尿布，手勢有點魯夫[96]，秀梅從來無看過恁樣的阿有。會照顧細人的阿有。

阿星睡秀梅摎阿有中央，阿有會唱歌分阿星聽。阿有無麼个會唱歌，唱來唱去還是同一條：

96 魯夫：粗魯。

小白菜呀小白菜　為什麼叫我小白菜
菜有根呀我沒有家　從小就流落在荒村
爹娘早死沒親人　媒婆帶來倉前鎮
童養媳婦進呀進了門　未解人事就已經定終身

小白菜呀小白菜　人人都叫我小白菜
菜葉黃呀菜花兒白　青梅竹馬兩無猜
安份守己日子過　成家立業把店開
朝朝暮暮把那磨兒推　夫妻雙雙做起了小買賣

小白菜呀小白菜　為什麼叫我小白菜
不像花兒小心栽　瓶裡供養頭上戴
但比花兒更鮮美　又甜又香又可愛
不怕雨打風吹太陽曬　萬紫千紅比不上小白菜

秀梅

阿有說是老張在越南宿舍時常常唱，聽著聽著就會了。歌詞有點哀過，讓秀梅想起自家。阿有什麼不好唱，偏偏唱這條歌給細人聽。秀梅輕輕拍著阿星緩緩起伏的胸脯，幾辛苦都要渡大這細人。等阿星睡忒，秀梅正會睡。隔日，天未光，細人未醒，秀梅一邊煮海鮮燴飯，一邊哼著小白菜。

第十三道　煎餃

楓林牛排館的營業時間比想像中久，從阿星出生前一年，到她小學畢業。

講實在話，頭幾年生意還真不錯，只是，自從阿月離開大貨，大貨就無心經營。

「離婚」，秀梅第一次如此具體感受這個詞。在她的年代，沒有離婚，只有逃或死。死，也是一種逃。逃掉的細妹人做得做麼个頭路？她聽過有人去賣身，生不如死。「離婚」無共樣，經過法院判決。有法律、文字規範人跟人的關係。

如果早十幾年認識這個詞，她會不會做跟阿月一樣的事？

不，不會。宣揚離婚要付出的代價太大，特別在她的年代。就算是阿月，離婚難道簡單嗎？

秀梅經常聽到有人跟她說阿月的壞話。比如：「離了也好，阿月逐日裙著恁短，驚無人看。」還有人講：「該阿月毋係有去賣保險，買个人全係細倈！」

無緣的親家公說，阿月讀書時，經常熬夜躲進棉被拿手電筒看小說。逐日早晨，親家公喊阿月：「阿月，好敨囉！」「好！」阿月回，卻一直沒動靜。隔一段時間，親家公又喊：「阿月，敨了無？」「敨了啦！」最後親家公跑上去，只見阿月躺在床上睡得像豬母。「你這懶尸嫲！今晡日無分你食竹修仔做毋得！」秀梅每次想起這故事，就會忍不住笑出聲。

「恁懶尸个心臼[97]，離了也好啦。」有人安慰秀梅。阿月離開大貨去臺北。對大貨來講，可能是他出世到現在最大的打擊。大貨從細愛風有風，愛水有水，細妹從無少過。恁樣的大貨嗄分人離婚。

頭擺該間花大錢裝潢的新房，這下像大貨的牢房。無人做得入去，除了他和阿月的妹仔阿星。阿星兩歲，會行路，也會講話。秀梅用楓林牛排館的圓托盤裝飯菜，經過暗暗的穿堂到房門口。

「阿星。」秀梅輕聲喚跟在後面的孫女。阿星從秀梅身邊走過來到門前，輕輕敲門，喊：「Daddy。」房門內沒有回應。阿星再次敲門，還是沒有人應。秀梅轉開門把，房內除

97 恁懶尸个心臼：這麼懶惰的媳婦。

了電視機亮著，一片烏暗。即使不開燈，阿星還是知道爸爸在哪裡。他蜷縮身體蹲坐在化妝臺旁。阿星過去坐在爸爸旁邊。秀梅把托盤放在大貨面前，大貨摸著阿星的頭，沒有看秀梅。秀梅嘆口氣走出去。有阿星在，大貨會加減食兜。

秀梅退出房間，輕輕關門，無關緊。阿星等下會出來尋她。秀梅站在門邊，聽見阿星跟大貨說話，電視機太吵，聽不清到底說了什麼。

都說外甥仔會像阿舅，就算沒有血緣關係也會像嗎？大貨會變得像禮枝哥？讀國中智力測驗當高分的大貨、當會讀書的禮枝哥，仰般會變恁樣？

秀梅想起以前阿爸還在時，渡細人去山頂摘柑仔的情景。茶妹嫂見到她當歡喜，做了滿滿一桌菜。

「好食無？」茶妹嫂問阿壽牯。

「好食。」

「舅姆摎你姆麼儕做个較好食？」

「全部好食！」

「細細就恁會講話，大了會騙幾多細妹！」茶妹嫂笑說：「全係你姆啦，好恬恬走下山，害舅姆一儕煮三餐。」

「阿嫂，該幾多年前个事了。」

日頭落山一點紅，秀梅款一大袋柑仔，渡細人行路下山，坐巴士轉湖口。

「媽，細舅仰在房間毋出來？」車頂，阿壽牯問。

秀梅撥開柑仔，把一賺[98]柑仔放進阿壽牯嘴裡。

「恁酸！」阿壽牯皺眉。

「酸正好食。」秀梅回。「還愛無？」

「愛！」阿壽牯一儕就做得食忒兩粒柑仔。

逐年做得摘柑仔个時節，秀梅都會渡細人去山頂看阿爸。

阿有和她從越南走轉來半年後，義枝哥通知阿爸過身。那時，正值分灶，家裡事情太多，她只渡細人去拜過一擺。

三個月後，準備出門洗洋菇的秀梅意外撞見義枝哥，義枝哥手裡抱著一個紙袋。

「二哥，你仰有閒來呢？」秀梅有些訝異。義枝哥從沒來過這裡，她去山頂時，義枝哥也很少跟她說話。義枝哥站在家門口，眉毛緊緊皺著，手指夾一根菸。瘦夾夾的身體、

98 一賺：量詞。計算楊桃、西瓜、柑橘等果肉剖開後的稜片單位。

銀白的頭那毛，義枝哥緊來緊像阿爸。

「入來坐啊。」

「毋需了，秀梅，這你个。」義枝哥把紙袋交給秀梅，秀梅打開一看，竟是一疊鈔票。

「阿爸有留兜錢分你。山頂个茶園愛賣忒了，愛你揩印仔。」義枝哥把菸丟在地上踩熄，從腰包拿出一張皺皺的紙和印泥。秀梅沒帶印章，也不太會寫名字，於是押上拇指紋。義枝哥把契約收回腰包裡。

「二哥，茶園愛賣分麼儕？」

「有個大頭家，講愛做高爾夫球場。偓山頂還有事情，先轉了。」

「承蒙二哥，𧿒𧿒拿來。」剛分灶的秀梅最欠的就是錢。

「應該个。細人顧好兜，偓先來轉。」義枝哥跨上老機車，往楊梅騎去。

阿有做頭路轉來，滿臉疲憊。秀梅一邊熱菜一邊對在旁邊洗手、洗面的阿有說：「今晡日，偓二哥有來。」

「山頂个二哥？佢仰會來呢？」

「偓爸過身，有留兜錢分偓。」

「恁好喔，妹仔也有好分。幾多錢？」

「二十萬啦。」

「恁多喔。你細細分人打也值得了。」

「你講該麼个話！」

這筆錢，確實讓秀梅鬆了一口氣。可以還阿香姐錢，細人讀書的錢也有了。該日暗晡，秀梅睡毋忒，走到二樓陽台看月光。係滿月。秀梅想起第一擺遇見勝彥哥的晚上，那些火光當得人驚，阿爸高大的身影讓她感到安全。她還想起初上山時，阿爸指著茶園講話的驕傲神情。阿爸走了，茶園無了，山頂秀梅也不去了。

再聽到禮枝哥的消息，是一年前的事。那段時間楓林生意正好，剛開門，立刻走進兩組人客，偏偏阿月轉妹家，珍珠還沒來。秀梅一個人忙進忙出，吧檯電話鈴鈴響。

「楓林。」秀梅說。

「秀梅喔？」熟悉的沙啞菸嗓，是義枝哥。

「二哥喔。敗勢，偓堵好無閒，等下……」

「禮枝走了。」

話筒裡一陣沉默。上次見到禮枝哥是在阿爸的喪禮上，他坐在家門口對來往的親友傻笑。那樣的禮枝哥還能去哪裡？「禮枝个後事偓會處理好，你毋使轉來無打緊。反正佢也無朋無友，這事情屋下人知就好。」

「仰好恬恬走忒？」算一算，禮枝哥不過五十來歲。

「你記得茶園有叢大樟樹無？」秀梅記得，頭擺摘茶休息，秀梅會坐在樟樹下食茶。

「阿爸消忒後，無人逐日看等，佢也儘採佢走。關係多年也衰過。反正肚屎枵就會轉。該日，到暗就無看到佢。佢出去尋，在該樹下看著，佢掛樹頂……」秀梅彷彿看見禮枝哥獨自走向大樟樹，把自家掛在樹枝上，結束一生。她還看見，義枝哥走向弟弟，將他從繩子上解開。對他們來講，都算一種解脫吧。在那烏暗的畫面中，禮枝哥的背影與大貨漸漸疊合。做毋得！她絕不能讓大貨走上共樣的路。

秀梅想起做細人時，每次遇到難過的事，就會去山頂看櫻花樹。比起在房裡悶死，不如去山頂，山頂空氣新鮮，有青青的樹仔，清清的流水。

在秀梅的鼓勵下，大貨走出房門，開始爬山。每爬一座山，笑容就多一些。楓林牛排館有一面用軟木做成的佈告欄，圖釘釘上一張張登山照片。秀梅認真看著那些照片，發現一個綁著馬尾的細妹，逐擺翕相都在大貨旁脣。她的登山外套是大紅色的，當有笑容。後來的相片，大貨的手環抱著她。再後來，大貨渡該細妹轉屋下。

「媽，這係小君。」大貨向秀梅介紹。兩人牽著手，緊緊依偎在一起。

阿星六歲，大貨小君結婚，又降兩個妹仔，小魚和小辰。大貨去竹東山頂的五峰渡假村做頭路，兩公婆三天兩頭往外跑，三個孫女都是她在顧。

還好，珍珠嫁得近，做得轉來跈手。正退伍的阿壽牯，尋無好頭路，也轉來跈做。有人客就做，無人客就陪細人，一日過一日，一年過一年。孫女緊來緊大，在湖口工業區上班的人緊來緊多。連鎖餐廳來湖口開店，香雞城、我家牛排、五十元平價披薩，孫女逐擺講毋想食飯，想去餐廳食。

若係楓林生意較好，手頭有錢，秀梅就會渡三個孫女偷偷去餐廳。做毋得分當省的阿有看到。細人好食香雞城，排隊、戴手套、共下剁歸隻雞，想食哪位就剁哪位，毋使驚麼个雞髀要留分太婆[99]。秀梅愛食披薩，一大埕麵粉皮，愛食麼个就放麼个，正烤好的披薩當香，傍可樂最好。

楓林不再是小鎮唯一的牛排館、西餐廳，後生人約會有別位做得去。當多人買車，去新竹市正三十分鐘。楓林生理緊來緊毋好，有時一日做毋到兩組人客。阿壽牯講想重新整修牛排館。阿有反對，講賺無錢還要花錢。秀梅毋盼得，標會拿錢分阿壽牯裝潢。阿壽

---

99 太婆：曾祖母，此指阿星的曾祖母、秀梅的卡將。

牯講這下流行「現代風」，把頭擺楓樹皮拆忒，改做水藍線條貼皮。雙人藤椅改成單人高腳藤椅。物價上漲，他們的菜單一項都沒漲，希望老人客不要走掉。可惜，生理還係無幾好。屋下恁多人要食飯，還有標會的錢要還。

秀梅站在店亭下，看著眼前柏油路，想恁樣下去做毋得，要另外賣食的賺錢。頭擺屋下無店面，這下用自家店亭下最少做得省租金。秀梅正苦惱時，紅色小五十噗噗來到眼前。

「媽！」珍珠停好車，手款菜籃。秀梅這才想起好一陣子沒看到妹仔，珍珠上隻月開始去工業區上班了。

「正下班？」

「係啊。佢去市場買點東西，你愛食麼个無？」

「毋使啦。你買你个就好了。」

珍珠往黃昏市場走去。珍珠的老公本來係湖口營區職業軍人，好恬恬講毋做。看到工業區發展，想自家創業，在租來的住家一樓弄間小工廠。秀梅毋知婿郎到底有賺錢無？為了生活，珍珠去工廠上班。

湖口工業區的人緊來緊多，當多餔娘人像珍珠恁樣去工廠討生活。這兜餔娘人下班來毋掣[100]做飯。黃昏市場有幾攤賣熟食，像滷菜、炸肉，還有包好的水餃、餛飩。鋪娘人買轉去屋下，簡單煮一下就做一餐。大家也無時間做朝[101]，有的前一日先買好，有的就分細人零錢自家去買。街路賣朝的店生意當好，店門口每次都排長長的隊。

無來賣朝好了？秀梅想。楓林牛排館還在營業，賣朝也較毋會影響到。

舊年曾向遠房姑婆訂菜頭粄，姑婆做的菜頭粄真材實料，煎好軟香不爛。湖口無人做，備料算簡單。煎好的菜頭粄搭上自製的沙茶辣椒醬和蔥花醬油，應該有銷路。只是，她的錢都給大貨和阿壽牯了。哪有錢做攤子、買食材？

秀梅走進屋裡，見阿星在寫字。放學轉來，阿星會坐在楓林一樓的桌上寫字，寫完以後交給阿壽牯檢查、簽名。秀梅覺著無幾久前，阿星還是揇在懷裡的細人，這下會識字，時間恁遽。阿星拿擦子擦簿子。

「寫毋著喔？」

「無寫正啦。」

---

100 來毋掣：來不及。
101 朝：早餐。

「看起來當正啊。」
「你毋知啦，𠊎無寫好，會分叔叔罵。全部愛從頭寫。」
「恁衰過喔。」秀梅坐到阿星對面。阿星抬頭：「阿婆，你有麼个事情要講係無？」大家都說阿星聰明、會看臉色，功課又好，逐擺考一百分，阿有會給零用錢。阿星當省，零用錢、壓歲錢全部存起來。雖然係小學生，存的錢無定著比她多。
「阿星，你有錢無？」
「有啊，做麼个？」
「借阿婆好無？」阿星嘟嘴不說話。大概是捨不得好不容易存下來的錢，秀梅在心底嘀咕：「這細人仰恁齧察[102]呢？」但嘴上仍繼續說服：「阿婆一定會還你啦。你就想投資阿婆，阿婆賣菜頭粄，你正有錢好讀書啊。」
「好啦。你愛借幾多？」
「你有幾多？」
「𠊎也毋知，愛去樓頂看啦。」
秀梅跟著阿星走上樓，只見阿星心不甘情不願走到梳妝臺前。這個梳妝臺本來是她的，阿星喜歡在這裡寫字、搞玩具，漸漸的，梳妝臺上越來越多阿星的東西。阿星打開抽屜，拿出印凱蒂貓的鐵盒，鐵盒裡有很多小東西，串珠手環、鈕扣，還有粉紅塑膠製零錢包。阿星打開零錢包，拿出一捆鈔票。她拆開捆著鈔票的橡皮筋，一張一張數，有千元鈔、五百元鈔，最多的是紅色百元鈔。

「這有六千塊。」

「承蒙。」秀梅伸手接過阿星手中的鈔票，深怕她反悔。秀梅不敢相信這細人囥恁多錢。

「一定愛還佢喔！」

「會啦。」

秀梅的菜頭粄攤子在阿星資助下順利開張。

不鏽鋼製的攤車，底下裝了四個滑輪，即使沒有男人，秀梅也做得自家將攤車推到定點或移回原位。攤車上有兩個圓形淺口鐵鍋，秀梅打算一鍋煎芋頭粄，一鍋煎菜頭粄。

生理當好。上班上課時間，人客一個接一個。

「可惜你無讀書，無一定做得做大頭家。」阿有誇秀梅。

「拜託！你去越南該時，佴賣食个恁多年。」

菜頭粄生理越來越好，原來用菜刀切粄忒慢。對機械特別在行的阿有，做了一個簡易的切菜頭粄的工具。他把鐵絲拗成ㄇ字型，在木板上測量劃記，每兩公分固定一個。阿有花一個下午就把切菜頭粄的工具做好了，像迷你鐵絲隧道。秀梅試著把整條菜頭粄對準木板直直往下壓，果真一次就可以切完一整條。阿有露出得意的神情。秀梅那天做了很久沒做的蕌仔。

菜頭粄一垤十五塊，逐日做得做一、兩千塊。

生意雖然不錯，但不到半年，秀梅就決定不要繼續賣菜頭粄和芋頭粄。幾日前，她去市場買豆油時，剛好遇到幫他們做粄的姑婆的倈仔，也在市場擺攤賣菜頭粄。他嘴上叼著菸，招呼人客。姑婆沒提過這件事，只說自家的倈仔逐日遊遊野野，毋知愛做麼个好。

雖然生氣，但姑婆就一個倈仔，同樣做阿姆的她很能理解姑婆的苦。該日暗晡，秀梅同阿有講：「莫賣粄了，姑婆厥倈仔也在市場賣。」

「佢賣佢个啊！這攤子就花錢做了。」阿有發閼面紅紅。

秀梅知道，阿有心底不甘願，好不容易累積一點人客，毋做忒打爽了。阿有一生人遇到太多這樣的事，在越南時，跟同事合股開工廠，結果還沒開工就不得不轉來臺灣。重新尋頭路，做到副廠長，老頭家說要給他做廠長，沒想到老頭家早死，小頭家不認帳，只好提前退休。

「毋係講莫做了，係賣過別種東西。一定有麼个比菜頭粄好賣，又做得自家做个。」拿別人做好的東西來加工，怎麼做都差不多，不如找做得自家做的東西才長久。

菜頭粄攤子貼了公告，休息一禮拜。

送完孫女上學，秀梅一邊逛市場一邊想著接下來可以做什麼。市場人當多，卻是秀梅最能夠好好思考的時候。

公有市場延伸而來的馬路，兩側擺滿攤販，青菜、水果、衫褲、雜貨，麼个就有，中間也用攤車擠進好幾攤。最靠近路口是賣雞卵糕的，頭家娘白白淨淨，有點暴牙，長髮綁成公主頭，看毋出來降過兩個細人。她也是個可憐人，老公食毒，被抓去關。為了養兩個倈仔，逐日早晨推攤車出來賣雞卵糕。阿星當愛食這間雞卵糕，逐擺愛食兩包止鑠。雞卵糕要好食，做毋得忒燥，要有點濕潤。表皮不能太白，也不能太焦。火候當重要。頭家娘拿著刷子沾油輕刷印著各種圖案的烤盤，有烏龜、海馬、大象，還有銃仔。阿星講，無共樣圖形的雞卵糕食起來也無共樣。

雞卵糕隔壁是賣豆腐的小阿哥。當愛打扮，戴金項鍊，著白色吊嘎配緊身牛仔褲，繫金屬腰帶。脖子上掛麥克風叫賣，豆腐攤旁就放著一台音響，歸市場就他的聲音最大。毋過，這花啦嗶啵的小阿哥賣的豆腐正經好食。

「楓林頭家娘，愛買豆腐無？」

「等下轉來正買！」秀梅打過招呼繼續往前行。再走一段，就是秀梅經常來買豆油、沙拉油的雜貨店。這間雜貨店的價格比其他地方便宜一點。五塊、十塊聽起來不多，對小本生意來說，逐日累積也是不小的數目。雜貨店前租給五、六十歲的餔娘人，賣現包餛飩。幾十個餛飩一包，裝在透明塑膠袋裡，像魚仔擠在小魚缸。裡面還附調好的醬料和芹菜，一包五十塊。秀梅好奇的站在一旁看。餔娘人一手拿方正的餛飩皮，另一手挖豬肉內陷，沾水，對折再對折，一粒餛飩就包好了。

市場附近賣麵的店家，大部分都有賣自家包的餛飩。倘若她再賣餛飩，也做不出區別。不如來做煎餃？現包餃子用攤子原來的煎鍋煎，也不用再另外做攤車。秀梅越想越覺得不錯，立即去採買包餃子需要的餡料，又向餛飩攤買現成的餃子皮。若連餃子皮也要自家做，就太辛苦了。回家路上，她向小阿哥買一塊板豆腐。阿星最愛食豆腐加豆油。

秀梅帶著豆腐、餃子皮、高麗菜，一小把附贈的蔥和黑豬絞肉回家。她把高麗菜切碎，拌入碎豬肉和青蔥，加一點鹽、胡椒和香油。她雖然經常煮食，但很少包水餃。秀梅覺得自家粗短的手指對一粒水餃來說過於龐大，她不擅長也不喜歡做太精細的食物。比方講端午節包粽子，她老是被卡將嫌粽子包得不夠端正。仰般算端正呢？反正不都是要食到肚屎？秀梅一邊在心底反駁，一邊把溢出的菜重新塞進餃子皮裡。

一包餃子皮可以包一盤半，每盤有四列。盤子本來是楓林牛排的餐盤，用來放餃子堵堵好。她端餃子到樓下試煎，除了油，還準備一點拌入麵粉的水，以及醋水。先淋入油，把盤子裡的餃子放進鐵鍋裡。這些白白胖胖的水餃蹲坐在鐵鍋裡，像排好隊等放學的學生。趁著熱油，秀梅趕緊淋上一圈麵粉水，再一圈醋水，蓋上木製鍋蓋。鍋子傳來劈哩啪啦的聲音，等到聲音漸漸平息，秀梅稍稍移開鍋蓋。麵粉水結成網狀，但顏色還太粉白。秀梅將火關小，再悶半分鐘，掀開鍋蓋，餃子與餃子之間的麵粉網變成焦黃色。秀梅關火，用煎菜頭粄的四方狀鍋鏟小心的把餃子鏟起來。底部金黃香酥，秀梅露出滿意的微笑。

暗晡夜，細人的主食是煎餃。卡將逐餐愛食飯，秀梅另外炒了一盤豆豉魚脯仔和番薯葉，再加上涼拌豆腐。

「番薯葉仰恁硬？梗無剝皮係無？」卡將念。

「敗勢，下二擺會注意。」秀梅轉頭問阿有和阿壽牯：「好食無？」

「皮好食，毋過料忒多水。」阿壽牯說。

確實，煮水餃時，水多是優點，但若拿來煎，水太多反而讓高麗菜太熟爛。秀梅包餃子時，就發現高麗菜水份高，容易滿手菜汁，有的餃子皮一捏就爛，根本合不起來。得先幫高麗菜脫水才行。

攤子重新開張，從賣菜頭粄變賣煎餃。

麵粉的焦香味吸引上街買菜的餔娘人買一包試食。一粒兩塊，一包十粒二十塊。她負責包餃子和賣，阿有在一樓灶下攞菜。起初用人工脫水，速度慢又費力，忍痛買下脫水機，把切好的高麗菜放進網袋，用脫水機脫水，速度快多了。

解決一個問題，又出現另一個。

煎餃的生理越來越好，甚至比以前賣菜頭粄更好。她和阿有根本應付不來。阿壽牯見爺哀恁辛苦，打算一邊幫忙賣煎餃，一邊尋一份兼差工作。臺灣經濟好，不怕沒工作，就怕沒人做。阿壽牯很快找到工時彈性的差事。阿壽牯早上在煎餃攤幫忙，下晝開車到新竹市檢修立可得相機機台。

細心的阿壽牯專門包餃子，內向又面臭臭的阿有負責備料和煎餃子，最有笑容又會講話的秀梅負責外場。把餡料用湯匙舀進餃子皮，在餃子皮邊緣塗上一點水，兩手按壓使餃子密合。看似簡單的動作，包好一個餃子卻得花上二十秒。人客一多，根本赴毋掣。尤其上班上課趕時間，人客哪裡能等？

一日，一位頭髮花白的外省媽媽路過，見他們包餃子的方式，湊過來說：「你們這樣包要花很多時間，不用沾水，用力按壓就可以了。」外省媽媽住在國小旁的眷村，逐禮拜會來逛市場。秀梅本來擔心餃皮外沿沒沾水餃子會散開，但聽了外省媽媽的話，試著減少一個步驟，速度不僅加快，餃子也沒有裂開。

餃子放進鍋裡時，指尖要稍稍施力，讓餃子能夠站立於鍋子上，餃子與餃子之間也要保持一點距離，煎好的餃子才會底層酥脆，上層軟Q彈牙。

生理更好了。秀梅意識到只有他們三人根本就不夠，打算再聘僱人。恰好聽說，以前共下在農會洗洋菇的叔婆退休在家，需要一份工作幫忙家計。叔婆人不多話，不認識的人會覺得叔婆有點兇，但秀梅很欣賞叔婆不會隨便講人閒話的個性。秀梅詢問叔婆，叔婆馬上答應。逐日一早，從火車後站行到這位，準時上工，做事認真。有了叔婆揙手，總算能應付平日的人客。但到假日，人客更多。阿有會喊阿星下來揙手。阿星貪睡，喊了幾次還繼續睡，非得等到阿有發𤶃正下來。貪睡的阿星常讓秀梅想起無緣的心臼阿月。秀梅為了讓阿星甘願一點下來捀手，打烊時，都會給阿星一百塊當零用錢。

「阿婆，你還吂還佢錢耶。」阿星有次拿零用錢後說。

「你有食飯無？」

「有啊。」

「讀書愛錢無？」

「愛啊。」

「你借阿婆个錢，全部拿來做這攤仔，畜歸家人。你食飯、讀書个錢全靠這攤仔，阿婆早就還分你了。係你愛還阿婆，知無？」秀梅說完端著醬料走進灶下，留下嘴巴張得老大，一句話也反駁不了的阿星。

第十四道 阿婆三明治

阿月在阿星兩歲時去了臺北，小魚和小辰的阿姆在兩姐妹還讀幼稚園時跟大貨離婚。無阿姆的細人，讓她想起自家的童年。五歲阿姆過世，跟著阿爸和哥哥們生活，直到十六歲時親生阿姆來尋她。從細到大，最需要阿姆的時節，她卻總是孤單一人。看著沒有阿姆在身邊的三個孫女，秀梅心底有說不出的憐惜。珍珠經常念：「媽，你忒惜了啦。」秀梅知道自家很疼三個孫女，甚至有些溺愛。晚上陪她們睡覺，她們喜歡什麼玩具，即使沒什麼錢，也想辦法買給她們。還有，做她們愛食的菜。

只要是她做的食物，孫女們都很捧場。唯獨早餐例外。卡將和阿有習慣早上食飯，多年來早餐都是燙高麗菜配豆油膏、煎卵和菜餔。後來賣煎餃，若不想吃飯，孫女們可以外帶煎餃到學校吃。煎餃吃了幾年，孫女們早就吃膩。隔壁新開美而美，生意好得不得了。孫女們每天上學經過美而美，都會站在店門口張望。店面是叔公太的，租給開店的頭家，叔公太讀國中的孫女假日也在那裡打工。

一日，秀梅正在灶下煎卵。阿星看著放在流理臺上的白飯，終於按捺不住，吵著說：「阿婆，偓莫食飯，偓愛食美而美啦。」

正在灶下外背倒水的阿有聽了立刻罵道：「屋下有好食就食，還想要食外背，錢忒多啊？偓頭擺做細人，連飯就無好食，逐日食番薯籤，無書好讀，愛去掌牛、做長工，你有飯好食就愛偷笑了。」

「好啦，好啦，你莫念了，細人上課會赴毋掣了。」秀梅打圓場。

阿星心不甘情不願扒完桌上的飯，悶悶不樂上學去。秀梅有些不捨，珍珠偶而會帶妹仔阿玉、倈仔阿德去食美而美。孫女們見阿玉有三明治做得食，自然就更想吃了。然而，一旦花錢去美而美買三明治給孫女們吃，阿有一定會罵人。秀梅想了想，決定自家來做三明治。

雖然家裡開牛排館，但從來沒有賣過三明治。秀梅藉口去尋叔公太，趁機看看美而美到底在賣什麼？方形煎檯上有壓扁的肉排、火腿和雞蛋，烤箱喀噠一聲跳出酥香的吐司。叔公太的孫女拿起吐司抹上半透明的醬料，先放一層切成細條的小黃瓜，再放上煎卵和火腿，一層層疊在一起，最後對半切成三角形。

秀梅在一旁站了很久，等到人潮稍退。她趕緊問：「你塗該麼个東西？」

「這喔，美乃滋啦。」叔公太的孫女快手快腳拿出紙杯，加進冰塊、紅茶，再拿起一瓶白色塑膠罐，往裡頭淋，蓋上塑膠蓋，喊：「一杯冰奶茶、一份招牌三明治好囉。」

「哪位做得買美乃滋啊？」

「頭家買个，佢也毋知。」說完又繼續做下一杯飲料。

秀梅想到附近有間新開的超市，當多沒看過的東西，做得去尋看看。在超市裡，秀梅尋著吐司和火腿，也尋著美乃滋，可是超市的美乃滋是白色的，不是帶點透明的黃色，看起來無共樣。秀梅心想，做一次三明治買一罐醬料實在算毋合。煎卵和火腿是鹹的，少甜味，不如用黃冰砂[104]來代替？

隔日，煎餃攤剛忙過六點的上班人潮，秀梅趕緊上樓。先煎火腿和卵，再把吐司煎得略焦，撒上黃冰砂，放上切成細條狀醃漬過的小黃瓜，疊上火腿、吐司和煎蛋，用牙籤固定兩側，對半切開。同樣的三明治做了兩份，擺在白盤上。

「好跷了！」秀梅喊醒孫女後先下樓無閒。

---

104 黃冰砂：黃砂糖。

阿星套上制服，揉眼走出房門，準備到灶下旁的盥洗臺刷牙。見到流理臺上放的不是白米飯，而是三明治，目珠都亮了。還沒刷牙，等不及拿起來咬一口。

「姐，那是什麼？」小魚走了出來，也發現桌上的東西跟平常不一樣。

「三明治。」阿星一邊咀嚼嘴裡的食物一邊說。小魚和小辰也跑過去各拿一個。三個細人在灶下食三明治，露出滿足的笑容。

「姐，三明治裡面怎麼有一粒一粒的？」

阿星打開三明治看了一下說：「是黃冰砂啦。」

「美而美的沒有黃冰砂吧？」

「這是阿婆三明治！」

第十五道　雞卵茶

坐在藤椅上的秀梅打開目珠，發現天色已暗，肚屎有點枵。轉頭看灶下，歸間暗摸摸。心臼去哪位了？秀梅這才想起兩兄弟冤家[105]的事。哎！秀梅重重嘆口氣。

這裡本來是卡將的房間。卡將走後，木造房間打掉，只留下一面深色木牆。廳下的舊藤椅移到這裡，藤椅是頭擺從老屋搬來的，年紀比這棟房子還要老。藤椅對面放著兩張書桌，桌頂有兩臺電腦，阿壽牯的倈仔會來這搞電腦。木牆上掛著阿有從前買了的「張公百忍」書法字，還有阿叔、卡將和阿有的遺照。秀梅看著書法字，字體端正，對秀梅來說，她更喜歡木牆的另一面，飯廳懸掛的書法字。那幅字是阿有寫的，阿星說，阿公寫的是《般若波羅蜜多心經》。秀梅問這經文跟波羅蜜有什麼關係？阿星指著字讀給她聽：「觀自

105 冤家：吵架。

在菩薩。行深般若波羅蜜多時。照見五蘊皆空。度一切苦厄。」秀梅不懂，但能感受經文的節奏。字畫後半的字體不像剛開始那樣正。阿有寫字的時候身體已經很不舒服了，卻不說，獨自承受痛苦。跟往常一樣，去公廳做管理員。忍一禮拜，帶著字畫回家，告訴鑫謙自家放毋出尿。這才趕忙去湖口仁慈醫院掛急診。

醫生用導管把阿有憋好幾天的血尿導出來。腎臟壞掉了。字畫的字越寫越斜，阿有騎摩托車從公廳轉屋下的路上，是不是也歪歪斜斜？

秀梅望著阿有的遺照，又看向阿叔。兩子爺毋相像，阿叔面長，阿有面圓，倒是大貨長得像阿叔多一點。難怪阿叔惜大貨，每次看電影只帶大貨。阿叔惜大貨，也惜大貨的妹仔阿星。秀梅記得，阿叔走時，阿星在國小寄讀一年級。阿星小考一百分，阿叔就賞一百塊。

遺照上，卡將的目珠像鷂婆恁利，薄唇緊閉，顯得嚴肅不好親近。即使卡將走了多年，但望著卡將的遺照，秀梅心底還係會驚。

幾個心臼，卡將對秀梅最惡，卻最愛食秀梅做的菜。

雖然恁樣講對阿叔毋敬。但比起卡將，阿叔確實無麼个用。阿叔排行第二，大家喊「二叔」，喊卡將「二姈」。家窮，田產都給老大，身為次子的阿叔沒分到田地。無田產，也不打算替人種田的阿叔，最愛賭徼、看電影和釣魚。排行老大的阿有十歲開始替人掌牛、做長工，賺錢養家。

有日，突然落水，秀梅忘了把曬在陽台的衫褲收進來，卡將氣得不得了。阿叔勸：「你姈，好了啦！」卡將不理阿叔繼續罵。

八點，阿有下班轉來。秀梅在灶下暖菜[106]，阿有正準備去添飯。卡將又行過來，念道：「你餔娘一定當惱俚。」

「又仰般了？」肚子當枵的阿有，先扒一口飯。

「今晡日落大水，秀梅去三樓收自家个衫，無去二樓陽台收俚个衫，這毋係挑挑係麼个？俚這下老了，講話無人聽。」

秀梅把紅燒魚端出來，見卡將又在絮絮叨叨，把紅燒魚放在阿有面前。阿有放下筷子，突然起身，啪！甩了秀梅一巴掌。秀梅愣住，撫著紅腫的臉頰。

「講就講，打人做麼个？」卡將丟下這句話，走轉房間。

秀梅無嗷，撫臉出門。天色已暗，街道無人。秀梅一直走一直走，行到火車頭又行轉

106 暖菜：把冷掉的菜再加熱。

來。歸暗晡，她都沒有跟阿有說一句話。

天光朝晨，阿有突然用溫柔的語氣問秀梅：「下禮拜愛分人請，有想買雙新鞋無？」

阿有從破舊的皮夾裡，掏出幾張百元鈔給秀梅問：「恁樣鋳無？」

「當然毋鋳！」秀梅從皮夾裡拿出唯一一張千元鈔票。

鏡子裡的面還有點紅腫。秀梅去街路買一雙白色魚口跟鞋。

在家不太說話的阿叔，經常早出晚歸，刻意避開卡將。有恁樣的餔娘，誰都會想逃。秀梅很同情阿叔。有人傳，阿叔在外背有細妹。聽人講，「阿姨」跟阿叔當多年了。卡將質問阿叔，阿叔一語不發走出去。這是阿叔經常用的方法，在卡將暴怒時先離開家。但阿叔這次似乎鐵了心，帶「阿姨」轉來站在家門口。阿叔進家門，打算跟卡將攤牌。卡將從門縫隱約看見該細妹，衝進廚房，拿出一把菜刀，站在阿叔面前，將菜刀往木桌剁下，刀鋒硬生生陷進桌子裡。

「你想就毋使想啦。」卡將說。阿叔嚇得腿發軟，一句話也講不出，轉身出門，拉著阿姨走了。隔日，阿叔轉來，一副什麼事也沒發生過的樣子。此後，再沒有阿姨的消息。直到阿叔過身，阿姨遠遠站在對街土地銀行。那單薄、垂老的身影，像影子般貼在銀行角落。

「阿有，你有看著佢無？」秀梅指向對街說。

阿有點點頭，往對面去，行到一半又轉來。他上樓走進卡將的房間，卡將坐在床邊望著阿叔睡覺的位置發愣。

「卡將，該位阿姨有來，愛分佢入來拜下阿叔無？」阿有問出口。

卡將拿起一旁掛蚊帳用的棍子，拚命捶打和阿叔共眠的木板床，邊捶邊哭。

阿有不敢再多說。阿姨仍然每日站在對街，直到喪期結束。

要強的卡將也有脆命時。

有一次，卡將冷著，發高燒，連續幾日躺在床上，連上便所都要人扶，也無胃口。放在床畔小桌上的飯菜，一口都沒動過。「秀梅，你去摎倨煮碗雞卵茶。」卡將有氣無力的說。可能是身體弱的關係，個頭不高的卡將，看起來比平常更瘦小。跟平時頤指氣使的模樣完全不同。像喝下雄黃酒打回原型的蛇精，癱軟在床，伸出細長尾巴向人乞憐。秀梅本想假裝沒聽見，但卡將可憐的模樣，讓秀梅有些不忍。

「麼个雞卵茶，倨又毋會做。」秀梅真的不知如何做，但這時聽起來，就像挑挑的。

平日卡將聽了肯定發火，這下只是躺在被褥裡，眼睛微張，吃力張嘴說：「燒……燒滾水，水滾，拿碗，打卵，一點糖，一點鹽，滾水燒燒下去，恁樣就做得了。」卡將邊說邊喘，雞爪似的手抓住被單，像溺水的人尋找浮木。

「你等𠊎一下。」

「承……蒙。」正當秀梅轉身準備去灶下時，聽見卡將用氣聲說了兩個字。這是卡將第一次跟她說承蒙。

秀梅依照卡將說的，先燒好水，打粒雞卵，加糖加鹽，沖燒水，拿箸攪拌。雞卵茶有一股甜甜的香氣，遮掩卵腥味。她小心翼翼把雞卵茶端到卡將房間，扶著卡將起身，替她拿碗，卡將一口一口把雞卵茶喝得一滴不剩。這是幾日來卡將食最多的一次。食過雞卵茶又食藥，卡將昏昏沉沉睡去。

隔天，卡將把秀梅準備的早餐食忒一半，胃口越來越好。只是，當卡將的身體好轉，又變回從前的卡將，整日對她念這念那，一不如意就大聲罵。秀梅憤憤的想：「下擺破病，𠊎正莫插[107]你！」

卡將身體向來康健。只有一次因車禍住院。後生人奧多拜騎忒遽，撞到過馬路的卡將。說也奇怪，卡將除了輕微擦傷，沒有大礙。倒是後生人斷一隻腳。阿有把卡將送往新竹市大醫院做檢查。卡將吩咐秀梅帶她的雞油來。玻璃瓶裝的雞油是卡將特地請人做的。卡將要秀梅拿棉花棒沾點雞油，幫她塗擦結痂處。結痂在雞油的潤滑下，慢慢脫落，一點疤痕也沒留下。卡將年過七十，還是愛靚。

秀梅看看自家的雙手，到處是燙傷和刀疤。幾十年來，從沒塗過麼个雞油、擦過麼个乳液。做食的人，滿手油漬漬[108]。她應該跟卡將一樣，更愛惜自家一點。

卡將愛靚，每隔幾週就染髮，連頭皮都染，這樣還不夠，再用假髮蓋住頭頂，罩上網紗。真假髮絲纏繞，看不出禿頭。每日著自家做个花布洋裝，精神奕奕。秀梅覺得自家緊來緊老，卡將卻一點也沒變。

卡將七十九歲該年，左手虎口長出一粒黑痣，慢慢變成黑瘤，醫生說是皮膚癌。阿有告訴卡將，長了不好的東西，割掉就好了。實情是，即使做手術割除，也無法避免癌症擴散和轉移。不知情的卡將，又活過兩年，那兩年一直維持過去作息，看不出太大異樣。秀梅本想，卡將沒事了。沒想到，卡將開始出現各種症狀。雙腿無力，必須倚拐仔正做得行，食的緊來緊少。

回診次數增加，卡將的倈仔妹仔各自有事，秀梅只好自家帶卡將去醫院。秀梅也想學

107 插：理會。
108 油漬漬：油膩膩。

他們，找理由不管不顧。但看見卡將躺在床上恁衰過，又扶卡將下樓、坐輪椅，推她去天主教醫院。

某次回診，卡將忽然回過頭，用從未有過的溫柔眼神看向秀梅。秀梅被突如其來的目光嚇著，卡將開口：「𠊎个東西全部分人了，麼个就無留分你，你會怪𠊎無？」多年的壓抑、不滿，秀梅有滿腔的話想要傾吐。她想回答「會」，從過去到這下，𠊎像傭人服侍你，阿有賺錢全交分你，到頭來你把這些錢買來的地、屋和錢分其他細人，只留一棟空屋給阿有。即使阿有表明，屋是他買的，他是老大，不想搬，想住老屋。但你還是把通往老湖口，較鬧熱的屋留給屘子。把後側馬路這棟曾租給醫院的空屋給阿有。還好神明有知，後面這條馬路因新火車頭緊來緊鬧熱，他們才能用一樓開餐廳、做小生意。

秀梅滿腹牢騷，可以說一輩子。但望著卡將混濁的目珠，卻開不了口。她無法對眼前的老人如此狠心。卡將是高貴的小姐，生來就是讓人服侍、聽從。卡將把手上的禁指脫下來，說：「這分你。𠊎麼个就無了，伸這禁指。」禁指是阿有送給卡將八十大壽的禮物。

「𠊎服侍你，又毋係為這禁指。」

「𠊎知，𠊎知，𠊎想分你做紀念。」卡將急忙解釋，伸出手，割除黑瘤的地方呈現粉紅的裸色。卡將抓住秀梅的手，想把禁指套上秀梅的手指。秀梅身材較肥，手指也比卡將粗，禁指只能套進秀梅最細的小指。卡將滿意的看著秀梅的手說：「多子多孫好福氣。」有人講，小指戴禁指是防小人，她一生人提防最多的就是共下生活的卡將。

過無幾日，煎餃攤正忙，準備去上課的阿星跑下來，喊：「阿公，阿太講肚屎當痛！」阿有一聽，三步併兩步往樓上衝。卡將坐在藤椅上，表情痛苦。屋下無自家的車，只有阿壽牯公司的小貨車。阿有立即打給國勝，國勝是三兄弟裡唯一會開車且有車的。

國勝把開了十幾年的國產車停在門口，兩兄弟一人架一邊，扛著卡將上車。秀梅繼續煎餃子、賣餃子，直到中午收攤，才去醫院。該時，大姑、小姑都在病床畔，見秀梅來，眼神有些怨懟，似在埋怨秀梅怎麼現在才來。秀梅假意無看著，拿起眠床旁脣的面帕面盆，出去裝水替卡將擦面。正行到出病房門口，聽到長廊另一端傳來一聲「大嫂」。長得粗壯的二姑，因為嫁得較遠，最晚趕到。她從長廊盡頭跑著過來，身上的肥肉不停搖晃。二姑身材粗壯如牛，不像大姑、小姑，遺傳卡將瘦削身材。二姑無大姑會算計，也無小姑恁聰明，阿叔還在時常罵二姑「大憨嬷」。但唯有二姑，看到她會大聲喊「大嫂」。

「這位啦！」秀梅指著病房門口說。二姑滿頭大汗走到病房門口，傻笑說：「承蒙大

109 禁指：戒指。

嫂，好得有看著你，無醫院恁大，𠊎根本就尋毋著。」二姑擦過汗行落去。

秀梅端著面盆水入病房，把面盆放在小桌上。秀梅用濕面帕輕輕擦著卡將的面。卡將最愛靚了，若做得跔床，她最想做的應該是去洗身。

「秀梅！」卡將虛弱的喊，像多日沒有淋水的菜，就要乾枯。右手的點滴一點一滴往下注，幫她補足水分。

「你人有較好無？」秀梅問。

「共樣啦。」卡將說完閉上眼，隔了幾秒後，忽然又開口道：「𠊎想食綠豆湯。」

「等下屘姈會來，𠊎喊佢煮好帶來。」秀梅像拐細人對卡將說。心裡想起卡將多年前對她說愛食雞卵茶的往事，恁弱都還想食東西，這擺也會平安度過吧。

「𠊎莫愛，𠊎愛食你煮个。」卡將任性的說。

「好啦，你等𠊎。」秀梅匆匆趕回家煮綠豆湯。

卡將愛喝綠豆湯，熱天時，秀梅常煮綠豆湯。卡將喜歡的綠豆湯，是口感柔軟綿密，湯汁清澈、較少豆沙的那種。秀梅的手在鍋子裡淘洗綠豆，洗淨的綠豆加水放在瓦斯爐上煮。煮滾後悶三十分鐘，平日裡，這三十分鐘過得很快，秀梅洗個碗、切個青菜，時間就過去。然而，這日的三十分鐘卻過得很漫長。時間到了，再次開火。秀梅一邊煮一邊舀起浮在最上層的泡沫，看著綠豆在滾水中跳動翻滾。差毋多了，秀梅加上黃冰砂，攪拌後放進攜帶式的保溫鍋裡。卡將愛食綠豆湯泡飯，秀梅還特意多帶一包飯。

秀梅走進病房，發現事情有些不對。醫生和阿有站在病床的兩側，阿有面色凝重，不時輕輕點頭。卡將手上沒有點滴，鼻子上多了氧氣罩。

「到家，再把氧氣罩拔掉。」醫生點頭致意，離開病房。不多久，前來協助的護理人員抵達，他們把卡將搬上移動式病床。

「卡將，轉屋下囉。」阿有先喊，接著屘叔、小姑們也跟著喊。站在門口的秀梅，退到門外。看著大家跟在病床後走了出來。秀梅望了一眼卡將，除了氧氣罩，和睡著時沒有不同。她把右手提著的綠豆湯換成左手提，保溫鍋很沉，把她的手指勒出深深的紅痕。

到家後，大貨把草蓆鋪在地板上。有阿叔過身的經驗，這次不再那樣不知所措。阿有拔掉卡將的氧氣罩，再將她搬到草蓆上。大家圍坐卡將身旁，看她的呼吸從急促到無聲。那鍋綠豆湯，從屋下到醫院，又從醫院拿轉屋下，卡將一口就無食著。

卡將過身半年後，剛赴南部讀大學的阿星打電話轉來，說：「阿婆，侄發夢阿太耶。」

110 行落去：走進去。

「夢到麼个？」

「阿太講想食綠豆湯。」卡將走的那日，阿星去學校上課，毋知卡將過身前想食綠豆湯的事。

「好啦！你若又夢到阿太，就講阿婆知了。」

該日暗晡，秀梅煮一大鍋綠豆湯，端一碗放在卡將的香籃前。香籃裡放著寫著卡將名字「張李日音」的香火袋。「張」這個字她看了幾十年，認識但毋會寫。倒是「日」和「音」簡單一點，她聽過卡將的長輩喚她「阿音」。等對年，合火後，香火才會轉到公廳。這段期間，秀梅照三餐供奉卡將，像祂還在時一樣。卡將像蟻仔愛食甜，雞卵茶、綠豆湯全係甜的。秀梅燒香，插在香籃前，拜了三拜，念：「卡將，好食綠豆湯了。」

第十六道　豬肉水

阿星夢見阿公，騎著有擋風罩的奧多拜回家。不是瘦到只剩皮包骨的阿公，而是壯壯胖胖的阿公。

阿星忽然很想家，小時候的家。有阿公在的家。

阿星沒有見到阿公最後一面。那個時候，她考上公務員，被分發到高雄工作。阿公知道她考上時，非常歡喜。阿星離家前，去向阿公說再見。阿公躺在客廳中間的電動床上，舉起瘦弱的手，吃力問：「還有錢無？」

「有啦！」阿星忍著眼淚說：「俉下禮拜就轉來看你。」

走出門口，阿婆站在煎餃攤旁包醬料。

「準備好了？」

阿星點頭。

「你有摎你公講無？」

「有啦。阿公問倨還有錢無？」

「恁會喔。還會問你。」阿婆臉上露出笑容。

阿公癱在床上半年了，吃不太下。阿公的牙齒依然潔白晶亮，無一鬆落，卻無力咀嚼。這半年來，阿婆一邊哄一邊掰開阿公的嘴巴，阿星再把阿婆煮的豬肉水一匙一匙灌進阿公的嘴巴裡。

阿星到高雄工作剛滿一個月，下班時，小阿妗打電話來，口氣很急的說：「阿星，你遽遽轉來，阿公可能會走了。」

阿星沒有回宿舍，直接衝往捷運轉搭高鐵。她看著窗外黑壓壓的風景，想起小時候每年跟著阿公阿婆，搭火車去鳳山找細姨婆的往事。那時候，一點都不覺得火車慢。如今，卻覺得高鐵不夠快。

臺中站到了。阿星的手機又響起，她不安的接起電話，聽見小叔叔說：「阿星，讓阿公聽一下你的聲音。」

「阿公！」阿星喊。

「爸，阿星會轉來了。」阿星聽見手機另一邊小叔叔的聲音。

再快一點。到新竹站後，阿星急急下車，直接搭計程車回湖口。

家門口已經掛上白布簾。

阿星掀起簾子，看見阿婆坐在椅子上，哭得聲嘶力竭。阿星從不曾見過這樣無助的阿婆。

「轉來了？遽遽去樓頂換衫，下來拜阿公。」說話的是爸爸。他穿著黑衣黑褲。阿星這才想起她身上穿的是連身裙，不適合這樣的場合。還好樓上房間還留著她和妹妹的衣服。

阿公走了以後，爸爸更少回家。

爸爸幾年前罹癌，幾次進出醫院，動刀化療。阿星跟阿婆去竹東看爸爸，每次去都覺得爸爸更瘦了一點。阿婆在爸爸的租屋灶下忙著煮豬肉水，阿星在客廳陪爸爸。爸爸躺在沙發上，半瞇著眼，很疲憊的模樣。

阿婆端了一鍋豬肉水走來，要阿星扶起爸爸，一匙一匙餵他。阿婆看著爸爸，掉下目汁。做過幾次化療的爸爸，看起來比阿婆還要老。阿婆輕輕撫著爸爸的額頭，好像爸爸還是細人。

幾個月後，爸爸在安寧病房走了。阿姨決定讓爸爸回湖口，在長生殿辦喪禮。長生殿是湖口唯一的殯儀館，由幾個鐵皮屋組成。大鐵皮屋是辦告別式的地方，其他隔成小間的是靈堂，擺放供桌和遺照。十幾年前，爸爸花掉阿公所有的退休金，又要阿公拿房子去銀行抵押，沒錢還，銀行要來查封。阿婆要阿公把房子過給大叔叔和小叔叔：「莫愛下二擺連戴个地方就無。」兩個叔叔分到房子，也負擔起幾百萬的貸款。既然分灶，爸爸的喪禮沒有在老家辦。煎餃攤也沒休息。收攤後，大叔叔和小叔叔各自騎奧多拜來長生殿。阿婆想跟，叔叔說，阿姆做毋得去倈仔个靈堂。

雖然如此，阿婆還是偷偷跟著阿星去了幾次。阿星和妹妹們一邊摺蓮花一邊聊天。

「爸爸這下可能在天頂交細妹朋友了。」

「莫亂講話啦！」阿婆嘟起嘴。

阿星拿起床邊的手機，打電話給阿婆。

「喂？」

「阿婆。」

「阿星喔，幾時愛轉？」

「過幾日就轉了。」

「阿婆買糟嫲肉分你食好無？」
「當然好啊！」

自家个灶下

阿瑞在鍋子裡倒進一點沙拉油，爆香洋蔥和蒜頭片，再放入雞肉塊拌炒，接著放馬鈴薯、紅蘿蔔。她往鍋子裡倒水，直到覆蓋所有食材，大火煮到沸騰，加入咖哩醬、香茅、肉桂棒、檸檬葉和月桂葉。阿瑞盤算有沒有漏掉什麼時，手機鈴聲響起。

阿瑞接起手機，夾在耳朵和肩膀之間。

「喂？」阿瑞攪動著手裡的鍋鏟。

「Kakak ketiga, keputusan pengadilan telah dibuat. Pastinya bercerai.[111]」阿娜帶著稚氣的嗓音從手機裡傳出來。

「Selamat![112]」

「Akhirnya menghela nafas lega.[113]」

「Bagaimana kabarmu di tempat saudara perempuanmu yang kedua?[114]」

---

111 三姐，法院判決出來了。確定離婚了。
112 恭喜！
113 終於鬆一口氣。
114 你在二姐那裡還好嗎？

「Baik. Kamu boleh bebas sendiri, dimana kakak iparmu?[115]」

阿瑞往吧檯外看，阿壽靠在店亭下的露營椅上抽菸。

「Merokok di luar.[116]」

「Kakak ketiga, kapan kamu akan bercerai? Penyakit kakak iparku tidak akan sembuh, kamu dan dia hanya akan menderita.[117]」

咖哩冒著泡泡，阿瑞把火轉小，蓋上鍋蓋。

「Apa kamu mendengar saya?[118]」阿娜見阿瑞還是沒回答，用客家話再問一次：「你到底有聽著𠊎講个無？」

「有啦！有啦！」

「有仰毋講話？還想你聽毋識印尼話了。」

「阿娜，𠊎有自家个灶下了。」

阿瑞從一旁的架子上拿出一罐椰奶，等咖哩煮好，倒進椰奶滾一下，印尼咖哩就完成了。

115 好啊。一個人自由自在，姐夫呢？

116 在外面抽菸。

117 三姐，你什麼時候要離婚？姐夫的病好不了，你跟他只會吃苦。

118 你有沒有聽到我說的？

第十七道　印尼咖啡

跟二哥吵架後隔天，阿壽買下不鏽鋼的流理臺，在一樓搞出一間簡易的灶下。那裡本來是楓林牛排館的吧檯，還留著瓦斯管線。沒有另外架櫥櫃，用的是曾短暫出租給眼科診所時留下的木櫃。這是個非常簡單，甚至簡陋的灶下。阿壽覺得對不起阿瑞，但他只能給她這麼多。

楓林經營不下去後，阿壽曾短暫把一樓改裝成花茶店。阿壽本來也想賣咖啡，但咖啡沖泡比茶麻煩，就放棄了。

養三個俫仔開銷太大，阿壽想多賺點錢，跟阿瑞討論，搞出「摘星客」。賣印尼雜貨，店外放幾組椅子，賣印尼咖哩和紅茶。摘星客只在傍晚營業，早上要賣煎餃，下午是阿瑞的午睡時間。

很多人問為什麼叫「摘星客」？

秀梅

阿壽說不清楚。某天午睡醒來，「摘星客」三個字就跑進他的腦袋。他先去印名片，才告訴阿瑞他的想法。沒想到，阿瑞沒有反對，兩公婆弄出這間小店。開幕頭一個月，捧場嚐鮮的朋友還算多，最近人客開始稀稀落落。阿瑞常為了備料傷透腦筋。

看著阿瑞在灶下忙碌的樣子，阿壽想，他是不是又做錯決定？

從細到大，大家都誇他聰明，三歲會寫自家的名。在寄給老爸的信裡，畫了方形與圓形，方形是豆乾，圓形是湯圓。過年到了，他希望老爸趕快回家團圓。國小時，不用讀書就可以考前三名。上國中，功課較難，不想讀書的阿壽被分到普通班，隨便考都是第一名。小時了了，可惜不努力，麼个就做毋成。

生病後，花茶店收掉。那時路邊很多張貼外籍新娘的廣告，他決定去印尼討餔娘。帶著老媽為他張羅的二十萬，搭飛機到印尼加里曼丹島坤甸。阿壽一眼就愛上這座島。這裡的街道就像阿壽做細人時的湖口，這裡的海就像老媽當年揹他去的海邊。阿壽感到許久沒有的平靜，唯一讓他緊張的是要跟陌生細妹見面。阿壽不曾交過細妹朋友，也不是沒有細妹喜歡他，但他太重朋友，不知怎麼跟細妹相處，錯過幾次緣份。

媒人婆約細妹到阿壽住的旅館。阿壽起初覺得害羞，但見過十幾個細妹後，就麻木了。雖然能用客語溝通，但沒有一個能說上幾句話。尋找一生的伴侶，本來就是很難的事。尤其對他來說。

「阿姨，你毋使無閒了。俚毋想再過看了。」阿壽對媒人婆說。

「你姆借恁多錢分你來。再試一擺啦。」

阿壽想想也對，只好點頭。

旅館房間有一張小桌子和兩張扶手椅，阿壽像前幾天那樣，穿上西裝坐在靠窗的椅子上等候。有人敲響旅館房間的門，阿壽起身打開。迎面而來的是個頭嬌小、目珠大的細妹，看起來跟姪女阿星差不多大。阿壽想，媒人婆也忒毋細義，仰尋恁細个？這時後頭走來另一個年紀較大的細妹，抿著嘴表情有些嚴肅。

「你係阿壽哥無？這係俚表姐。」年紀較小的細妹用四縣腔說。

來印尼前就聽說這邊很多人說客語，媒人婆也特地為他安排客家人。走在這裡的街道上，他甚至覺得自己沒出國，只是回到過去。

「俚安到壽謙，你安到麼个名？」

「阿瑞。」阿瑞回，像小媒人般領著阿壽和表姐到窗邊的座位：「媒人婆有講今晡日還有事情，恁樣也好，你兩儕做得好好講話。」阿瑞拿起桌上旅館附設的茶包和陶瓷杯走出房門，等阿瑞端熱茶回來時，兩人還像剛剛那樣端坐著。阿壽抬頭看到阿瑞，起身幫忙阿瑞端茶。阿瑞見兩人不說話也不是辦法，乾脆把梳妝臺的椅子搬過來，坐在兩人中間。

「你講你係臺灣新竹人，該係仰般个地方？」阿瑞問。

「當多客人戴个地方。較鬧熱个係新竹市，𠊎戴个係湖口。𠊎做細人該時，湖口有當多田，當多陂塘、圳溝。」阿瑞晶亮且充滿好奇的目珠，引著他說下去。這是阿壽相親以來，說最多話的一次。已經很久沒人願意這樣聽他說話。過往的朋友來看他，知道他有病，眼底都會多一絲同情、一點生份。但阿瑞不同。兩人一來一往聊著，把表姐晾在一旁。

相親結束後，阿壽接到媒人婆的電話。

「頭下仰般？該細妹當內當乖。」

「佢係當乖，毋過忒恬了。無話講。」

「恁樣喔，𠊎今晡日堵好有事情要辦，無過去。韶早啦，𠊎來安排別儕。」

「毋使啦。」

「仰般毋使？你盯盯來，錢就花了，一定愛尋著啦。」

「𠊎尋著了。」阿壽打斷媒人婆的話，聲音大到自己也覺得驚訝。

「尋著了？麼儕？」

「阿瑞。」

「阿瑞？」媒人婆停頓幾秒，恍然大悟地說：「倨聽講佢還讀書，毋過，你倆儕有話講較重要。倨去廠屋下問看看，你等倨消息。」媒人婆掛上電話，阿壽把梳妝臺的椅子搬回原來的地方。

隔天，媒人婆打來說阿瑞的爺哀想看看他。阿壽見了阿瑞的爺哀，對他似乎還算滿意。阿瑞陪他在坤甸街路滿哪仔行行。

阿壽先回臺灣，媒人婆要他耐心等待。阿瑞在雅加達等，他在臺灣等。他打電話給阿瑞，第一次離家的阿瑞在電話中哭著說想回家。阿壽捨不得，只能不停安撫。他想要阿瑞來臺灣，想帶阿瑞看看他長大的地方。如果阿瑞不喜歡，他會讓阿瑞轉屋下。

阿瑞抵達臺灣。雖然同樣是客家莊，但口味不一樣，沒有親人在身邊。過了一年半，肚皮沒動靜。阿瑞告訴阿壽，她還是想轉印尼。阿壽幫她買了回印尼的機票。他捨不得阿瑞，更捨不得她難過。

「爸，你要喝咖啡嗎？」大倈仔恩恩用手搖式磨豆機磨咖啡豆，空氣中飄散濃郁的咖啡香。

「好啊。」恩恩大三，在湖口休息站星巴克當實習生。磨豆子的手勢看起來很專業。還好俫仔比他勤奮多了。

「欸，你以後想幹麻？」

「想幹麻？錢存夠了，就開一間咖啡店啊。」

「開咖啡店當好啊，你阿公頭擺就講愛開咖啡店，賣越南咖啡。」

「我又不是要賣越南咖啡。」恩恩一邊拉著濾布，一邊慢慢把水倒進裡頭。咖啡香氣蓋過阿壽的菸味。對啊，恩恩沖的是印尼咖啡。用大布袋裝著咖啡粉，套在大水壺上。他第一次見到這麼豪邁的煮咖啡方式，就是在印尼坤甸。阿瑞帶著他在坤甸的街道亂晃。整條街都是這樣的咖啡香。

第十八道

龍宮果

秀梅

中秋到了，阿瑞上市場買糟嫲肉。以前老媽自己做，年紀大後，都上市場買。今天，張屋細人會回來團聚烤肉。每次，看到他們歡歡喜喜回娘家，阿瑞不禁感到唏噓，她已沒有娘家可回。

她常想，當年離開坤甸的決定，到底是對是錯？而那是她可以決定的嗎？

三十年前，她還讀小學時，大姐為了家計，從印尼加里曼丹島嫁到臺灣島南端。兩年後，二姐也嫁到臺灣中部。阿瑞國中畢業那年，遇上阿壽，嫁到臺灣北部。三姐妹從此成為家裡的支柱。她小時候聽人說，降妹仔做得換美金。阿瑞不喜歡這說法，把細妹當搖錢樹。阿瑞嫁到臺灣，才知道姐姐們都是報喜不報憂。臺灣生活固然便利，但人生地不熟，阿瑞還是想念坤甸的家。

好不容易熬完一年，沒懷上孕的她不想繼續留在臺灣，一心只想回家。阿壽幫她買了回雅加達的單程機票，她先到雅加達，再轉搭小飛機到坤甸。折騰一整天，整個人都累癱了。兩天後，媽媽發現她有些不對勁，老是會嘔。去做檢查，原來是有了。一個月後，她搭車、小飛機、大飛機，轉來轉去再次來到臺灣。阿壽開車到桃園機場載她，回到湖口那棟四層樓房。

一路上，阿壽笑得很開心，阿瑞看著窗外，想著坤甸。離開時，她抱著媽媽哭。長大後，她很少哭。這次離開，不知道得過多少年才能回來？她懷著身孕，仔仔細細把兩層樓木頭房子看過一遍。每個房間、灶下，還有客廳。

媽媽說，希望明年可以買一棟自己的房子。

隔年，媽媽實現夢想，買下一塊地，先蓋第一層樓。蓋屋的建材，媽媽已經存很久。水泥一包一包買，有錢就買一點。她們姐妹在臺灣也一點一點的存，有多的錢就匯給媽媽。阿瑞只在照片上看過新房子。媽媽後來把那棟房子賣掉，全家移居到爪哇島的帕德曼干，希望離首都雅加達更近一點。這裡什麼都貴，他們暫時先租房子。房子是水泥牆、木頭屋頂。

媽媽不停搬家，阿瑞則一直住在湖口的水泥房裡。她生下三個倈仔，老爸老媽很開心。

恩恩八歲、思思七歲、阿正五歲這一年，阿瑞跟阿壽說想回印尼。她沒有錢，但想回去。無論如何都要回去。阿壽跟銀行借了十萬，加上先前存的一點現金，就去旅行社訂機票。除了阿壽、三個孩子和她之外，老媽也說要去。老媽說：「三个孫仔𠊎細，𠊎做得去幫忙渡孫仔。」

雖然說是回娘家，但阿瑞跟秀梅一樣是第一次來帕德曼干。這裡的華人不少，經歷排華，大部分華人已不會說華語或客語。七十多歲的老媽來到這裡，像細人看見新世界那樣好奇。這裡的主食是咖哩配薑黃飯，習慣吃白米飯的老媽很快就適應。老媽尤其愛吃龍宮果，外觀看起來像臺灣的荔枝，撥開皮，像柑仔一瓣一瓣。老媽一粒接一粒，不停往嘴裡塞。比起看老媽煮東西，阿瑞更喜歡看老媽吃東西。

第二天早上，阿瑞醒來，沒看到老媽。阿瑞有種不祥的預感，她跑去找小妹問：「老媽去哪位？」

小妹也不知道，她們找遍整棟房子，發現小弟也不見了。阿瑞嚇死了，趕忙叫醒阿壽。小弟剛從坤甸搬來，對附近道路不熟悉，加上從小反應慢，父母不准他獨自離家。

小弟不是一個人。只是，身邊是從沒來過印尼，也不會說印尼話的老媽。阿瑞著急的把三個小孩託付給阿壽，帶著小妹跑出去尋人。

帕德曼干是位於雅加達北方的港口，有點像臺灣的基隆。走在帕德曼干街道上尋人的阿瑞，忽然想起初抵臺灣時，老媽帶她出去玩的往事。

那時，阿壽的病時好時壞，壞的時候總是比好的時候多。壞的時候，阿壽除了醫院和對面的便利商店，基本上哪裡也去不了。老媽怕她無聊，在家悶壞了，常在煎餃收攤後帶她去街上吃東西。有一次收攤，老媽問她：「愛去新竹無？」

阿壽曾開車帶她去新竹兜風，但是老媽沒有車，也不會開車。

「愛仰般去？」

「坐火車啊！俚渡你去食咖啡。」

老媽、金貴姨帶著她去搭火車。

她們搭電車，坐一排。對面坐著一對情侶，互相摟抱。

金貴姨瞄了一眼那對情侶，又看了一眼阿瑞：「你跟阿壽還好嗎？」

阿瑞不知道該怎麼回答。點點頭又搖搖頭。

「沒關係，我剛結婚的時候也這樣。」金貴姨笑說。

「俚也係。」老媽說。

三個餔娘人在電車上大笑。

火車站對面有一間白色大樓，叫Sogo百貨。老媽熟門熟路，帶她走樓梯到地下一樓麵包店旁的咖啡店。她們一人點一杯咖啡配蛋糕。黑森林蛋糕、起司蛋糕還有千層蛋糕，阿瑞想起以前讀書時，看過《愛麗絲夢遊仙境》，愛麗絲、三月兔、帽子先生和睡鼠的瘋狂下午茶。這裡的咖啡和印尼不一樣，不是一次沖一大壺，而是一次做一杯。老媽愛喝熱拿鐵，不加糖。金貴姨喜歡上面加著一團鮮奶油的維也納咖啡。她愛喝冰咖啡，上面加一球冰淇淋。

每個月有一兩次，老媽會帶她去吃下午茶。那是她初來臺灣時，最放鬆的時刻。除了新竹，她們有時也會去其他地方冒險。火車站離家近，用少少的車票錢就能去臺灣的每個角落。初來的阿瑞看不懂中文字，用顏色和形狀來辨認不同的火車。白色尖頭，最快的是自強號。橘色雙人座椅的是莒光號。銀色的是電車。藍車皮、綠椅子，可以開窗、有電風扇，慢吞吞的是普通號。

她們從來不看時刻表，也看不懂，無法預期會搭上什麼車。老媽不識字，唯一比她強的，就是老媽會說一點華語。阿瑞也會擔心，她們會不會找不到回家的路。但她想出去，不想整日關在水泥房。雖然，在印尼的媽媽一聽是四層樓水泥房，開心的不得了。但她更喜歡小時候住的木板房，木板和木板之間有縫隙，她喜歡縫隙間自由來去的風。

新竹、中壢，還有遠一點的基隆，她們越走越遠。

「路生到這位，問就知了啊。」老媽指著自家薄薄的兩片嘴唇說。

阿瑞抬頭看著帕德曼干的陌生街道，老媽沒問題的。她安慰自己說。

秀梅帶著阿弟坐在三輪車上。阿弟張望四周景色，表情茫然。三輪車經過顛簸的石子路，車伕賣力踩著踏板。三輪車讓她想起西貢。她跟著其他太太們搭三輪車逛遍西貢街道。她也跟阿有一起坐過，兩人挨在一起，難得的親密。

比起奧多拜、嗨呀[119]，秀梅更喜歡三輪車。

市場到了。秀梅用客語跟阿弟說，阿弟再用印尼話跟車伕確認。車伕拿錢、找零。秀梅另外給小費。

「阿弟，愛食麼个？阿姨買分你食。」以年紀來說，阿弟跟小孫女同年。但以輩份來說，該喊她阿姨或親家娘。

阿弟沒有上學，他似乎看不懂字，但溝通還可以。阿弟平時沒有機會出門，他看見連

---

119 嗨呀：秀梅稱汽車、計程車為嗨呀。應是由日語來的，原來為hire，或許是因為早期多指出租車。

排的市場攤位和滿滿的人，一臉慌張。秀梅牢牢的牽著阿弟的手說：「莫驚啦！」

街道邊有許多賣水果的攤位，椰子水、龍宮果、紅毛丹，還有很多秀梅叫不出名字的果子、蔬菜。也有專門賣粄的攤位，綠的、紅的，五顏六色的粄被罩在透明塑膠布裡。秀梅每個都點一份，款了滿滿一袋。又買一粒椰子給阿弟解渴，買一袋龍宮果給自己。兩人坐在路邊石椅上吃著。她一人嗑掉半包龍宮果，當爽。起身時，忽然覺得腳痠，又坐了下去。該不會是這兩日食忒多龍宮果？她勉勉強強倚著阿弟的肩膀再次站起來，招來一輛三輪車。

坐在車上，秀梅看著阿弟。阿弟也望著秀梅。即使聽不懂，秀梅也知道車伕問的是要去哪裡？

「講啊！你屋下个住址。」

從沒出過遠門的阿弟，支支吾吾半天，還是講不出所以然。這下慘了！秀梅看著不耐煩的車伕，從口袋掏出一張鈔票塞給對方。接著往前比。只能憑來時的記憶走了。走到一半，前面出現一片聚落，有的是水泥房木板屋頂、有的全是木頭搭建。岔路就在眼前，三輪車變慢，車伕轉頭看她一眼。秀梅知道車伕是在問，要走哪一邊。秀梅隨意指了向右的那條路。

「係正手邊無？」秀梅問阿弟。阿弟仍舊一臉茫然。

秀梅決定步行。就算阿弟不識路，附近總會有人看過阿弟吧。

秀梅隨便指著路邊一間房子說：「到了！到了！」車伕停下車，秀梅付錢，忍著腳痛走下車。一老一小，一個提著一大袋龍宮果，一個提著一大袋甜粄，在陌生街道走著。

「你記得屋下在哪位無？」

阿弟看著四周搖搖頭。這地方恁大，行到天暗也尋不到。秀梅嘆一口氣。

「媽！」街道的另一頭傳來熟悉的叫喚聲。秀梅轉過頭，看見阿瑞跑了過來。個頭嬌小的她穿著夾腳拖鞋，身形看起來就像剛發育的細人，一點也不像降過三個細人的餔娘人。

秀梅開心的向她招手，腳骨突然痛起來，不應該食忒多龍宮果。她忍痛扶阿弟的肩膀，向阿瑞行去。

「你仰自家走出來啦？」阿瑞目珠有點紅。阿瑞看著弟弟，確認弟弟沒事，表情放鬆許多。阿瑞帶著一老一小，穿過兩條街，阿壽、親家娘和三個細人站在一間低矮雙層樓房前。

阿壽看見老媽，快步上前：「媽，你又走去哪位？嚇死人了。」

「𠊎又毋會毋見忒，隔壁兩條街定定，再過尋一下就尋著了。你看，還有阿弟陪𠊎。」秀梅拍拍阿弟的肩膀。

「講麼个來㩢渡細人，𠊎看係自家想要出來尞。」阿壽吐槽。

「親家娘，拍謝啦。這係𠊎去市場買轉來个龍宮果，還有甜粄，共下來食。」秀梅不理阿壽，拉著親家娘走進屋裡。阿壽看著老媽的背影搖搖頭。阿瑞對阿壽露出無可奈何的笑。

隔日，親家公借來一台貨卡車，他跟阿壽坐在駕駛座，親家娘、阿瑞和三個細人坐後座。可能是親家公看出秀梅想要多走多看，提議去海脣坐船。

「白嘉莉戴个海脣喔，臺灣个大明星。」親家母說，臉上露出得意的表情。白嘉莉的海灘，這裡的人都這樣稱呼那片海灘。

秀梅知道白嘉莉。阿有曾說，有些大明星會去西貢餐廳作秀，她就是在阿有口中聽到白嘉莉的名字。

潔白沙灘、藍色海洋，海上漂浮著載遊客的小木船。白嘉莉的海灘跟其他海灘並沒有太多不同。

「媽，你會想坐船無？」阿壽指著木船問。

「好啊。」秀梅像細人那樣興奮。

小船很小，載不了幾個客人。阿瑞不敢坐，帶著細人在岸上搞沙。阿壽陪著秀梅搭上一艘木船。船身被漆成白色，經過海浪長年衝擊，斑駁不堪。船夫長得又黑又瘦，手臂上的肌肉在划船時格外明顯。秀梅坐在船上，感受涼涼的海風吹拂。

「媽，你記得倨當細个時節，有一擺你渡倨去新豐海脣。新豐个沙灘當烏，無像這位恁白。」難得兩人再次獨處看海，阿壽想起往事。

陽光炙烈，海上倒映著波光。秀梅的目珠瞇成隙縫，看著阿壽說：「恁久个事情，早就毋記得了。你當有記才，從細就恁聰明。難怪你爸要跍跍打電話轉來，分你去讀幼稚園。」阿壽不知道老媽是真的忘記還是假裝忘記，但不重要了。

一禮拜轉眼就過。阿壽明顯感受到阿瑞的不捨。下次回來，不知又是多少年後？要離開帕德曼干的前一天，秀梅拉著阿瑞再搭一趟三輪車，到街上逛一圈。秀梅特別喜歡街上的金飾店，款式多，又比臺灣便宜。阿瑞說，這裡的金飾都不是純金，是K金。因為不純才便宜。

「冇係純金个，還係當靚啊。」秀梅著迷的望著櫥窗裡的金飾，一條也沒有買。

走在街道上，秀梅看著三輪車轉頭問阿瑞：「做得買輛三輪車轉去無？」

「三輪車！該恁大輛仰可能載得轉？」阿瑞知道老媽有時候比細人更像細人。老媽露出失望的表情，但這也是沒辦法的事。她們繼續走逛，轉角出現一間禮品店。阿瑞帶著老媽走進去，想買些伴手禮回去。禮品店擺滿裝飾品，有船鐘、地毯，還有銅雕。老媽被這些小東西迷住了，一個一個認真把玩。這時，阿瑞發現一個銅雕三輪車模型放在木架上。

「媽，你來看！」

秀梅湊過去一看，忍不住伸手把三輪車放在手心把玩。車頂的棚架、椅座都栩栩如真，輪子還可以動。「媽買分你。」秀梅連價錢都沒問，就帶著三輪車到櫃檯結帳。明明是老媽自家愛的東西，卻說是要買給她的。回來這些天，採購不少伴手禮，卻還沒為自家買什麼。就當三輪車模型是這趟回娘家的禮物吧。

過了六年，阿瑞才有機會再次回到印尼。爸爸過世，媽媽帶著小妹和小弟搬到坦格朗。距離雅加達更近，而且是自己的水泥樓房。二〇二〇年新冠肺炎，遠在印尼的媽媽一家全都中了。媽媽年紀大，不敵病毒，在家中死去。因為疫情，阿瑞沒能回雅加達送葬。小妹依照媽媽的遺願，火化後將骨灰撒向大海。

以前，阿瑞常想著存夠錢要回印尼娘家。但養三個俫仔，錢哪裡夠用？每次回去，都是阿壽拿房子跟銀行抵押借錢，再一點點慢慢歸還。現在媽媽死了，小妹也嫁人。回去也不知該回哪裡？

還住在坤甸時，他們會過中秋，八月半殺雞拜拜。搬到爪哇島後，不再拜拜，也很少說客語。

在臺灣，中秋過節流行烤肉。

「阿正去哪位了？」

「佢開車載厥哥去好市多買烤肉愛用个東西。」阿瑞打開冰箱，拿出一杯冰紅茶，用力插下吸管。

「阿星愛食糟嫲肉，𠊎等下去街路買一份轉來。」

阿瑞咕嚕咕嚕喝下一大口紅茶，爽快地吐了口氣：「好得糟嫲肉做得用買个！喊𠊎做，𠊎會㤞死。」

第十九道　糟嫲肉

秀梅

阿星帶兩個孩子回「婆家」過中秋。

阿壽拿出市場買的半份糟嫲肉，說：「退冰了，做得食了。」

「謝謝小叔叔！」阿星開心的撿起一塊放進嘴裡。

兒子安安湊了上來，撒嬌似的對阿星說：「媽媽，剝給我吃！」

「自己吃就好了，都十歲了，還要媽媽剝。」阿星嘴裡念著，但還是拿起一塊糟嫲肉，剔除底下的骨頭。這是一塊胸肉，糟嫲肉最好吃的部位。鴨肉浸潤了糟嫲醬，胸肉就不會太過乾澀。安安一口把阿星手上的糟嫲肉吃掉，喊著：「還要！」

很多人說安安長得跟她小時候一模一樣，連阿星看著自己兒時的照片都會忍不住笑出來，簡直就像戴上假髮的安安。

還沒離婚時，阿星的除夕是在南部過的。婆婆待阿星很好，除夕夜大多到外面吃餐廳，也曾煮一大鍋火鍋圍爐。做媳婦的阿星從來不需要為準備除夕圍爐煩惱。只是，她還是想念從前阿婆做的年夜飯。圓形大餐桌中間放長年菜湯，四周圍繞煎得金黃香酥的白鯧、白斬雞肉配豆醬、韭菜炒魷魚、一鍋燉得香氣四溢的豬腳，還有 盤紅通通的糟嫲肉。剛煮好的白米飯旁，放著一大鍋浮滿韭菜的客家湯圓。在這麼多名為「客家料理」的食物中，阿星最愛糟嫲肉。

以前接近過年時，阿星會打電話給阿婆問：「阿婆，今年有做糟嫲肉無？」

「無啦。阿婆老了，無做。」

「你哪有老？」阿星撒嬌說。儘管知道阿婆不會再親手做，她還是想問問看。

「尋無庄下畜个雞了，仰般做？」

阿婆說做糟嫲肉一定要用庄下畜的雞。最好是舅婆家養的。舅婆家在羊屎窩，以前全是稻田。舅婆家是三合院，前面有一大片曬稻子的禾埕，雞公雞嫲在禾埕上閒逛。四周種植紅槿做為圍牆，紅槿牆外有一條圳溝，可以用來灌溉農田和菜園。往上走一小段路，有一間木頭和茅草搭建的洗衫坑。阿星常趁阿婆跟舅婆聊天時，獨自跑去洗衫坑搞水，把樹葉當船。有一次，遇到附近的小男孩拿起網子在水底撈啊撈，竟撈出一隻鱉。小男孩得意洋洋的把鱉放進水桶裡，阿星蹲在水桶邊，拿起樹枝輕輕戳鱉殼。

「細義喔！莫分鱉咬著，鱉愛聽著雷公響正會放開。」舅公說。舅公拿著鋤頭，沒穿鞋的腳沾滿泥土。舅公的目珠很深邃，不笑的時候看起來很兇。阿星有點怕他。但這一次，阿星聽出舅公低沉嗓音中隱藏的關心。

那樣的「庄下」沒有了。沒有洗衣棚、沒有鱉，更沒有庄下雞。三合院全都拆光，改建成樓房。原來的稻田變成重劃區，蓋成大樓或連排別墅。沒有土地後，不再有人畜雞鴨。沒有庄下雞，阿婆也不想做糟嫲肉。

糟嫲肉就是這樣麻煩的東西。從前，為了做糟嫲肉，阿婆會提前一個月開始做紅糟。把紅麴、糯米和米酒攪拌均勻，放進陶甕裡等待發酵。把整隻庄下雞煠[120]過後風乾陰涼，再放進發酵好的紅糟裡浸泡數日，讓紅糟充分入味。阿婆喜歡用全酒來釀，做出來的糟嫲肉帶著濃郁酒香。每次阿婆開始做糟嫲肉，阿星就會跑去一旁看，天天問：「糟嫲肉做得食了無？」阿婆被問煩了罵道：「圖食嫲！」

喜歡吃阿婆做的糟嫲肉的不只她，只不過她是最常嚷嚷的那個。

去年過年，大叔叔向阿婆學做糟嫲肉。當大叔叔端出他做的糟嫲肉時，阿星一眼就看出色澤過於淺淡。

「媽，你食看倨做个糟嫲肉，有像你做个無？」大叔叔像等待老師宣判成績的學生。

阿婆舉箸夾起一塊肉放進嘴裡，嚼了幾口，放下筷子，說：「有香氣，毋過味道毋鋪。」大叔叔的笑容有點尷尬。阿婆補了一句：「有進步了，下擺就會做好了。」

「他做不出來啦！」大阿妗大笑。「他上次做的還發霉，好噁心！我看還是用買的比較快。」

要做出和阿婆一樣的糟嫲肉，果然不是容易的事。

喜歡阿婆做的糟嫲肉，還有媽媽。

阿星沒有跟媽媽一起住，但吃東西的口味跟媽媽一模一樣。同樣嗜辣，愛吃糟嫲肉。以前過完年，阿星會上臺北找媽媽。阿婆會另外準備半隻糟嫲肉給阿星帶去臺北。有一年，阿婆沒做糟嫲肉，去市場買現成的給阿星帶去。媽媽竟特地打電話給阿婆說：「媽，你做个較好食，偓莫食外背買个，偓愛食你做个！」阿婆的臉上浮現敗勢的笑容，像被老師抓包沒寫作業的學生，小聲答：「好啦！下二擺偓正做。」阿婆雖然答應媽媽，卻還是提不起勁做糟嫲肉。

食著糟嫲肉，正有像過節。還住在南部的時候，阿婆都會去便利商店寄整隻糟嫲肉給她。因為不會寫字，阿婆會打手機給阿星，請便利商店的人跟她確認後代寫地址。幾天後，阿星就可以收到來自湖口的糟嫲肉。雖然是買的，但看見紅通通的糟嫲肉時，阿星還是感動得想哭。

「阿婆，收著糟嫲肉了啦。承蒙您，毋過，下二擺毋使寄恁多。」

「做麼个？你恁多人愛食。」

「福佬人毋敢食啦！」

「仰會毋敢？你無講盡好食喔？」

「有啊！佢緊講好食，還係無人敢食。」阿星沒說的是，一個人吃，就沒那麼好吃了。

「喊你莫嫁恁遠又毋聽。」阿婆小聲念。

吃東西的口味是會遺傳的。阿星生下安安後，確認這件事。安安跟她一樣，特別愛吃糟嫲肉。當阿婆寄來整隻糟嫲肉，有安安共下食後，食糟嫲肉不再是一件寂寞的事。

「這間做个好食無？」阿壽問。

「還做得啦！」阿星又夾起一塊大口咬。

「憨嫲！愛講當好食，無你下二擺無好食喔。」秀梅走來，拍了一下阿星的頭。

第二十道　印尼泡麵

中秋，年輕人愛烤肉。只是烤肉吃多會膩，細人總有填不滿的胃，阿瑞會準備整箱印尼泡麵。印尼泡麵分成湯的跟乾的，阿瑞兩種都喜歡。湯的最好一份一份煮，而乾的可以整鍋一起煮，比較適合多人分食。

明明只是泡麵，卻讓張屋的細人念念不忘，說什麼自己煮的味道不像阿姈煮的好吃。不就是泡麵嗎？

阿瑞在自家个灶下煮泡麵。一大鍋水，水滾，把泡麵放下去。等待時，把配料放進盤子中。用筷子迅速攪拌逐漸軟化的麵條，讓每根麵條充分浸潤在滾水中。三分鐘多一點，不能太久，麵條會過軟，在要透不透時起鍋，放進大盆子裡，配料倒入充份拌勻。平時用盤子就可以，人多時，得用上不鏽鋼鐵盆才夠裝。麵條會在攪拌的過程中完全熟透，保留彈牙的口感。

印尼泡麵用的是樹薯粉，煮好的麵條帶著金黃色澤。雖然名為泡麵，但不能用泡的，一定得開火煮才可以。煮過的水黃澄澄的。

她剛嫁來臺灣時，家裡只有她一個心臼。該時，大哥二度離婚，二哥還沒結婚。老媽有很多時間，把這個家的味道傳給她。雖然都說客家話，但飲食習慣不一樣。她從來沒吃過糟嫲肉，團圓時也不煮湯圓。比起臺灣客家菜，她更喜歡印尼咖哩配薑黃飯。

早上賣完煎餃，中午不用煮飯，大家各自張羅。阿瑞煮印尼泡麵當午餐。大哥的三個女兒見她煮印尼泡麵，湊過來看。

「阿姈，你煮麼个？」阿星是三姐妹的老大，年紀比她大一歲。每次阿星叫她阿姈時，兩人都有說不出的尷尬。

「印尼泡麵。愛食無？」

「好啊！」

阿瑞煮湯的，水滾時加一粒卵，快速攪拌。卵香讓泡麵更加美味。阿瑞幫她們各煮一份，怕她們不敢吃辣，辣粉只撒了一點點提味。

「好好吃喔。」年紀最小的小辰喊。

後來，每次阿瑞煮泡麵時，總有其中一個會跑來說：「阿妗，我也要吃。」

生完恩恩，她頭次經歷坐月子。老媽天天煮雞酒給她吃，她不喜歡吃，卻只能硬著頭皮吃下肚。好不容易坐完月子，走出房門時，她立刻給自己煮碗印尼泡麵解饞。

二樓的灶下，是她來到這個家的第一個灶下。她在那裡學會這個家習慣的味道。不久前，她離開那間灶下，搬去樓下。另起爐灶。中文這樣說。

二嫂夢泉來自越南西寧省。越南最熱鬧的是胡志明市，每次二嫂要回娘家，就會從臺灣搭飛機到胡志明市，再搭兩個多小時的車回西寧省。以前回坤甸時，阿瑞得搭兩次飛機，一次先到雅加達，再轉往坤甸。越南是長條狀的半島，印尼是島與島連結起來的國家。

兩人年紀差不多，但聊不上話。一個人要和另一個陌生人同住已經有點困難，何況是一家子要跟另一家子一起住。大家庭在臺灣不多了。他們是少數這樣生活的一家人。

二嫂剛嫁進張屋時，不太會做臺灣菜。老爸只肯吃老媽煮的或她向老媽學來的料理。老爸還在時，灶下由老媽和她掌廚。老爸過身後，她告訴阿壽這樣不公平。阿壽跟二哥談，一人煮一天。

跟別人共用一個灶下，有很多不方便。她習慣煮食的方式和二嫂不同。二嫂愛熬湯，她不喜歡煮湯。一鍋湯可以吃兩、三天，佔據一個爐灶。二嫂習慣的調味料和擺放的位置都跟她不同，她常炒菜炒到一半找不到調味料，更慘的是加錯調味料。

而她最受不了的是比較。

二哥重食材。二嫂做牛肉河粉的牛肉，是好市多買的昂貴牛肉。以前在坤甸時，家裡重吃飽，不是吃好。嫁給阿壽，阿壽身體不好，加上要養三個小孩，沒有多餘的錢講究。她習慣上市場採買當季食材，牛肉太貴，就吃豬肉，什麼菜便宜就買什麼。

「阿瑞，買菜个錢毋須省啦。」每次輪到她做菜，二哥總是會嫌一兩句。阿瑞忍了很久，還是對阿壽說了。她知道阿壽有躁鬱症，醫生說盡可能不要增加他的壓力。可是她實在受不了。

分灶後，老媽一天去樓上吃，一天來樓下吃。雖然這樣說，但老媽仍習慣上二樓吃飯。阿瑞做菜更隨意了，她只要餵飽俫仔就好。說起來簡單，執行起來卻不容易。細俫多會吃啊。

阿瑞喜歡簡單煮。高麗菜、紅蘿蔔、木米、雞湯塊熬湯，加麵條，最後打個蛋，就是一餐。這個做法是阿壽教她的。她以前跟老媽煮食，很少能做這種簡易料理。二哥也絕不會允許她用雞湯塊。

蛋炒飯也很方便，只要豬油、白飯、雞蛋和醬油，最後再炒一盤高麗菜就夠了。每次阿星回來，老媽會去對面烤鴨店買半隻烤鴨，頭家會多給一些餅皮。阿瑞把吃不完的餅皮放進冰箱，隔天拿來煎蛋餅當早餐。

阿瑞最怕團圓聚餐，做菜給一大家子吃的無形壓力又會跑出來。好在這幾年的中秋不用再煮大菜，只要準備烤肉食材就好。

張屋大大小小二十幾人，有的烤肉，有的圍坐路邊聊天。阿瑞端出一大鍋乾泡麵，不到十分鐘就淨空。

「沒有了喔？我還想再吃一碗耶。」阿星失望的說。

「我煮兩次了，一下子就沒了。我去看看還有什麼可以煮。」阿瑞打開大冰箱。一樓有兩臺商業用大冰箱，二哥拿來放大包冰塊和沒用完的醬料，剩下空間讓阿瑞一家自由使用。這兩天，冰箱塞滿烤肉食材，只剩下前天拜伯公後剩下的雞胸肉。阿瑞拿出雞肉切成塊狀，再拿出印尼炸雞粉，打粒卵，攪拌均勻後，把雞肉丟進粉糊裡。油熱了，把沾粉的雞肉放進油鍋中炸。外層轉為金黃色時，阿瑞用鍋鏟把雞肉撈起來，放進瓷盤裡。

「阿妗，你炸雞肉喔！」剛回來的小辰捻起一塊雞肉吹涼。小辰在新竹市的一間連鎖髮廊當設計師，頭髮染成亮褐色。

「這麼晚才來，東西都被吃光了。」

「沒辦法，今天要上班。」小辰剛說完，小辰的小女兒彤彤黏上來抱緊媽媽，大女兒小婕拉著媽媽的褲腳嘟著嘴。「要吃嗎？小心燙喔。」小辰把雞肉剁成兩半，一半塞進彤彤嘴裡，一半塞進小婕嘴裡。

「老公沒來？」阿瑞問。

小辰搖頭傻笑，帶著彤彤到店亭下烤肉。

「媽媽有跟你們一起住嗎？」阿瑞偷偷問正在吃炸雞肉的小婕。

小婕搖頭，說：「媽媽已經不愛爸爸了。」

這個家有太多人離婚，很多人期待小辰能堅持下去。堅持下去到底是好還是壞？阿瑞不知道。

她往門外看，阿壽躺在店亭下的涼椅上打呼。她拿起一塊印尼炸雞肉放進嘴裡，跟媽媽做的是一樣的味道。

早上用來包煎餃的桌子和餐檯，現在擺滿食物。剛烤好的豬肉片、玉米、甜不辣、一大盤糟嘛肉和剛炸好的雞肉。細人們圍坐烤肉架旁，「大人」則坐在第二圈一邊食東西一邊打嘴鼓。

「大阿妗呢？」小辰問。

「哪壺不開提哪壺啊！」小魚把小辰抓到一旁。嫁到附近的小魚，每天早上都回妹家幫忙賣煎餃，最了解家裡發生的事。阿星也湊了過來。小魚壓低嗓音說：「上次吵架，到現在都沒有說話。今天烤肉是小叔叔準備的，『他們』都沒下來。」

「也吵太久了吧。」阿星說。

「你才知道喔。」

「那阿婆現在跟誰吃？」

「大部分還是在二樓啦，偶而也會下來吃。」

「你們在說我的壞話喔？」夢泉走來拍了一下小辰的屁股。

「阿妗，很痛耶！」小辰揉揉自己的屁股。

「對啦！你怎麼知道在說你壞話。」小魚向來最帶種。

「哇！越南春捲耶。」阿星喊。

桌上多了一盤越南春捲和一小碟魚露。大家聞聲全湊過來，一人拿起一個。

「無留分侷！」秀梅像細人般嘟嘴。

夢泉拿起一個春捲沾點魚露往秀梅的嘴塞去，秀梅咬了一大口。幾分鐘時間，盤子裡只剩一個春捲。夢泉四處張望，端盤子往裡頭走去。她來到阿瑞的灶下問：「要吃嗎？」

阿瑞看了一眼夢泉，拿起最後一個春捲。

「今天包得不錯。」

「以前包得不好嗎？」

阿瑞嘿嘿笑，接著問：「涓涓和又又要吃炸雞嗎？」

「當然要啦！可是好像沒了。」

「你叫她們下來，我再炸。」

阿瑞把剩下的越南春捲吃完，走到櫃子拿出一包印尼炸雞粉，打開倒進碗裡。下回團聚，得準備更多印尼泡麵和雞肉才夠。

第二十一道　滷豬腳

秀梅常常忘記現在是哪個季節，著短袖就下樓，小孫子阿正牯念：「阿婆，中秋過了，會冷啦！」「阿婆毋驚冷啦。」秀梅反駁。但冷風吹來，秀梅被凍得寒毛豎起，嘴上還是不承認。阿正牯擺出受不了的表情走回屋裡，拿出一件黑色背心要秀梅穿上。秀梅這才不甘願套上。

「阿婆，你仰緊來緊像細人？」

「阿婆老了，愛人惜了。」

秀梅知道自己健忘。過去的事還記得牢牢的，深刻得彷彿剛剛發生。但這下的事一下就忘記。剛剛才問過息仔[121]：「幾年生哩？」不到一分鐘，又再問一次。她當然不知道自己

[121] 息仔：曾孫。

問過了，但她看得懂旁人的表情。

「你幾歲了？」經常有人問她。

「八十七定定。」雖然人生很苦，但秀梅還想活得更長一點。

自從灶下交給兩個心臼後，秀梅很少進去。偶而，她會想起什麼，興致匆匆去做菜。

「媽，你當慶喔！還會做燴飯。」珍珠打開手機，找幾張照片秀給秀梅看。她喜歡看珍珠的手機，照片會留下很多忘記的事。秀梅看著照片中的自己，拿著鍋鏟，雪白魷魚在大鍋裡浮沉，這是阿瑞在一樓的灶下。

「還有這張！」珍珠又秀出另一張照片，秀梅坐在客廳亼粄仔，像雪一樣綿密的粄。她的表情如此認真。

「老媽把太白粉當地瓜粉，傻傻分不清楚啦。」珍珠在臉書貼文寫道。秀梅看不懂珍珠寫什麼，也忘記最後三角仔的皮因為比例錯了，食起來像橡皮筋。

「媽，佢先轉去休息一下，等下正過來渡你去洗頭。」

「好啦！」煎餃攤生意當好，鑫謙常要住附近的珍珠回來幫忙。

珍珠騎著奧多拜離開。昨天是中秋，細人全都回來，屋下當鬧熱。今天就顯得冷清許多。

「媽，來食晝。」鑫謙拿著便當走來，遞給秀梅。秀梅坐在廳下的木頭椅上，打開便當。是豬腳。燉得軟軟爛爛的豬腳，佔據便當盒的一半。「這間便當店係新開个，偃想當久無食豬腳了，買轉來食食看。」

卡將和阿有還在的時節，最愛食她做的滷豬腳。他們老時，牙齒還係當利，豬腳皮不用燉太爛，要有點咬勁。以前秀梅常滷豬腳，一鍋滷豬腳可以吃好幾餐，省事又方便。尤其家裡有人做生日，一定要煮豬腳。

便當盒裡的豬腳，色當奇怪。毋係用好个豆油。秀梅舉箸往下一戳，軟軟爛爛的豬腳一下就穿過去。毋知滷幾久了？秀梅夾起一小塊放進嘴裡。

「仰般？」鑫謙問。

秀梅搖頭：「哪有好食？這豬肉恁臭腥，有色無味，還係自家做个好食。」

「媽！不要一直挑啦。不然你煮啊？」夢泉半開玩笑的說。

「煮就煮！」秀梅應。

秀梅把便當吃完，獨獨留下豬腳。大家都上樓休息了，樓下無人。她先去菜市場裡的小黑豬腳攤，小黑賣的都是黑豬肉。小黑說她運氣好，剛好有人訂豬腳沒來拿。秀梅款著豬腳回家，先去一樓後面的灶下，這裡是楓林牛排館的灶下，後來變成切高麗菜、做菜的地方。秀梅從流理臺上抓起一大把蒜頭，緩緩爬樓梯來到二樓灶下。她把蒜頭放在厚重的砧板上，因為長期切剁，砧板中央凹陷。四把大小長短不一的刀子放在刀架裡。秀梅不知道為什麼夢泉需要用那麼多刀，她一刀就能做一桌菜。秀梅抽出最習慣的中式菜刀，將蒜頭拍扁、敲碎。舀一匙豬油放進熱鐵鍋裡，把碎蒜頭連皮丟入，炒成金黃色。秀梅想找豆油，但本來放豆油的位置，現在放著玻璃罐，裡頭是炸好的蒜頭片。還有一罐戴斗笠的黑色豆油，不是她要的金蘭豆油。

油當烈，豆油呢？

秀梅看到一旁的塑膠架，終於發現一大罐豆油。打開瓶蓋，倒豆油。不小心多倒了一些。秀梅灑點糖，攪拌、炒勻，放進黑豬腳。等豬腳上色，秀梅在塑膠架上找到一瓶米酒。她倒進半瓶米酒，淹過豬腳。蓋上蓋子，坐在一旁的長凳上等候。弄了半日，實在有悿。秀梅打了幾個呵欠。

秀梅睜開眼時，發現自己不在灶下，而在一條山路上。

她往前走，左側是茶園，右側可以眺望楊梅街路。不會錯，這是通往阿爸家的山路。秀梅緊行緊遽，身體緊來緊輕。

她走到一間泥磚屋前，一個細倈蹲坐在門前食菸。

「你走去哪位？恁會走！還毋去灶下擀手！」
「喔，好！」秀梅遽遽走去灶下。
大灶在灶下中央，有一根長長的煙囪插在灶面。阿姆站在灶前，用鍋鏟翻炒。
「有香無？」
「當香。」
「阿姆，這烏烏紅紅个係麼个？」
「憨嫲，這係豬腳啦。」
「今晡日仰恁好有豬腳好食？」
「你做生日啊。偃喊你爸朝晨去楊梅市場買豬腳轉來。這係你第一擺在這做生日。」
「偃个生日。」
「係啊。差毋多好了，你來食一口。」
阿姆用長箸夾起一塊豬腳放進碗公。秀梅坐在大灶旁的矮凳上，碗公放在雙腿間，把箸插進豬腳，拿起來咬一口。
「好食無？食了就大一歲囉。」
「好食，好食。幾十年無食過這味道了。」

「幾十年？」阿姆笑：「你正幾大？」

係啊！佢幾大了？秀梅感覺身體忽然變大，緊來緊重。

「媽，滷豬腳喔？恁香！」

麼儕喊佢？趴在桌頂啄目睡的秀梅驚醒，鼻著臭火燒的味道。慘了！秀梅正要起身，只見珍珠走上前關火，把豬腳鏟起放進碗公裡。用手沾點醬汁，放進嘴巴含了一下。

「味道仰般？」秀梅著急地問。

「還係媽媽做个豬腳最好食。」珍珠笑著說。

後記
尋路

大約國小中年級時，日本電視劇《阿信》大紅，阿婆每天晚上守著電視機，一集都不想錯過。一日下午，阿婆從電視上聽到《阿信》辦徵文比賽的消息，要大家寫下自己的故事。

「阿婆毋識字，阿婆念，你來寫。」阿婆對我說。

「侄正莫！恁多字！」我立刻拒絕。阿婆的故事不知道有多長，光想到要寫這麼多字，我就頭痛。

阿婆一臉失望。正在旁邊寫作業的表妹見了，對躺在床上、拿著扇子搧涼的阿婆說：「阿婆，我來幫你寫！」阿婆眉開眼笑，她念一句，表妹用鉛筆在日曆紙背面記一句。故事從阿婆五歲當人養女開始說起，我聽過無數遍的故事。最後，因為晚餐時間到了，阿婆要下樓煮飯，故事被迫中斷，再沒有繼續。

三十年前在阿婆房間的往事，我未曾忘記。為此念想，我左手抱著剛滿月的孩子，右手打字，一點一點坐在床上敲下這個故事。

寫作時，我不斷思考該如何呈現「秀梅」？一個不識字、用盡全力餵養全家人的女性。最終，我選擇了味道，一道又一道的食物，如同一張又一張繪葉書，橫跨不同時代，串起她一生中的悲歡滋味、百般風景。

我嘗試客語、華語混雜的方式，並在對話運用大量客語，以貼近「秀梅」的所思所感。

每當寫不下去時，我會想起兒時阿婆常趁午後閒暇帶我四處趴趴走。我們經常坐錯車，明明要去新竹，卻跑到中壢。阿婆都會跟我說：「無要緊，中壢也好搞！」就算迷路，阿婆會說：「無要緊，尋毋著路，做得問啊。」無要緊！面對挫折時，我也這樣對自己說。只管走下去，錯了大不了就重來。

我要感謝寫作《秀梅》途中，曾幫助我「尋路」的師長朋友。謝謝阿婆和小姑姑成為我寫作味道時最重要的顧問，謝謝小堂弟幫助我了解印尼。謝謝劉麗娜老師協助校對印尼文。謝謝大學同學惠玟協助校對日文。謝謝阿貞姊姊總是在我需要時幫助我。謝謝方梓老師給我的諸多鼓勵並慷慨贈序。謝謝編輯瓊如催生這本書的完成。謝謝史提永遠給我最好的建議。最後，謝謝翻開這本書的你，讓這本書有機會與你同行一段路。

國家圖書館出版品預行編目(CIP)資料

秀梅/張郅忻著. -- 初版. -- 臺北市：遠流出版事業股份有限公司, 2024.10
面；　公分

ISBN 978-626-361-940-1(平裝)

863.57　　113013985

秀梅

作　　者｜張郅忻
封面題字｜楊希
章節頁插圖｜張郅忻

副總編輯｜陳瓊如
校　　對｜魏秋綢
行銷企畫｜林芳如
封面設計｜朱疋
內頁排版｜宸遠彩藝工作室

發 行 人｜王榮文
出版發行｜遠流出版事業股份有限公司
地　　址｜104005臺北市中山北路一段11號13樓
客服電話｜02-2571-0297
傳　　真｜02-2571-0197
郵　　撥｜0189456-1
著作權顧問｜蕭雄淋律師
初版一刷｜2024年10月31日
定　　價｜新台幣400元
ISBN｜978-626-361-940-1

長篇小說 創作發表專案
國藝會 NCAF　PEGATRON 和碩聯合科技股份有限公司
長篇小說專題資料庫

YLib.com 遠流博識網　http://www.ylib.com
Email: ylib@ylib.com